扭轉衰小人生 1

風文創 1139

十二鹿 著

風 文創 1139

目錄

序文

十二鹿

有些人用一生治癒童年，有些人用童年治癒一生。在寫作這本小說的整個過程裡，這句話經常出現在我的腦海中。雖然全篇我並無刻意描繪或對比誰的幸運、誰的不幸，但這確實是決定幾個重要角色行為的背後邏輯。

故事的開始，是我的女主角余歲歲意外穿越進了一本真假千金被抱錯的小說中，變成了原小說中的反派真千金。本來是注定給原女主假千金當炮灰的命，卻因為自己的親生父親余璟也跟著一起穿越而最終扭轉了人生，並收穫了親情、友情和愛情。

剛穿越來的時候，余歲歲整個人是那種得過且過的態度，但當與爸爸相認之後，她的心態就完全變了一個樣，即使因為媽媽的早逝而使得父女關係並不親近，但爸爸仍然是她的靠山和底氣。

如果沒有爸爸的到來，余歲歲被認回侯府之後的日子很難說不會重蹈原來的覆轍。但當她堅持和爸爸站在一起，而與侯府割席、跳出矛盾漩渦的中心之後，她才能更理智地去思考，原小說中這個角色一切悲劇的本質，正是侯府封建大家長的貪婪、不負責任和薄情寡義造成的。

好的父母是孩子最大的底氣，余歲歲獨立、樂觀、活潑的個性，皆來自於父母的疼愛與開明。但不好的原生家庭也並不能決定一個人的不幸，所以余歲歲願意幫助假千金和其他的姊妹清醒過來，逃離侯府的壓制，爭取自己的人生。

沒有人能選擇自己的父母和家庭，但我們可以讓自己過得更好，這也是我想通過這本小說表達給讀者的。

在整個寫作期間，我時常想起自己的父母，甚至在寫很多情節時，會因為想到他們而情緒翻湧。非常榮幸地我能擁有這般天底下最好最好的爸爸、媽媽，今天我能從事著喜歡的工作，並且堅持自己從小熱愛的寫作，離不開他們的支持和幫助。

也很感謝在連載期間支持我的讀者朋友，給了我很多勇氣和靈感，也給了我堅持下來的毅力。

願所有人健康、幸福！

第一章

「……妳說說，這叫什麼事啊！」

「就是，好好的侯府小姐，變成了個大字不識的野丫頭，真是造孽啊！」

「宛宛小姐多好的姑娘啊，從小就沒受過委屈，還得在這個野丫頭跟前伏低做小！」

「什麼野丫頭？歲歲小姐才是正經的千金小姐，旁的人插了雞毛也變不了鳳凰！」

「噓！就妳會巴結，也沒見誰領妳的情……」

真吵！

余歲歲掏掏耳朵。

大學生宿舍太吵不能睡懶覺怎麼辦？死撐著不睜眼，大腦就會以為妳還在睡！這是余歲歲大學四年總結的賴床真諦。

等等……大學四年？余歲歲的腦子一個激靈。

對啊，她不是已經畢業了嗎？連她那忙得跟陀螺似的老爸都難得地抽空參加了她的畢業典禮，還破天荒地開車載她離校。

他們上了高速公路，她在後座滑手機，後來，她只聽見「砰」的一聲，接著就眼前一黑，什麼都不知道了。

難道……他們出了車禍？

余歲歲猛地從床上彈起來，慌張地叫著。「爸！爸！」

一張嘴，她就發現不對！

這稚嫩的嗓音，雖然比她沒變聲前好聽又清脆，可這根本不是她的聲音啊！

再看這屋裡的陳設，又是幔帳、又是雕花大床的，她活了二十幾年哪曾見過這些啊！

余歲歲還在恍神，先前在旁邊說話的三個人就已經逐個湊了上來。

「姑娘！姑娘總算醒了，您有覺得哪裡不舒服？」一個桃心臉的丫鬟湊過去，一臉關切。

「姑娘嗓門這麼大，怕是沒什麼不舒服的。」一個年齡大些的嬤嬤揣著手，陰陽怪氣地說：「就是苦了宛宛小姐，被一頭撞進了荷花池裡，到現在都還高燒不退呢！」

「就是！也不知道是多麼狠的心腸，對著那麼柔弱的宛宛小姐都下得了手！」另一個小丫頭也附和道。

余歲歲的目光看看這個，又看看那個，滿頭都是黑人問號。

這都是什麼跟什麼啊？誰能給她說句人話？

「那什麼……」余歲歲清了清嗓子，感覺眼前的桃心臉漂亮丫鬟還勉強算個正常人。

「我這是……在哪兒？我爸呢？他還好嗎？」

「姑娘？」桃心臉丫鬟嚇了一跳，手瞬間摸上了余歲歲的額頭。「您這是怎麼了？怎麼說起胡話來了？」

余歲歲當機的大腦在這一刻好像突然重啟，一道靈光倏地閃過——她莫不是……穿越了？

這個念頭一起，下一秒，余歲歲的眼眶就猛地一酸，眼淚撲簌簌地往下掉。她穿越了，就意味著現代的她死了。她死了，那老爸恐怕也……

雖然她從小和爸爸並不親近，因為他工作忙，媽媽病逝後就只有爺爺、奶奶帶她，但他畢竟是她血濃於水的父親，偶爾的休假也給了她零星的陪伴和實實在在的父愛。

可如今，陰陽兩隔不說，連時空也隔了，余歲歲一時半刻根本無法接受。止不住的眼淚嚇壞了屋裡的另外三人，可還沒等她們反應過來，余歲歲眼前一黑，又直挺挺地倒了下去。

寂靜的山村，一處低矮的農屋，破舊的土炕上，瘦削的男人平躺著，一雙極亮的眼睛在黑夜裡顯得炯炯有神。

余璟還是有點難以接受現實，他遭遇車禍後醒來，居然在一個不知名的古代小山村的不知名莊稼漢身上，借屍還了魂。

車禍發生的一剎那，他下意識打了方向盤，把自己衝向前方的大貨車。上車時女兒余歲歲坐在副駕駛座的後面，被他特意叮囑繫上了安全帶。

如果不幸中的萬幸，也許女兒還能撿回一條命來。可那是高速公路啊……

一滴淚悄悄滑過眼角，落入余璟鬢角的髮絲中。

歲歲才大學畢業，她的人生才剛剛要開始，怎麼能就這麼沒了？

當年妻子病重時，他作為刑警，正在辦一樁大案子，連妻子的最後一面都沒有見到，那時候歲歲才九歲。

雖然女兒從來沒說過什麼，但余璟知道，她必然是怨恨自己的，不然為何這麼多年來，父女之間關係疏遠，就算難得坐在一起吃頓飯，也連半句話都沒有。

如今，他又害死了歲歲，害死了自己唯一的女兒……

第二天天還沒亮，余璟就被如今的「親娘」一嗓子給叫醒了。

如果說余家村是附近十里八鄉最窮的村子，那這一家就是余家村裡最窮的人家。

他還魂的這具身體也叫余璟，昨天中午在田裡種地的時候在田埂上跌了一跤，一命嗚呼，便宜了他這個異世的遊魂。

雖然余璟很難接受這個非科學的事實，但以他的職業素養，還是很快就摸清楚了這家子的情況。

余璟是余家的次子，上有兄長，下有小弟，剛好就是最不受待見的那種老二。

余璟的大哥余榮是個童生，小弟余勝是個混子。余父早死，余母潑辣又偏心，一家子的活兒都落在余璟一個人的身上。
余璟扛著鋤頭出門的時候，余母站在院子裡狠狠地剜了他一眼。
「瞧你個沒出息的慫蛋！當初叫你扔了二丫你不扔，浪費了老娘這麼多年的糧食，全都餵給別人家的賠錢貨了！」
余璟步子沒停，只當沒聽見。反正這也不是他親媽，隨她去罵。自己借了她兒子的身子撿了條命，便理應替原身盡一份孝心，但別的也就再沒有了。
余母罵的二丫，就是原身的女兒。從余母昨天到今天的謾罵中，余璟大概能拼湊出一個故事來——
原身的媳婦就留下這麼個女兒，余母重男輕女不願養，可原身捨不得，便又當爹又當娘地養大了二丫。
可命運捉弄人，二丫居然是原身媳婦生產時和京城貴人家抱錯了的千金小姐。就在幾天前，貴人家找上門來，帶走了二丫，卻也沒把原身的親女兒還回來。
想想也是，雖然那姑娘是假千金，可也是貴人家養了好多年的，怎麼捨得呢？不還回來吃苦也是好事，余璟倒是很能理解。
聽余母的意思，二丫走的時候也是乾脆俐落，一點兒也不留戀這個家和他這個養父。
余母罵她白眼狼，可余璟倒覺得，攤上這麼個家，二丫這樣也不過分。好好的小姐在這裡白受了這麼多年的罪，有機會逃脫可不得跑快點嘛！

余璟邊走邊想，沒一會兒就到了余家的田裡。

在封建社會，面朝黃土背朝天就是農家漢子的宿命，可余璟是現代人，受過教育，並不想就這麼過下去。

現代的他已經死了，回是回不去了，這裡就是新的一輩子，他得想個法子，好好活一回。

余歲歲再次醒來，已經是第二日的晌午了。

屋子裡沒有別人，她就一個人靠著床發呆，想著現代的自己，想著爸爸、爺爺和奶奶。直到肚子咕咕叫起來，她才恍然回神。

穿鞋下床，一旁的櫃子上放著個銅鏡，余歲歲湊近一看，是個枯瘦如柴的黃毛丫頭。

真醜！余歲歲撇撇嘴。

可再醜，她也得認了。命都沒了，想回現代是不可能了。

看看這屋子裡的陳設，應該也是個大戶人家，有丫鬟伺候便應該是個小姐，那就既來之則安之吧！

說是小姐，可大中午的連個管飯的都沒有。瞧自己這短胳膊短腿兒的，怕不是個被虐待、營養不良的小姐吧？余歲歲腹誹著，摸著餓扁的肚子，第一次走出了房門。

門口，昨日那個陰陽怪氣的嬤嬤和小丫頭正坐在迴廊底下嗑瓜子，而那個面善些的桃心臉漂亮丫鬟，倒不知去哪裡了。

余歲歲斟酌著，帶著幾分試探的開口問：「妳們……不吃飯嗎？」

王嬤嬤啐了一口，不屑地睨她一眼。「飯點早過了，姑娘想吃飯，奴婢可沒辦法！」

自稱奴婢，可實際卻並沒有一點卑微的樣子。

余歲歲又問道：「那妳們是被派來我身邊的……僕人嗎？」

王嬤嬤一聽就來了氣，手中瓜子一甩，臉一拉。「喲，姑娘這是給老奴擺主子的譜呢？哼，也不知是得罪了誰，塞給老奴這麼個苦差事！您還真當自己進了侯府就是真鳳凰了？府裡的小姐多得是，您一個找回來的哪裡排得上號？老夫人和侯爺念著您流落鄉野才可憐您些，您若知好歹就該安分地做小姐，可您偏偏不長眼，要去犯大姑娘的忌諱！大姑娘被您害得高燒下不了床，老夫人和侯爺自是厭了您，才將您打發到這偏院來。」王嬤嬤言語間滿是對她的不忿。「要擱老奴說，您就安生在這兒待著吧！左右也沒幾年就及笄了，到時候配個小門小戶的少爺，那也是燒了高香的！其他的您也別折騰了，省得給我們這些做下人的惹麻煩！」

余歲歲頗為認真仔細地聽著嬤嬤的一字一句，這話裡的訊息量可真有點大啊！

聽這嬤嬤的意思，自己這具身子的主人，應該是這侯府的正經小姐，卻不知為何流落在外，最近才找回來，然後因為把府裡某個小姐撞進了荷花池裡，至今仍高燒不退，這才被安置在這偏院中。

回想昨天半昏半醒時聽到的言語，這具身子好像也叫歲歲，似乎還有個什麼……宛宛小姐？

嗯？歲歲？宛宛？余歲歲心裡驀地一跳。

「妳說這家人姓什麼？」她急忙上前抓住嬤嬤的手腕詢問。

「哎喲喂，妳這死丫頭勁兒還挺大的！」王嬤嬤吃疼一叫。「怎麼撞了一下撞傻了？這是皇上欽封的侯爵府！盧陽侯，余家！」

余家！余歲歲下意識後退半步。

余歲歲、余宛宛……

這不是她畢業前看的一個古言抱錯文裡，惡毒真千金和白蓮花假千金的名字嗎？

她……穿書了?!

余歲歲是古早狗血瑪麗蘇小說重度患者，一向熱衷於搜尋各種天雷滾滾的小說打發閒暇，而且十分坦然地承認自己就是隻土狗，就愛這一口。

當初她搜到這篇很有年代感的古早抱錯文時，室友還跟她開玩笑，讓她熟記書中劇情，因為她和書裡的惡毒真千金同名同姓，說不定下一個穿書的就是她！

此時此刻，余歲歲很想把那個烏鴉嘴的室友拉出來暴打一頓。

不過也多虧了室友，她確實熟記了這本小說的劇情。總結來說就是——

出身卑微、從小被抱錯的假千金在身分暴露後被暴躁惡毒的真千金欺負得可憐兮兮的同時，贏得了男主、男二、男三……等各路美男的愛情，最後和男主幸福地生活在一起的故事。

中間的劇情包括但不限於被欺負、嚶嚶嚶、靠男X號幫忙，再被欺負、再嚶嚶嚶、再靠男X號幫忙……

看書的時候余歲歲看得很爽，看小說嘛，需要花什麼腦子？爽就完事了。

可身臨其境的余歲歲不得不說，這什麼扯犢子的破劇情！

假千金可憐，真千金就不可憐嗎？莫名其妙被抱錯，好好的千金小姐被養成了連字都不認識的村女，突然被帶回侯府又被真正的親人嫌棄，處處和自小嬌養的假千金對比。

真千金是不該因嫉生恨，可有人好好引導、教育過她嗎？假千金被抱錯雖然無辜，可在真千金看來，假千金就是搶走了本該屬於自己的一切，所以真千金會心存不平也是理所應當的啊！

侯府捨不得浪費掉辛苦培養的假千金，還要求半路回家的真千金也是個知書達禮、溫柔乖巧的聖母白蓮花，不如他們的意就如此苛待親生血脈，臉怎這麼大呢？

余歲歲越想越氣，連跟前那兩人早已離開都沒有注意到。

「姑娘！」

昨日的漂亮丫鬟跑近前，才叫回了余歲歲的思緒。

「姑娘，奴婢找到廚房裡去，只有這些剩菜了，好在沒人動過，姑娘湊合著吃吧，等晚上奴婢早些去。」

余歲歲聞言，感動得不得了。

這個丫鬟，想來就是書中余歲歲身邊的晚桃了。因為是原主回京後侯府新買進來的丫頭，自幼困苦，所以極為同情余歲歲的遭遇，對余歲歲特別的好。

在書中假千金的描述裡，晚桃是余歲歲身邊助紂為虐的一分子。可對於眼下的余歲歲來說，晚桃就是她的小天使。

「晚桃！妳真好！」余歲歲不禁抱了一下她。

小丫鬟臉一紅，竟羞澀了起來。

「坐下來，咱們一塊兒吃吧！」余歲歲不顧晚桃的推拒，強行把她拉坐在迴廊上。

按書中所寫，這個時候的余歲歲已經十歲了。

身為惡毒女配，余歲歲的容貌是不差的。可看著自己現在這瘦巴巴的蠟黃樣子，余歲歲決定要多補充些營養，趕緊長身體才是。

十歲，在侯府看來是已經定了性的年紀，因此並不會想費心教導她。但正經的血脈也不能廢了，所以侯府之後也還是會給她請個啟蒙先生的。

哼哼，她堂堂二十一世紀的大學畢業生，還會怕這古代啟蒙？

哪怕學不出女主余宛宛什麼才女的名聲，也要扭轉原書中半文盲的設定才行。

至於惡毒女配的本職角色——給女主添堵，余歲歲表示，她惹不起但躲得起。

穿書一回，就是重新活一世，她可不想把人生浪費在沒有用的事情上。

反正侯府也不重視她，等她長大了就拿著侯府的錢周遊天下，半點不沾男女主的愛恨情仇。

湊合著吃完了午飯，余歲歲休息了一會兒，就開始在院子裡活動身體。

她爸是警員，教過她不少擒拿術、健身操之類的。目前的小身板力氣雖然大，可那只是幹農活幹出來的，她得盡快鍛鍊身體，為今後的周遊天下打好基礎。

余家老大余榮從外頭喝酒回來，就見自家二弟站在院子裡，又是踢腿、又是掄拳的，嘴裡也不知道在哼哧些啥。

「老二幹啥呢？晚飯做了沒，就擱這兒呼呼哈哈的！」余榮張嘴就是斥責。

余璟手上動作不停，回了一嘴。「好了，我都吃飽了。」

「嘿，娘沒吃、我沒吃，你敢自個兒偷偷下嘴？活膩了你！」余榮上前就想像從前一樣，呼搧余璟的後腦勺。

余璟一偏頭，余榮就搧了個空。

「三表叔喊我明天去幫他賣山貨，要早起。」余璟說道。

余榮一愣。

三表叔是村裡還算有點錢的人，以往也找余璟幫過忙，給了不少跑腿錢。

一聽這個，余榮也不多說什麼，肅著臉就走了，心裡卻開始盤算著等明日余璟拿錢回來，他該怎麼花？

余璟一眼就看出他在想什麼，輕嘲一聲，搖了搖頭。

原來的余璟在余家就是個受氣包，可他卻沒有繼續受氣的打算。

今天他盤算了一天，要如何才能改變自己的現狀？

在古代，男人最光宗耀祖的事應該就是科舉入仕，可科舉比現代大考還難，余榮三十多歲才只是個童生，余璟雖然是警校畢業，但也沒把握能考上個秀才。

不能當官，那就賺錢。

余璟如今的年紀也就二十六、七，總不能跟余家一樣，一輩子這麼窮下去吧？

可賺錢也不是憑空想像的，他打算借著明天賣貨的機會，先到縣城裡去探查一番。

實在不行，他也可以像三表叔一樣，到山裡打些野物去賣。

不過說到底，無論幹什麼，身體素質要跟得上。想當年余璟當過幾年的特種兵，退伍後考了警校又當刑警，體力是絕對沒話說的。

幸好現在這個余璟常年幹活，身上也是有點肌肉的，練起以往的功夫，也不算吃力。

余璟打定主意，等回頭去打點山雞，有錢後再買些肉什麼的，給自己補補。

至於余家人……余璟的目光閃了閃。

以前的余璟，那是自己有十分，就會拿出十分給余家人的老實人。

至於現在……余璟挑了挑眉，他也是老實人，但卻是那種有十分，只會拿五分出來的老實人。

第二天凌晨，余璟就跟著三表叔出發了，兩個人一人一副擔子，裝得沈甸甸的全是山裡的寶貝。

「還是二小子知事，打小表叔就知道你是個好孩子。」三表叔看見余璟大汗淋漓還要幫自己扶著扁擔，嘴裡就是一頓誇。

余璟憨厚一笑。「應該的。」

三表叔卻是打開了話匣子。

「要說咱余家村，向來是人丁不多，田也沒幾塊好田，長不了幾根苗，要不是還有後頭那山呀，恐怕早就延續不到現在了。我瞧著你這小子還有把子力氣，聽表叔勸，別總聽你娘的耗在那地裡。地裡那些活兒，誰幹不是幹？可山裡的活計，你那文謅謅的大哥和混子弟弟可是幹不了！現如今二丫也被人接走了，你還年輕著，得為自己多打算。你娘是個拎不清的，你就得多想想，賺幾個錢，再娶上一房媳婦，生個小子，總不能指望你姪子給你這個叔養老吧？」

余璟沒想到，三表叔還真是在為他著想，遂點了點頭，眼中流露出幾分期冀來。「多謝三表叔。我對山裡的事都不瞭解，以後還得請你多多指點。」

三表叔一拍他的肩膀。「你小子可終於開竅了，不枉費我勸你這麼多回！你也別學你大哥那樣酸不溜丟的說話，還什麼『指點』不『指點』的？我若是不向著你，哪會找你跟我上城裡去？」

「是，我知道了，表叔。」余璟好笑道。他只是正常說話，可對於大字不識的「余璟」和淳樸的三表叔來說，可不就是酸不溜丟嘛！

「好孩子啊！」三表叔感嘆道：「這回可別傻兮兮地把我給你的錢都交給你娘了，到時候都花到那兩兄弟的身上去。」

「嗯，記住了。」

在縣城的集市裡坐了一上午，余璟大概有了些認識。

這裡是澧縣，附近最大的縣城，因此不是只有余家村來賣山貨，周圍各個村鎮的百姓都會來賣。

三表叔的山貨不是最好的，也不是最便宜的，所以生意並沒有很好。但即便是這樣，也比死守著貧瘠的土地來得強。余璟覺得，三表叔的提議也不是不可以。

但平心而論，余璟不覺得自己是做生意的料，在現代他也是吃公家飯賺辛苦錢。因此到底要怎麼賺錢，他還要仔細想明白了才行。

正想著，街邊突然傳來一陣騷動，還伴隨著幾聲尖叫、啼哭和怒罵。

余璟腦子裡屬於警員的那根弦，突然就繃直了。

「怎麼了？」周圍的百姓七嘴八舌地議論起來，不約而同地走出去圍觀。

「好像是有人搶孩子吧……」一個男人踮著腳朝遠處看去。

「哎！哎！真是搶孩子，他們跑過來了！」

下一秒，余璟像支離弦的箭，「咻」地一下就飛了出去。

余歲歲早上醒來沒來得及吃飯，就被侯府老夫人、她的親祖母叫了去。

看著眼前瘦弱的小女孩，余老夫人一點好感都提不起來。

從發現孫女抱錯開始，余老夫人的氣就一直沒順過來。好不容易捏著鼻子認了栽，余歲歲又把余宛宛撞進了荷花池，也把自己撞暈了。余老夫人實在是氣狠了，才把余歲歲打發到偏院去思過。

如今看著余歲歲兩隻大眼睛水汪汪的樣子，想到也晾了她兩天了，余老夫人決定就暫時放過她。

「歲歲，這幾日可想明白自己錯哪兒了？」

歲歲這名字，還是余老夫人給起的，說是歲歲平安，可用在一個侯府千金小姐身上，多少是隨便了點。

余歲歲被迫早起，來的路上哈欠連連，把眼淚都給哈出來了，正憋著一肚子起床氣沒處發呢，哪裡知道自己犯了什麼錯？

余老夫人見余歲歲不說話，又頭痛起她的沒教養，忍了忍不耐，道：「雖然這些年妳受了不少委屈，但事已至此，如今妳已被認回了侯府，宛宛也被收為了義女，事情就這麼過去了。往後妳和宛宛就是親姊妹，她有的妳都有。若要再鬧出之前姊妹相爭的笑話來，就別怪祖母幫理不幫親了。」

切！余歲歲心中白眼都翻上了天。

這老太婆算她哪門子祖母？還幫理不幫親呢！她幫過真千金嗎？還不是覺得養得天仙似的余宛宛對侯府聯姻有用，她這個粗鄙的丫頭一無是處嘛！

不過想到今後還要靠著侯府吃飯，吃人嘴軟，余歲歲還是低眉順眼地應了一句。「知道了，孫女記住了。」

這話雖是隨口一說，可聽在余老夫人耳朵裡，卻是格外驚喜了。

要知道，余歲歲剛來的第一天，張口閉口全是余家村的土話，還夾雜著髒字，駭得余老夫人恨不得堵住她的嘴！

可如今，余歲歲用的是官話不說，還頗為有禮，余老夫人立即就覺得還有救。

也對，畢竟是侯府金尊玉貴的血脈，怎麼會差呢？

「妳知錯就好。妳長在鄉下，學問比宛宛和三個妹妹都差一大截，要勤學苦練，早日補上這個差距。」說是這麼說，余老夫人卻沒奢望她真能補得上。「這樣吧，從今兒起妳還回絳紫苑住著，也和姊妹們聯絡聯絡感情。明日便有女先生來給妳開蒙，妳可不許偷懶耍滑。」

余歲歲等的就是這個，當然乖順地應下了。

余老夫人這才放她回去。

回到偏院的時候，晚桃已得了消息，正收拾東西準備挪窩。另外的王嬤嬤和小丫頭翠枝雖然不情願，可還是難掩喜色，態度也沒有那麼囂張了。原著裡，這兩個人一直向著女主，余歲歲想著，過些日子定要找機會把她們趕走，省得成天在自己眼前添堵。

到了絳紫苑，這裡住著侯府所有的小姐。

余宛宛是侯府嫡長女，即使如今成了義女，這個名頭也沒有還給余歲歲，想也知道為什麼，不過余歲歲也不稀罕。

余家還有三個姑娘也住在這兒。

一個是余歲歲同父異母的庶妹余欣欣，原書中另一個惡毒女配；一個是二房的嫡女余清清，余宛宛的跟班之一；最後一個，是侯爺的繼夫人生下的嫡女余靈靈，剛過五歲，也正在開蒙。

余歲歲的親娘是元配侯夫人，已經去世，這也是余歲歲這麼不受待見的原因。不過就算她活著，以女主光環的強大，難保她不會成為欺壓真千金的另一個力量。

余歲歲住進絳紫苑的時候，她們都是不在的。這個時間，應該還在書閣裡讀書。不過余歲歲也沒興趣在意她們，她肚子都要餓扁了！

「姑娘！」

晚桃就像及時雨，余歲歲剛想吃飯，她就帶著早飯回來了。

比起昨天的午飯和晚飯，今天的早飯簡直是天上地下。

晶瑩的紅豆粥、香甜的水晶包子、小巧的蝦仁蒸餃……余歲歲的雙眼一瞬間冒出綠光，當場捲起袖子，不顧形象地狼吞虎嚥起來。

余釗進來的時候，看到的就是這一幕風捲殘雲的景象。

他個子不大，架子卻不小，嘴一撇，眼中升起不屑。「真是沒見過世面的野丫頭！不懂規矩，丟人現眼！本公子怎麼會有妳這麼一個姊姊？平白被人笑話！」

余歲歲盯著盤子裡最後一個水靈剔透的蒸餃，半個眼神都沒有給他。

毛都沒長齊的臭屁小孩，她一個二十多歲的靈魂才不會自降智商去搭理。

余釗見余歲歲沒反應，越發來了勁。「妳這村姑，聽到我說話沒?!」說著，拿起那裝著蒸餃的盤子，「啪」地一下就摔在地上。

玉瓷盤子摔碎成好幾塊，好看的蒸餃在地上滾了一圈後，可憐兮兮地躺在了余歲歲的腳邊。

余歲歲心頭的火苗「噌」地就燒上了眉毛。

她知道余釗。

元配侯夫人難產丟命生下的兒子、余歲歲的親弟弟、侯爺的獨苗苗、余老夫人的心尖尖。

原書中，他是個混不吝的紈袴霸王，唯獨只聽女主余宛宛的話，後來還愛上了這個沒有血緣關係的姊姊。

但對他真正的親姊姊余歲歲，余釗就比陌生人還狠了。

書中余歲歲人在侯府，正好在余釗觸手可及的範圍裡。他為了懲罰加害余宛宛的余歲歲，把染了瘟疫的東西丟進了余歲歲的院子裡，還封著院子不許人出來。

最後余歲歲和晚桃感染瘟疫，不治而亡。

雖說書中是余歲歲害人在先，可余釗對余歲歲的心狠手辣自幼便可見一斑。

因此現在余歲歲看著眼前這個九歲的孩子，無疑就像看著一個惡魔。

但這一回，余歲歲就要讓余釗知道，什麼叫魔高一尺，道高一丈！

她腳尖一挑，髒了的蒸餃轉眼就被她抓在了手中。

余釗還沒反應過來她這行雲流水的動作，余歲歲一把就捏住了他的下頜，迫使他張開了嘴。

「浪費糧食，天打雷劈！」余歲歲把蒸餃塞進了余釗的嘴裡，合上他的下巴，朝他胸口大力一拍，蒸餃就被余釗囫圇地嚥了進去。

「嘔……咳咳！」余釗捂著嘴就要吐，可怎麼還吐得出來？

他「啊」的一聲尖叫，張著手臂就朝余歲歲撲過去。

可再是混世魔王，也終究是個養尊處優的九歲孩子，哪裡是長在鄉野幹農活的余歲歲的對手？更何況，還是點了拳術、擒拿術BUFF的余歲歲！

只見余歲歲站起身來，抓住余釗的兩隻手臂，輕鬆地就將他反剪到後背，疼得余釗齜牙咧嘴卻動彈不得。

余釗到絳紫苑來，身邊的小廝是跟不進來的，所以整間屋裡除了他和余歲歲，就只有晚桃了。

晚桃被余歲歲嚇得不輕，不知道自家小姐何時這般厲害了！「姑、姑娘，公子……他……」

女孩子小時候的身量本就比同齡的男孩竄得快，即便是營養不良的余歲歲也比余釗高一頭。余歲歲「提」著余釗走到屋門口，一腳把他踹飛進了外頭候著的小廝懷裡。

「誰稀罕當你姊姊，你愛認誰就認誰去！再敢來我面前犯賤，我見你一次打一次！」說完，余歲歲拍拍手，轉身就回了屋子。

余釗是個十分識時務的紈袴，發現打不過余歲歲、吃了虧，就聰明地不再貿然挑戰，所以一臉陰沈地拉著小廝便走了。

晚桃仍是心有餘悸。「姑娘，公子他會不會去告狀啊？」

余釗當然不會告狀。只有沒用的人才喜歡告狀，那豈不是毀了他心狠手辣、混世魔王的人設？他只會暗地裡陰惻惻地謀劃下一次的交鋒，直到報此大辱為止。

所以余歲歲一點也不擔心。

「放心吧，晚桃。」余歲歲摸摸晚桃可愛的小腦袋。「收拾好盤子，咱們開始做早操！」

余璟跟著那兩個人販子，一路跟到了城外。

此時太陽已落山，天就快要黑了。

其實剛跑出集市沒多久，余璟就已經追上他們了。以他的身手，對付兩個人販子是綽綽有餘的，可多年辦案的經驗讓他有一種直覺——這兩個人不是臨時起意，可能是有組織的集團作案，附近應該就有他們藏匿的據點。

有據點，就會有更多的孩子，也會有其他的人販子看守。所以余璟沒有打草驚蛇，反而悄悄地跟了下去。

縣城那個集市人流混雜，等百姓前去報官，官府再派人探查，那些被拐的孩子可能早就被賣了。

余璟最恨這些人販子，如今便打定主意隻身營救。

前面的兩個人販子扛著孩子，已經在這一帶繞了好幾圈了。這些人警戒性高，繞圈只是他們的防備手段。

天漸漸黑下來了，許是覺得天一黑就安全了，那兩個人加快腳步，也不再繞圈了。

可惜他們遇上的是余璟，即便是黑夜，一雙眼也和老鷹一樣，犀利如刀鋒。

「總算是到了！」人販子停在一個荒廢的破屋前。

「這死孩子怎麼那麼胖？可把老子累死了！」

「你們怎麼現在才回來？」一個大漢從破屋裡出來。

余璟心裡一凜，知道自己猜對了。

「在集市上看到了個男娃，絕對能賣個好價。」一個人販子指著地上昏睡的小男孩。

「這麼胖？」大漢皺了眉。

「大哥，你忘了上次那個張員外了？」人販子小聲解釋道：「他生不出兒子來，萬貫家財沒人繼承。這些有錢人，最喜歡這種細皮嫩肉、白白胖胖的孩子了！瞧這孩子也就四、五歲，沒病沒災，還能養熟，咱們怎麼著不也能敲他一筆？」

大漢想了想，覺得他說的有理。「行吧，趕緊的，把人給抬進去。」又道：「屋裡的那幾個已經被我迷暈了，明天三更等車一到，就趕緊運走！」

等了好一會兒，直到屋裡漸漸沒了動靜，余璟才踩著外頭的土牆，輕輕躍進院子。院落荒廢很久，雜草約有半人高，還挺適合藏人的。

想到那大漢說明天三更有車會來，余璟心裡有了幾分打算。
他放輕腳步，小心翼翼，一點點接近院子中唯一的一個房屋。
房屋門窗都破損，四處漏風，倒正好方便了余璟探查情況。
人販子有三個，之前抬人的睡在門口看門；那個大漢睡在最裡頭，呼嚕打得震天響；另一個小個子睡在這一側，身旁就是拐來的孩子。
一數，有五個。
余璟目光灼灼，掃視著屋裡的情況，心裡盤算著對策。
突然，他的視線和屋裡一雙同樣明亮清澈的眼睛對了個正著！
余璟猛地一驚，再仔細看，那雙眼睛之下，是張稚氣未脫的臉龐，嘴唇輕抿，眉眼五官都十分俊秀。
看身量是個十一、二歲的男孩，甚至還要高些。
原來是個孩子。余璟鬆了口氣。
拐賣十幾歲的孩子很少見，難道是看中了這孩子的容貌，想賣他去做小倌？
余璟覺得自己好像發現了真相，不禁暗罵一頓人販子該死。
余璟朝那孩子做了個安心的手勢，自己則轉頭摸索起附近有沒有什麼可以用的武器。
此處不比現代，沒有警棍、辣椒水，也沒有槍，甚至連副手銬都沒有。
想著，余璟把目光落在草叢裡一塊尖銳的石頭上。

只能這麼辦了。

他走過去，撿起石頭，在手中掂了掂。

現代法治社會的人民警察，是不能這麼抓犯人的，但余璟管不了這麼多了。

他一遍遍在心裡默唸「人販子打死也活該」，給自己洗腦，一邊接近門口，手起石落，那人便軟軟地倒了下去。

余璟下意識摸摸他的鼻息，還好，下手不重，只是暈厥。

接下來就是那個小個子。

一回生二回熟，這次余璟下手更加乾脆俐落起來，力道把握得剛剛好。

大漢在另一邊睡得依舊香甜，呼嚕聲越發有節奏了。

余璟快步走到醒著的那男孩子跟前，低聲道：「別說話，叔叔來救你了！」

只見那男孩子一點也不害怕，眼眸亮晶晶地盯著余璟，眨都不眨一下。

余璟也是這時才發現，原來這幫人不光迷暈這些孩子，還給他們綁縛了粗繩。

他麻利地解開男孩子身上的繩子，轉身把那小個子人販子給綁了起來。

再回頭時，那男孩子竟已開始拆解身旁小孩子的繩索，也不多說話，抬手就遞給了余璟。

嘿，好小子！余璟心下暗讚。孺子可教也！

余璟把門口的人綁好時，男孩子已經把其他孩子的繩索都解下來了。

余璟拿過一根，重新撿起地上的石頭，悄悄朝大漢走了過去。

就在余璟接近大漢兩步遠的時候，地上的人突然一個鯉魚打挺，手裡什麼東西寒光一閃，朝著余璟就劈了過來！

好在余璟早就因為發現呼嚕聲停止而提前防備了，左臂往頭上一擋，攔住大漢的動作，腳下發力，踢向他的膝蓋。

大漢一個趔趄，雙腿一彎，跪倒在地。

余璟兩手順勢抓住大漢的雙臂，反剪在背後，整個人死死壓了上去。

「小子！」余璟朝身後喊道：「過來綁住他！」

男孩跑得挺快的，撿起繩子套住了大漢。

余璟用膝蓋死壓住大漢的腿，不顧他的嚎叫，三下五除二綁好了他，順便拉下他的腰帶，堵住了他的嘴。

這時余璟才看到大漢剛剛手裡拿著的，竟是一把小臂長的短刀。

壓下後背的冷汗，余璟將短刀收入鞘中，放到腰間，回過身拍拍男孩的肩膀。「可以啊，真機靈！」

男孩挺直腰背，雙手抱拳於胸前，躬身行了個大禮。「多謝好漢救命之恩！」

「呃……」余璟不習慣地摸摸鼻子。「好，不客氣、不客氣。」

將三個人販子扔在一起，再拿雜草擋住後，兩人來到了院子裡。

「你……這位小公子，你叫什麼名字？」借著月光細看，余璟覺得男孩不像是普通人。

男孩有些遲疑，可最終還是爽快地回答。「我叫陳煜。不知好漢尊姓大名？」

余璟笑笑。「姓余，名璟。」

「余先生真是好武藝，在下萬分欽佩！」

陳煜眼睛裡分明閃著孩子氣的崇拜，偏偏說出的話卻極為違和。或許貴族子弟總會少年老成些吧？余璟心道。

陳煜繼續道：「不知余先生可有徒弟？在下願拜先生為師，學習武藝！」

余璟不由覺得好笑，這孩子還真是想一齣是一齣，他這抓賊緝凶的技藝有什麼好學的？為了保護孩子幼小的心靈，余璟岔開話題。「小公子切莫放鬆警惕，我聽他們說，三更會有車來，你得協助我再放倒那人，到時用車把這些孩子送回縣城交給衙門。」

「嗯！余先生讓我幹什麼，我就幹什麼！」陳煜鄭重又興奮地點頭，一下子就忘了剛才自己在說什麼，滿心都是被自己崇拜的大俠認可的喜悅。

兩人蹲在雜草叢裡，不知過了多久，外面終於有了動靜。

隨著幾聲馬嘶，一個矮胖的男人跑進來，嘴裡喊道——

「大哥，車到了，快走吧！」

余璟趁其不備，一個閃身撲了上去，將男人撲倒在地。

陳煜拿著繩子迅速趕上，兩人又一次默契配合。

「說！你們還有沒有別的人要來？」余璟拿著短刀嚇唬男人。

「沒、沒了！」

「你們是要把孩子賣到哪兒去？」

「先去南關鎮，那、那裡有人接頭轉、轉賣……」男人知道遇見了硬茬兒，不敢隱瞞。

「你駕車，把我們送到澧縣官府，算你投案自首，減輕罪責。」余璟道。

「是、是！」

余璟也不知道南關鎮在哪兒，這事他已經管到頭了，再往下就得靠官府了。

因為今日要開蒙，余歲歲特意起了個大早，吃過飯後換了身新衣服，端端正正地坐在書閣裡等著女先生。她得給老師留下個好印象。

余歲歲是和五歲的余靈靈一起上課，余宛宛則和另外兩個妹妹在另一處。

侯府抱錯小姐的事情滿京城都傳遍了，女先生見到余歲歲時，眼中不由得劃過一絲憐憫。

「二小姐可識字？」女先生問道。

識？還是不識？余歲歲糾結了一下。

瞄了一眼余靈靈案桌上的《千字文》，認繁體字是現代人的胎生技能，於是余歲歲便道：「識。」

女先生見她答得乾脆，心裡卻是懷疑的。養在鄉下的姑娘，有幾個認得字的？許是不願意丟面子吧？女先生溫柔一笑，也拿來一本《千字文》，讓余歲歲誦讀。

「二小姐只管誦讀，若遇到不認識的字，停下就好。」

余歲歲沈溺於女先生溫柔如春風的笑容和嗓音裡，內心一個激動，唸完了全篇都沒有停下來，再去看女先生，嘴巴已經張大到能裝下一個雞蛋了。

「小姐在外……讀過蒙學嗎？」女先生驚訝不已。

「蒙學？蒙學都要讀些什麼？」

女先生道：「蒙學要識字、習韻律、讀史、識名物、讀孝賢。」

好傢伙，這麼多？余歲歲暗自驚訝。

難怪余宛宛小小年紀便有才名，貴族小姐們蒙學的含金量可比她的幼兒園多多了！

「先生，字我已識得了，只是不太會寫毛筆字，其他的也都不懂，還得請您費心教我。」

乾瘦的小丫頭雙眼裡充滿求知的渴望，不同於尋常貴女只為增加自身婚姻籌碼而讀書學習，那是一種純粹對知識的喜愛與嚮往。女先生心頭一軟，瞬間起了幾分教書育人的慷慨心緒。

第二章

一上午過去，女先生的慷慨之情已經轉變成了心潮澎湃。

實在是余歲歲太過聰慧了，但凡是她教的，背誦、理解、應用，沒有不會的。除了毛筆字寫得像狗爬，根本沒有任何缺點！

一個十歲才開蒙的孩子，竟有如此表現，女先生興奮極了，也更加扼腕余歲歲流落鄉野多年，白瞎了這般天賦！

這個消息，很快就傳到了侯府老夫人和侯爺的耳中。

中午時，一個嬤嬤將余歲歲叫去了正院。

一進門，就看見侯府家人齊聚一堂，上上下下、老老少少，全都齊刷刷地看向她。

余歲歲泰然自若地坐上了給她預留的位子，坦然接受著他們的打量。

「歲歲！」老夫人旁邊的男子皺著眉頭，卻並不是很生氣。「侯府不比鄉下，小輩最後入席，該當給長輩行禮賠罪。」

余歲歲看過去，穿書以來第一次見到她的便宜親爹——盧陽侯余衡。

長得倒還湊合，可惜沒有她爸爸好看，而且眼神太過算計，余歲歲討厭這種人。

「歲歲，愣著幹什麼？還不站起來行禮？」余老夫人提醒道。

余歲歲撇撇嘴。她從書閣回絳紫苑才知道余老夫人請她吃午飯，這也能怪她來遲？

「歲歲來晚了，給祖母、父親、母親、二叔、二嬸、姊姊、弟弟、妹妹賠罪！」余歲歲站起來，沒好氣道。

眾人無語。「……」

「這叫什麼賠罪？」余老夫人無奈道：「罷了，以後慢慢學便是。」

難得余老夫人沒嫌棄自己，余歲歲驚訝地掀了掀眼皮。

余老夫人繼續道：「前些日子府裡出了不少事，亂糟糟的不成體統，今日之所以擺這家宴，便也是為了有個收尾。」說著看向繼夫人。「秦氏，如今歲歲找了回來，宛宛也被侯爺收做義女，妳雖是後入門，可宛宛、歲歲都是要稱妳一聲母親，妳執掌後院，一干用度要極盡仔細，切莫厚此薄彼。」

「母親說得極是。自歲歲回府，兒媳便是打起了十二萬分精神，一刻都不敢怠慢。歲歲在外受了苦，兒媳心疼還來不及，只求能補償些才好。」

話說得好聽，前天差點餓死我的也不知道是誰？余歲歲在心裡吐槽。

「歲歲多年在外，府中的禮節和一應學問不能拖延。宛宛是姊姊，以後也要多多相助歲歲。今後侯府要上下一體、子孫同心，這才是人和家昌之道。」余老夫人繼續唱高調。

余歲歲本想敷衍稱是，卻看見一個身姿曼妙、容貌清麗的小姑娘娉娉婷婷地站起身來，禮節嚴絲合矩，讓人挑不出一點錯。

余歲歲神情一凜，這般模樣，除了女主余宛宛，再不會是旁人了。看看余宛宛，再看看自己，都是十歲，一個是白天鵝，一個是醜小鴨，難怪原先的余歲歲會忿忿不平。

不過幸好現在她穿越過來了，不會給女主找事，也不會擋女主的路，大家各自安好就行。

「祖母。」余宛宛一開口，便是柔弱惹人憐的模樣。「宛宛聽得祖母教誨，心中實在是愧疚萬分。」

「宛宛這是做什麼？妳何錯之有？」余老夫人慈愛道。

「那日歲歲妹妹與我起了爭執，我自己不小心才掉進了荷花池，可是因著歲歲妹妹說的一些話，我一時心中難過，這才沒有早些言明，反而讓祖母、父親誤會了妹妹。今日聽到祖母這麼說，我真是羞愧難當。我是姊姊，理應讓著妹妹，怎麼能跟她置氣呢？」說完，余宛宛又朝余歲歲行了一禮。「妹妹，是姊姊沒有早些說出真相，請妳一定要原諒我。」

余歲歲愣在原地。

「大姊姊這是做什麼？」二老爺家的余清清最先不滿起來。「明明是余歲歲先說大姊姊搶了她的身分和富貴，把大姊姊推進了荷花池，怎麼會是大姊姊的錯？」

余宛宛泫然欲泣地看向余歲歲。「可歲歲說的沒有錯啊，確實是我搶了她的身分，搶了本該屬於她的祖母和父親。如果不是當年陰差陽錯，歲歲才應該是侯府金尊玉貴的嫡長女，而我只會是一個普普通通的鄉野姑娘，一輩子都不可能見到祖母、父親這樣尊貴又仁善的長輩。」

「宛宛……」廬陽侯聽得一臉疼惜。「不要再說這些傷心話了。如果不是當年陰差陽錯，我也不會有妳這麼乖巧懂事的女兒。妳就是侯府的女兒，現在是，以後也是！歲歲，還不給宛宛道歉！」

余歲歲無語。「……」

人在凳上坐，禍從旁邊來。她就知道她身為女配不能離女主太近，離得太近就要莫名其妙的遭殃。

不氣不氣！這是古早的小說設定，這種女主自己可憐兮兮，讓身邊人替她出頭的橋段只是現代人看起來很奇怪而已，在古代這叫真善美！女主不是故意的！余歲歲默默給自己洗腦。

「父親，應該是我給歲歲道歉才是。妹妹，以後我會努力幫助妳修習禮節、陪妳讀書，會把妳的祖母、父親都還給妳，也會用一生好好補償妳的。」余宛宛的雙眼紅得像兔子。

余歲歲攥緊雙拳，復又放開，深吸了一口氣，隨即露出一絲苦笑。「姊姊別再如此說了，我初來乍到，心中驚懼，一不小心害姊姊落水，已經是良心難安了。姊姊高燒那幾日，我也是閉門思過，吃著殘羹剩飯，饑一頓、飽一頓的，不知能不能一解姊姊的病痛？」

「殘羹剩飯?!」二夫人李氏立刻驚呼。「妳這孩子，妳到底是侯府的正經小姐，怎麼能吃剩飯呢？」

余歲歲偷偷給她點了個讚，恭喜二嬸娘抓住了重點。

二嬸娘李氏和繼夫人秦氏不對盤很久了，余歲歲就知道她肯定會抓住這個機會給繼夫人上眼藥的。

對不起了繼夫人，雖然這或許不是妳的錯，但我要利用這個機會把那個王嬤嬤和翠枝趕走，只能這麼辦了！

果然，余老夫人也皺了眉。「秦氏，好好查查那些奴才是怎麼幹活的？怎麼能給小姐吃剩飯！我只是讓她閉門思過，何時要她挨餓了？」

「是，兒媳一定查個水落石出。」

余歲歲心下滿意，可她的戲還沒唱完呢！

「姊姊說，聽到我說妳搶了祖母和父親而覺得傷心難過，那確實是我一時想岔了。我只是看到姊姊的手又纖細又好看，不像我，早就長了繭子，粗糙難看……姊姊說得對，哪裡去找祖母和父親這般仁善的人？我在余家村時，晚上不敢早睡，早上不敢晚起，每天沒日沒夜地做活，只想求得奶奶的疼愛。可我哪裡知道，到底不是血緣至親，她又怎會真的疼我愛我……」話音未落，余歲歲的眼淚嘩啦嘩啦地便掉下來了。

那邊余宛宛好半天都沒哭出來的眼淚，被這一幕驚得直接給收了回去。

哼哼，這就叫用魔法打敗魔法！

余歲歲哭得慘兮兮，余老夫人再是鐵石心腸，也不由得嘆了口氣。看著余歲歲，想著去接她回來的家僕轉述給自己的，余家那個心狠無良的老虔婆，心裡到底是生出了幾分鬱氣。

「歲歲受苦了……」余老夫人嘆了一句。

余歲歲抽抽搭搭地繼續道：「好……好在余家爹爹待歲歲很好，他就歲歲這一個女兒，現如今也都沒了。我走了，還不知余家爹爹以後要怎麼辦呢？」說著，朝余宛宛瞥去一眼。

原著裡，侯府嫌余宛宛的親父窮又土，半點都沒有搶走人家唯一女兒的愧疚之心，也從未想過人家之後的生活。余宛宛更是從來沒有叫過他一聲父親，書裡給的解釋是她不知怎麼開口。到最後余宛宛身臨險境，反而是她的親生父親豁出命救了她。人死了，余宛宛才跪地痛哭地叫了一聲「爹」，有屁用！

余宛宛被余歲歲這一眼看得心裡一涼。

她一向認為自己善良心軟，連小動物都捨不得傷害。可自從身分揭曉後，她整日裡想的全都是怎麼報答祖母和父親的養育之恩、怎麼安慰余歲歲這個妹妹，卻半點兒都沒想過自己真正的親人，也完全沒意識到余歲歲是替自己白白受了十年的苦！想到這裡，她立時一陣心痛愧疚。

「祖母、父親，歲歲說得對，我才是有錯的那一個。我居然都沒有見我的生身父親一面，宛宛實在是有違孝道……」余宛宛也哭了起來。

「有什麼好見的？一個鄉下村夫，平白招惹些麻煩！」盧陽侯有些不滿。「我聽說余家窮得都揭不開鍋了，若真認了這親戚，還不回回上侯府來打秋風！」

余老夫人卻是不贊同。「宛宛說的也有道理，畢竟是親生父女，不給他們一個說法就這樣不管不顧，傳出去侯府的名聲也不好聽。」

裝哭的余歲歲腹誹：怎麼就成了余宛宛有道理了？這不是我提出來的嗎？算了算了，女主光環，認了吧！

「可真若是見了，不就更讓別人知道宛宛的生父是……」盧陽侯欲言又止。好不容易養成這麼一個女兒，將來還指望她能嫁入高門呢，若是時時刻刻讓別人記得她是農夫的女兒，她哪還能嫁得到好人家？

余老夫人一聽，也猶豫起來。

余歲歲在一旁聽著，眼珠子一轉，轉身便拉上了余宛宛的手。「姊姊，祖母有一句話說得對，姊姊已經是父親的義女了，以後我們就是親姊妹，姊姊跟余家村、余家奶奶、余家爹爹也是沒有關係了。他們既是姊姊的親人，一定高興能讓姊姊過上好日子。咱們倆以後就要像祖母說的一樣，姊妹和睦，家和萬事興！」

余老夫人心裡驀地一動。對啊，侯府收了余宛宛當義女，這是天大的恩典，余家感恩戴德還來不及呢！他們既然窮困，那就使些銀錢買斷了他們的父女關係，讓余家不要再來打擾余宛宛。到時恩威並施，余宛宛和余家再無干係，往後誰還會記得這樁舊事？

「衡兒，我看你就去把宛宛的生父叫來，陳明是非利害。他若是為宛宛好，自然會答應的。」余老夫人道。

盧陽侯不愧是余老夫人的兒子，馬上懂了母親的意思，立刻應下。「是，還是母親想得周到。」

余老夫人瞧著手拉著手的余歲歲和余宛宛，眼中流露出滿意。「嗯，歲歲果然長進不少。」

余歲歲目的達成，緩緩收了眼淚。

她只是可憐原著裡的那個余家爹爹，他什麼都沒做錯。若是侯府真能用錢買斷了他和余宛宛的關係也好，希望他今後好好生活，別再惦記余宛宛，別再為她付出性命了。

澧縣縣衙。

此時的余璟，正親眼看著澧縣的衙役將從破屋裡抓來的三個人販子押進監獄。

他和陳煜是上午時進城的，將前一日到今天凌晨的事情一說，縣官老爺拍了驚堂木就下令去捉拿犯人，衙役們順利地就找到了被綁縛在破屋的人販子，連同駕車來的那個，一起當堂判了刑。

可惜人販子供出的南關鎮不在澧縣的轄地，余璟也知道這裡並非現代，可以跨區域辦案，所以也不好強求。

陳煜說要去找親人，先行離開了。

余璟見塵埃落定，便也準備離開。

「壯士、壯士！」

胖墩墩的縣太爺匆匆跑了過來，攔住了他。

「壯士留步！」縣太爺道：「剛剛都還沒來得及問壯士的姓名。」

「喔，我叫余璟。」

「唉呀，余壯士，我真是要謝謝你啊！」縣太爺一把抓住余璟的手，抹起了眼淚。「你不知道，你救回來的那個白白胖胖的小子，是我的老來子啊！我這一把歲數了，就只得了這麼一個兒子，那小子貪玩，到集市去鬧，結果只這麼一轉眼的功夫，便讓人給偷抱走了！我老娘和內子聽說的時候，差點沒哭暈過去。要不是你救了我兒子，她們倆恐怕就……唉！」

余璟驚訝不已。「原來竟是大人的公子？那可真是太驚險了！」

「嗐，誰說不是呢？」縣太爺繼續哭訴。「你說說，我又是縣官，又是苦主，分明恨那人販子恨得咬牙切齒的，卻還得忍著悲痛，按律辦事，你說我容易嗎我？」

「喔，呵呵……」余璟乾笑幾聲。「大人真是清正廉潔、大公無私的好官！」

縣太爺想聽的就是這句話，心裡一喜，當下也就不哭了，又道：「余壯士，你救了我的命根子，我要請你到家中好生款待一番，你可千萬不要推辭！」

余璟正要推辭的話，一下子就卡在了嗓子眼。

「不光是我，我老娘和內子也是對你感激得不得了啊！」縣太爺道。「走走走，跟我回去吃酒！」

「不敢、不敢。」余璟知道古代尊卑有別，他總覺得縣太爺別有用心。可縣太爺是一縣之長，貿然駁了他的面子，對自己也沒好處，余璟只得半推半就地跟他回了府。

等見到縣太爺的母親和妻子後，余璟覺得，縣太爺或許並非別有用心，而是真的想要感激他，因為縣太爺母親和妻子的表現簡直跟縣太爺如出一轍，又是哭又是謝的，好不熱鬧。

好不容易哭夠了，酒席也擺好了。

余璟是男客，女眷不便上桌，就留下縣太爺和余璟兩個人。

「余壯士，這點銀子，作為謝禮，你一定要收下。」縣太爺上來便是兩錠銀子。

余璟看著那銀子，不知怎麼的就冒出個念頭——沒想到這第一桶金，居然是這樣賺來的！

縣太爺看來真是性情中人，幾番推拒之後，余璟還是不（欣）情（喜）不（若）願（狂）地收下了銀兩。

酒過三巡，縣太爺就差和余璟勾肩搭背了。

「余兄弟啊，你可知道，我這一個七品縣令，也是很不好當啊！」

余璟附和道：「大人勤政愛民，確實不容易。」

「你知道，澧縣是這周邊最大的縣城，離京城也是很相近，這越接近皇城腳下，日子就越是不好過。」縣太爺一肚子苦水。「就說這次的拐子，一下子拐走五個孩子，若是激起了民怨，我這年底的考核那就得往後挪呀！可你瞧瞧我這衙門裡的人，一個個懶散懈怠，抓個蟊賊，連賊都跑不過，就這還能幹什麼事？」

余璟點點頭，他確實發現衙門裡的衙差們體力都不太行。

「所以，」縣太爺一掌拍上他的肩膀。「像余兄弟這樣，一個人就能撂倒四個大漢的勇武之士，才是我需要的人才啊！」

「啊？」余璟恍然大悟。鬧了半天，原來是要他當捕快啊！

「余兄弟你看，你一表人才、相貌英俊、談吐得體又武藝不凡，若是當了捕快，升任捕頭那也是指日可待的。到時候憑你這樣貌和身分，娶個商賈千金也是配得上的，不比你種地要強嘛！」縣太爺一門心思想勸余璟入公門。畢竟，他難得遇到這麼個有本事的，若能把余璟招攬進來，他彷彿已經看到他的政績在節節高升了！

「這……」余璟確實猶豫了。

縣太爺說的沒錯，他也覺得自己是很英俊，畢竟如今這張臉，可是跟現代的自己一模一樣，只是年輕了一些……喔，不對，抓錯重點了。

若是要當捕快，那就是公門中人，吃公家飯，工作穩定，還很有面子。余璟當了這麼多年警員，其實並不太能跳出自己的舒適圈，因此捕快這條路，還真是個不錯的選擇。

不過，想到余家，余璟有些猶豫了。

真要是得了捕快這差事，余母和余家那兩兄弟還不巴在身上吸乾他的血？到時候他人在公門，走又走不了，逃也逃不掉。

余璟說道：「多謝大人垂愛，只是此事，我還需認真考慮一下。」

「應該的、應該的！」縣太爺也不著急，他並不覺得有人能拒絕這樣的好事。

吃過飯後，余璟懷裡揣著兩塊銀錠子，在縣城裡漫無目的地閒逛。

若是就這麼回家去，這兩塊銀子說不定就要進了余家兄弟的口袋。就算余璟不給，以他那個么弟的德行，偷了也是有可能的，所以他得先找個地方藏錢才行。

余歲歲結束下午的啟蒙課，回到絳紫苑，晚桃便告訴她，王嬤嬤和翠枝被管事娘子叫去訓斥一番後，打發到別處幹活了。

繼夫人說，過兩天便請牙婆進府，再替她選幾個丫頭。

對於繼夫人的辦事效率，余歲歲非常滿意。

不光如此，繼夫人身邊的大丫鬟還給余歲歲送來了這個月的分例，二兩銀子。因為要補償她多年在外受了苦，所以余老夫人特意准許給雙倍，就是每月四兩。

瞧見真金白銀在眼前，余歲歲所有的壞心情全都一掃而空，激動得恨不得跑到院中再多打兩套拳！

她這麼想，也就這麼做了。

大房庶出的余欣欣來的時候，就看到余歲歲在院子裡的樹下哼哼哈嘿的，蠟黃的臉蛋上因為運動多了兩團紅暈，就像土牆上點了兩塊紅墨汁般，在余欣欣看來就是醜得驚天地、泣鬼神。

余欣欣仰著下巴，得意洋洋地走過去。「真是個鄉巴佬，哪有半分貴女的樣子？真是丟死人了！」

余歲歲側身出拳，拳頭擦過余欣欣的鼻尖。

余釗被余歲歲踹飛的事情並沒有說出去，所以余欣欣哪裡知道她的厲害？還在不依不饒地說著話。

「妳也怪可憐的，余宛宛占了妳的身分，得了祖母和爹爹的喜愛，雖然她不如本小姐，但可比妳好看多了！好歹妳也是個真的，怎麼被個假的比下去了？」

余歲歲收回一隻腳，站定、收拳，吐出一口濁氣。

講真的，小說裡惡毒女配一個賽一個的好看，雖然比不過女主，那也都是女神等級的存在，因此別看現在的余欣欣年紀小，那也是個美人胚子。

不過，自己現在雖然很蠟黃，但以後也是要當大美女的好嗎？

所以，惡毒女配何苦為難惡毒女配？好好活著不好嗎？

余欣欣一直等不到回應，小小年紀到底修練不夠，頓時急眼了，吼道：「余歲歲！妳有沒有在聽我講話？」

余歲歲掏了掏被震痛的耳朵，從丹田裡發出一聲比余欣欣還刺耳的大叫。「晚桃，妳有沒有聽到狗叫？」

屋裡的晚桃一個激靈跑出來看，只見院子裡站著兩位小姐，頓時一頭霧水。

余欣欣被這「獅吼功」嚇得後退兩步，緩了緩才反應過來。「妳敢罵我是狗？」

余歲歲的眼珠轉了一圈，終於落在余欣欣的臉上。「咦？這不是三妹妹嗎？妳怎麼在這兒？來找我玩啊？」

「妳！」余欣欣氣得說不出話。

「小小年紀，不要總想著出來玩，這是妳該玩的時候嗎？先生佈置的課業妳寫完了嗎？教妳的琴曲妳練了嗎？我聽說隔壁那個余宛宛可都會彈〈廣陵散〉了，妳再看看妳！」余歲歲一副苦口婆心的樣子。「一寸光陰一寸金，妳現在不好好學習，將來有妳後悔的時候！」

看余欣欣聽得一愣一愣的，余歲歲一挑眉道：「還愣著幹麼？難道要我替妳去寫嗎？真是，一天天的，侯府養妳容易嗎？供妳吃、供妳穿，不就是讓妳好好學習，將來嫁個好人家嘛，妳——」

「啊！」余欣欣被唸得抓狂了。「妳！余歲歲，妳給我等著！」狠話雖然撂下了，余欣欣卻一邊逃跑一邊想著，她再也不要來找余歲歲了，余歲歲比爹爹和姨娘還嘮叨！

晚桃全程旁觀了這神奇的走向，不禁朝余歲歲豎起一根大拇指。「姑娘威武！奴婢聽說三小姐是府裡最不好惹的了。」

余歲歲不以為意。小意思，她還治不了一個九歲的小姑娘？

「不過姑娘，先生給您佈置的大字，您也還沒寫呢！」晚桃小心翼翼地提醒著。

余歲歲嘴角一抽。「呵呵……大意了。」

余璟藏好了錢，回到余家村時，天已經完全黑了。

本以為余家人已早早睡下，卻沒想到剛推開門，一個陶碗迎著他的面就飛了過來。

「你個養不熟的兔崽子，給我跪下！」

余璟迅捷地偏頭，陶碗擦著他的鼻尖飛出去，砸碎在地上。

他轉頭一看，余母怒氣沖沖地坐在草藤椅上，身後的余榮、余勝兄弟倆跟牛頭馬面似的站在那兒，一副凶神惡煞的模樣。

「怎麼了？」余璟走進門，心裡有些氣。

余母一聽他這話，立刻就嚷了起來。「你個不孝子，你還知道回來？怎麼不死在外邊算了！」

大哥余榮在一旁加油添醋。「老二，沒看見娘氣成這樣了嗎？還不快跪下磕頭賠罪！」

余勝也跟著叫。「就是！跪下，跪下！」

余璟卻不動。讓他跪親父母可以，他占了原身的身子，本來跪原身的父母也在情在理，但要讓他跪這麼個母親……沒門。「娘這是怪我回來晚了？」

余母沒想到余璟居然敢反問她，當即怒道：「晚了？你一天一夜沒回來，我還怪不得你了？」余母一拍大腿，罵道：「好啊，我把屎把尿地把你拉拔大，現在連問都問不得了？早知你是個不孝子，當初我就應該——」

「掐死我是吧？」余璟諷笑著接了一句。見多了這種撒潑打滾、道德綁架的老太太，他也是習以為常了。「我一夜未歸，娘不問我出了什麼事，回來便是一通責罵。若是擔心則亂倒也罷了，可娘到底是罵我沒回家，還是罵我沒能回來任勞任怨地給娘、大哥一家還有三弟做飯、洗衣服？」余璟看著余母要張嘴，立刻打斷她。「娘又要說如何辛苦把我養大，卻恨不得沒掐死我了？那大哥和三弟沒孝順過娘一天，怎麼不見妳罵過他們半句？」

「你跟他們能比？」余母一臉不屑。

「是，不能比。」余璟點點頭。「既然比不了，我也不招娘的厭煩了。打今兒起，妳就當作把我掐死了，再沒我這個兒子。」說完，余璟轉身就往外走。

「你站住！」余榮一聲大喝。「說走就走，你這是大不孝！便是告到衙門去，你也是吃不了兜著走！」

「那就請大哥去告吧！」余璟無所謂。「打板子、蹲大獄，怎麼都行。可不管怎麼樣，我這個免費苦力，大哥這輩子都別想再心安理得地用了！」

余榮一下子就偃旗息鼓了。不告余璟也要走，告了余璟還是留不住，怎麼盤算，怎麼不划算。想到自己的好日子，余榮覺得，還是服個軟，說說好話較穩妥。正想勸余母，卻見余母一個暴起，跳起來就指著余璟的鼻子開罵！

「你個不孝子！你滾，滾了就別回來！到時候人人都戳你脊梁骨，你死了也不得安生！」余母從沒想過老實聽話又懦弱的余璟會有忤逆她的一天，激動之下，罵得也非常難聽。

余璟也不怵，毫不客氣地回道：「若是真有戳脊梁骨的，怕是第一個戳不到我身上。人在做，天在看，到時是誰不得安生，死後自有分曉！」他這話懟的是余榮、余勝兄弟倆。

卻見余母臉上一白，不知想到了什麼，嘴一哆嗦，竟沒話說了。

余勝見大哥和母親都吃了癟，便覺得自己要站出來，於是挺著胸膛，一副二流子的模樣就撲了上前。

余璟看也沒看他，左腿一動，踢出道弧線，直接把余勝掃趴在地上，嗷嗷喊疼。

余母驚叫一聲，趕緊去扶余勝。

見狀，余璟掃視了自己製造出來的亂局一眼，冷聲道：「等大哥和三弟盡夠了自己的孝，我自會回來。」說完，轉身大步流星離開。

等離了余家有一段距離，余璟才不禁笑出了聲。

實在是罵得太痛快了，好像一下子出了多少年的鬱氣！這個氣既是替從前的余璟出的，也是替自己。

在現代時，囿於身分，很多話他不能說，再氣也必須忍著，罵完實在是神清氣爽。

趁著夜色，他來到了三表叔的家裡，敲了敲門。

「二小子？」三表叔開門見是他，嚇了一跳。「你這一天一夜上哪兒去了？」

「叔，我能在您這兒借住一晚嗎？明天我就上縣城去了。」余璟把發生的事簡要一說。

三表叔聽完很激動。「唉呀，這下可好了！有了這麼好的差事，看你大哥和三弟還敢不敢欺負你！」

古代普通老百姓對公差都是敬畏害怕的，余璟也是在回家的那一瞬間確定了，縣太爺的這個要求，他必須得應下。

就算到時候余家人找他，他也有法子治他們。

第二天一大早，一隊衣著光鮮的人馬進了余家村，直奔山腳下的余家。

「余璟！余璟在嗎？」領頭的人一跳下馬，就喊了起來。

「喊啥？他死了！」余母罵罵咧咧地走出來，在看到來人的一瞬間愣住了。「你、你們……找余璟幹啥？」看他們的穿著，似乎是有錢人家，余母當即提起精神來，臉上也換了個表情。

「我們是京城侯府的，找余璟上京去，我們侯爺要見他。」領頭的說道。

「侯府？」余母唸叨了一句，突然想到什麼。「好哇，我還正愁找不到你們呢！」余母指著領頭罵道：「你把我好好的孫女帶走，說什麼抱錯了，我還沒找你們算帳呢！把我的孫女還回來！」

「放肆！」領頭的舉起馬鞭。「侯府的小姐和妳這老婦有什麼關係？再不把余璟找來，我要妳好看！說！余璟在哪兒？不說把你們都抓進大牢裡去！」

余母一個激靈，這才知道怕了。「不不，我說、我說！他昨晚就走了，我也不知道他上哪兒去了！要不，你、你們去他三表叔家問問吧……」

三表叔家。

余璟起床後，剛用井水洗了把臉，就聽見外邊響起一陣馬蹄聲。

「余璟！余璟是不是在這兒？」

余璟一愣，撩開簾子走了出去。「我就是。」

領頭的定睛一看，正是之前來接小姐時見到的男人。

可當初見到的是個唯唯諾諾、小心翼翼的莊稼漢，今日見到的卻是個儒雅中不失英武的男人，尤其是那雙眼睛，犀利得讓人不敢對視。

「你……你是余璟？」領頭的完全沒了和余母說話的趾高氣揚，氣都虛了一半。

「尊駕找我何事？」

領頭的見余璟一皺眉，似是覺得煩了，心裡一突，趕緊道：「余、余璟，我們侯爺要見你！」

余歲歲吃完午飯，就帶著晚桃出來遛食。

絳紫苑有個小花園，專門供幾個小姐遊玩。

也不知是怎麼了，今天除了余歲歲外，余宛宛、余欣欣、余清清居然也都帶著丫頭來了花園。

四個人，三條路，誰也不願意露怯離開，於是就這麼一步步，最終全會合在花園中的小亭子。

女主、女主跟班、惡毒女配一號、惡毒女配二號……余歲歲瞧著這架勢，這是要搞事情的修羅場啊！

「二妹妹、三妹妹。」余宛宛最先朝余歲歲和余欣欣打了招呼。

跟余宛宛一起來的余清清，不情不願地也跟著福了福身，卻是連嘴都沒張。

余欣欣朝余清清一瞥。「四妹妹是把嘴落在院子裡了嗎？」

余清清一張小臉瞬間就青了。

余歲歲偷笑不已。雖然她也不喜歡余欣欣，但還是要給她鼓掌。

「大姊姊好、四妹妹好。」余歲歲露出八顆牙，然後看向余欣欣。「三妹妹，今天可好呀？」

余欣欣雙眼一瞪，像見了鬼一般，好久才頭一偏。「哼！」

余宛宛瞧著兩人的樣子，很是驚訝。要知道，余欣欣可是連自己都不放在眼裡的，如今見到余歲歲卻好似老鼠見了貓一般，倒也神奇。

余宛宛沒說什麼，余清清卻最先忍不住了。「三姊姊這是怎麼了？平日裡待我們趾高氣揚的，今日怎麼倒怕了一個鄉巴佬？」

余歲歲翻了個白眼。我還在這兒呢，要不要這麼直白啊？

小說裡的女主跟班，一般都負責做一些女主不能做的惡事，既替女主出了氣，還不影響女主的真善美。

余清清就是這麼一個存在，所以余歲歲不跟紙片人一般見識。

與余歲歲這個已經躺平的惡毒女配一號不同，余欣欣依然稱職地扮演著自己的角色。她是個聰明的女配，知道抓住矛盾的主線，於是她並沒有搭理余清清，反而看向了余宛宛。

「我聽說，昨天午膳一過，爹爹便派了人去余家村了。」

余宛宛神色一僵。

「余家村往返京城不過一日，恭喜大姊姊，下午妳就能和親生父親見面團圓了呢！」余欣欣皮笑肉不笑地說。

余宛宛的眼圈一下子就紅了。

余歲歲無語。這有啥好哭的？

余清清見余宛宛這樣，立刻便為她出頭。「三姊姊仔細說話！祖母和大伯都已經說了，大姊姊永遠都是侯府的小姐，哪有什麼親生父親！」

「呿！」余欣欣面對余宛宛時，戰鬥力永遠是最強的。「妳問問大姊姊敢不敢說這話？貪圖侯府的富貴，不認親生父親，這名聲要是傳出去，那可就好聽了！」

余宛宛的眼淚嘩啦便湧出來了。「歲歲妹妹，對不起，都是我不好……」她聽著這些話，就想起了昨天余歲歲說的，她確實是對不起余歲歲，因此覺得很難受。

前排吃瓜的余歲歲瞪大眼。幹麼cue我？關我屁事？

余清清立刻朝余歲歲怒目而視。「余歲歲，大姊姊都已經這麼傷心了，妳還想讓她怎麼樣？」

余歲歲無語。我他喵的……

「大姑娘！」一個丫鬟快步走來，站在亭外通報。「老夫人和侯爺請您換件衣裳，余家村來人了！」

余宛宛一聽，騰地站起身來，淚眼朦朧地掃過余歲歲，轉身就要回院子。

余清清不放心，急忙跟上去，臨走前狠狠剜了余歲歲一眼。

余欣欣也好奇余宛宛的生父是個什麼樣子，聽見這話便來了興致，站起來，掃過余歲歲一眼，匆忙離去。

余歲歲聳聳肩，不以為意，拿起石桌上丫鬟們剛剛擺上的甜點吃了起來。

「姑娘。」晚桃湊上前。「您是不是……也去看看？」

余歲歲下意識擺擺手。「大姊姊的爹來了，關我什麼事？」

「可……那也是姑娘的養父，之前姑娘還說了，他待您很好。」晚桃斟酌著用詞。晚桃當初就可憐被抱錯的余歲歲，如今又可憐起兩個女兒都沒了的余家爹爹。

經晚桃這麼一提醒，余歲歲也反應過來了，她確實是要去見見余家的養父才行。即便他養大的不是自己，但畢竟養了這麼多年，如果連見都不見一面，豈不是顯得自己很沒良心？原著裡的真千金就是這麼沒良心，但余歲歲不行。

「好吧，我們也去換件衣裳。」

雖然不理解為啥早上才穿的衣裳非得再換一身，但……大家都要換，那就一起換吧！

正堂。

余璟看著對面拿鼻孔看人的盧陽侯。侯府找他來，是要買斷他和親生女兒的血緣，從此親生女兒就是侯府的義女，與他再無關係。

其實余璟是不介意的，左右也沒什麼感情，余家又是那麼個地方，一個小女孩，侯府願意留下她，對她也是好事。那姑娘從小錦衣玉食、吃穿不愁，貿然還給自己，豈不是委屈了？

更重要的是，他心裡一直惦記著自己的女兒。即便是陰陽相隔、時空倒轉，他心裡唯一的女兒都只有余歲歲。

他並沒有做好擁有一個新女兒的準備，就像妻子去世後的這麼多年裡，他也從沒想要再有一個新妻子一樣。

盧陽侯看著眼前氣質不俗、談吐文雅的男人，雖然面上依舊看不起，但心中還是驚訝的。

他實在難以相信，一個大字不識的莊稼漢能有這樣不容忽視的氣場。尤其是那雙眼睛，好像見慣了生死世事一般，看上一眼就覺得正氣凜然，令人莫名膽寒。

他覺得，他不太能繼續和余璟在這裡坐下去了。

「咳！」盧陽侯輕咳一聲。「你既然同意了本侯的提議，銀子也收了，還簽下了書契，那這件事就這麼了了。本侯也不是不通情理的人，便准你和宛宛見上一面。」他就是要讓余璟看看余宛宛在侯府過的是什麼富貴生活，不信余璟這個當爹的見了後會捨得把女兒要回去吃苦。「聽下人說，她剛剛正在花園賞花，本侯命人引你前去。記住，那可是後院，看完一眼，就得馬上離開。」家裡其他女眷都被要求不許出來。

不得不說，盧陽侯真是想多了，因為余璟本想拿了銀兩就走人的。如今不好推拒，余璟便只能做出一副慈父的模樣，點了點頭。

此時的花園裡，余歲歲正被余釗堵在亭子邊的假山旁。

她剛準備回去換衣裳，就撞上了余釗。

看他來勢洶洶的模樣，余歲歲就知道這娃子回去想了幾天，應該是找到什麼報復她的方法，過來報仇了，於是她便站住腳步，打算看余釗能玩出什麼花樣。

但她萬萬沒想到，余釗居然拿出了一條拇指粗、毛筆長的花斑蛇來！

如果是小說裡的余歲歲，或許不會害怕，畢竟鄉下地方，蛇鼠蟲蟻多了去。

可現代的余歲歲不怕打架、不怕罵街，甚至不怕會飛的蟑螂，唯獨就怕蛇啊！

此刻的余歲歲，手指將自己的手心掐得生疼，明明腿已經軟了，根本動不了，卻依舊挺著身子，居高臨下地看著余釗，不肯洩漏半分害怕。

她知道，一旦她害怕了，就會被余釗抓住軟肋，她就永遠別想治住他了。

「余歲歲，只要妳跪下來給我磕頭，說妳錯了，我就扔了這條蛇，怎麼樣？」余釗捏著花斑蛇，湊向余歲歲。

余歲歲整個頭皮都麻了，卻仍然戲謔地開口說：「我當你這幾天是認慫了呢，原來是拿了這麼個玩意兒來嚇唬我啊！余釗，你幾歲了？」一邊說，她一邊強迫自己的腿支棱起來。

余釗的身高不及她，只要能抓住時機踹飛他，就能在不暴露自己怕蛇的前提下遠離余釗、遠離那條蛇。

余釗也沒想到余歲歲居然這麼鎮定，他往日見的都是些嬌滴滴的貴族小姐，見到隻蟲子都會尖叫。

正待說些什麼，余宛宛已經換好衣服，從自己的院子裡出來。

雖然眼圈微腫，但余宛宛總算是不哭了。

「釗兒？二妹妹？你們在做什麼？」余宛宛看著兩人奇怪的姿勢。

「啊——蛇！」她身後的余清清眼尖，立刻驚叫起來。

余宛宛頓時一驚，想也不想就撲過去。「釗兒，快放手！」

余釗一向親近余宛宛，見她撲來，下意識後退一步，不讓蛇嚇到余宛宛。

就在花斑蛇遠離余歲歲的那一刻，她終於重新感知到自己雙腿的存在。

此時，余欣欣也到了。

而花園的小徑上，一個丫鬟領著個長身玉立的男人，正朝亭子走了過來。

「余二爺，大姑娘就在前面。」

話音落，假山邊的幾人皆是一愣，隨即循聲望去。

余璟也順著丫鬟的指引，朝幾個孩子看了過去。

就在不遠處的那個男人看過來的一剎那，余歲歲整個人就像是被雷劈了一下，又被冷水兜頭澆下，然後再被一團瓷實的棉花塞滿了心臟。

這人……這人怎麼長得和她爸爸一模一樣？

彷彿胸腔裡有什麼東西再也壓不住，她渾身止不住地顫慄起來，想要走過去看個清楚，卻忘了自己的腿還在發軟。

於是，還沒邁出步子的余歲歲重心一歪，「啪」地一下就跪在地上，可眼睛還直勾勾地盯著那個男人，顫抖的聲音從喉嚨裡擠了出來。「爸？是你……嗎？」

余璟見到四個小女孩，下意識就在尋找到底哪個是他的「親生女兒」，哪個又是他的養女？

還沒等他看仔細，那個瘦黃瘦黃的小丫頭就先一步朝他跪下了！

難道這就是他的「親生女兒」？這也太客氣了吧？使不得、使不得啊！余璟上前準備把她扶起來。

剛走出兩步，余璟突然一怔。她剛剛叫他什麼？爸？古代人不是都叫爹嗎？

爸……余璟的腦子裡驀地一道光閃過，趕緊大步邁向前，看著眼前陌生的臉孔。「歲、歲歲？」

就在余璟走近的一刻，余歲歲就百分百確認，這就是真真正正生了她、養了她的親爸！因為那雙眼，她太熟悉了！

那是一雙當過二十年刑警的眼睛。一雙看遍了窮凶極惡的罪犯，和令人痛惜的受害者的眼睛；一雙會卸去一切審視、精利，溫柔疼愛地看著自己的眼睛。

「爸，我是歲歲……」余歲歲聽到自己的聲音，哽咽乾澀。

余璟連忙蹲下身，雙手抓住余歲歲的手臂。

他敏銳地感覺到，余歲歲的眼裡除了激動，還有幾分恐懼。

恐懼？他的眼角餘光立刻注意到身旁男孩手裡的花斑蛇。

歲歲最怕蛇了！

念頭一起，余璟閃電般出手，捏住男孩的手腕。男孩吃痛鬆手，花斑蛇應聲墜地。

就在一剎那，余璟的手指精準地夾住蛇的七寸，指節一彎，花斑蛇瞬間成了一條屍體，被毫不猶豫地扔進草堆。

看著余璟徒手捏死了蛇，余歲歲終於卸下了全身的戒備，「哇」的一聲，撲進了余璟的懷裡。

「爸——」余歲歲嚎啕大哭。

就像是受盡了委屈的小孩，等來了會為自己撐腰的大人，終於不用強裝堅強了。因為她知道，會有人永遠無條件地站在自己身前，為自己撐起一片天。

余璟緊緊地擁住女兒小小的身子，瘦弱的身板感覺一點肉都沒有。

他的眼角泌出些淚來。

歲歲瘦了。

歲歲受苦了。

父女倆抱頭痛哭。

被完全晾在一邊的余宛宛愣在原地，半晌都回不過神來。這個男人，不應該是她的父親嗎？

余欣欣和余清清也都看傻了。

還是余欣欣最先緩過來。「大姊姊，余歲歲進侯府那天，好像妳也是這麼趴在爹爹懷裡哭的吧？」

這可真是天道好輪迴，蒼天饒過誰。這下，可就說不清楚，到底誰搶了誰的爹了……

余釗也是傻站著，不知所措。

他本來應該為余璟捏痛了他的手腕而發脾氣的，可在他親眼看著余璟捏死那蛇就跟捏死隻螞蟻一樣後，他慫了。

他終於知道為什麼余歲歲不怕蛇，還那麼能打了。

不遠處，好奇余宛宛生父而過來看看的余老夫人朝丫鬟道：「這、這成何體統！去告訴他，看夠了，就該走了！」余老夫人甩下話就走了。

雖然他看的人有那麼一點點偏差，但這種窮土之人，侯府萬萬不能沾上。

等余歲歲和余璟哭夠了，好不容易分開，余釗已經溜走，余欣欣也看夠了熱鬧，覺得無聊而離開了。

余清清想拉余宛宛一起離開，可余宛宛卻紋絲不動。

眼下，只剩下他們三人。

可誰才算是外人呢？

「余二爺，您該走了。」先前的丫鬟又回來提醒。

余璟看看余歲歲，他還沒來得及跟女兒說上話呢！

「我送爹！」余歲歲倒是反應快，立即跳起來說道。

丫鬟遲疑了一下，但也沒多言。「那就請跟奴婢來吧。」

余璟牽過余歲歲的小手，跟在丫鬟的身後。

余宛宛被徹底忽視了個乾淨。

從花園到侯府門口，一路上，余歲歲和余璟都沒有找到機會說話。

眼看余璟該走了，余歲歲攥住他的手，不願意鬆開。

余璟自然也捨不得，想了想，看向女兒。「爸爸帶妳去吃一頓好的？」

雖然余歲歲剛吃過午飯不久，可剛才哭了一遭，細想是有些餓了，便點頭。「好。」

「二姑娘?!」丫鬟見余歲歲要跟余璟走，嚇得要攔。「您這是上哪兒去？」

余歲歲繞過她，走到余璟的另一側。「放心，我一定會回來的。」

親爸來了，她還要那個便宜爹幹麼？找虐嗎？

第三章

余璟牽著余歲歲，走在熱鬧的京城街頭。

明明身邊已經沒有了外人，可父女倆還是沒有一個人開口說話，只是靜靜地走著，拉著的一大一小兩隻手卻一直沒有鬆開。

走到一家賓客頗多的酒樓前，余璟停下了腳步，詢問地看向余歲歲。「就這家？」

余歲歲想了想。「錢夠嗎？」

余璟神秘一笑，領著她走了進去。

父女倆要了一個包間，點好菜，兩人坐在桌前，相視無話。

就像在現代時的那十多年一樣，他們父女倆總是沒什麼話可以聊。余璟有些鬱悶地想著。

其實他可以理解，因為他陪伴歲歲的時間並不長，而且歲歲是女孩，有些小秘密不願跟父親說也是正常的。

可如今兩人經歷了這麼一樁奇詭的穿越，從死到生、失而復得，怎麼歲歲就一句話也不想跟他多說嗎？

此時余歲歲的腦子裡正在糾結著，要怎麼跟堅定唯物主義的老爸解釋，他們不光是穿越了，還穿書了，而且不僅穿書了，還穿成一大一小兩炮灰了！

「……爸。」

「歲歲。」

父女倆同時出聲。

「歲歲要說什麼？」余璟很驚喜，滿眼期待。

余歲歲撓撓頭，組織了一下話語。「爸，你聽說過穿書嗎？就是……」

小二上好了菜，余璟才從余歲歲剛剛講的話中回過神來。

「來，多吃點兒。」余璟把所有菜盤子都朝余歲歲面前推了推，拿起筷子給她挾了塊肉。

「味道怎麼樣？」看著余歲歲一口吞下，余璟笑問道。

余歲歲點點頭。「還行。」跟侯府的飯菜味道差不多，沒那麼好，也不壞，但食材精細，一看就很貴。「爸，你也吃呀！」可不能浪費了。

「我不餓，歲歲多吃點，現在太瘦了，胖點兒才好看。」余璟的眼神一刻都不想離開女兒。

余歲歲這才想起自己如今的這具身體，長得跟原來並不一樣。

不過想想也是，她又不是書中的余璟親生的，怎麼可能長得一樣呢？

「爸，我跟以前長得不一樣了，你看著不覺得奇怪嗎？」余歲歲問。

余璟揉了揉她頭上的黃毛。「妳長成什麼樣，不都是我閨女？」頓了頓，他頗有些感慨地說：「現在這樣也挺好的，好像回到了妳小時候……」

他是個不稱職的父親，因為工作，從來沒有好好陪伴過女兒長大，等回過神來，女兒大學都要畢業了，更不可能經常留在他身邊。

可現在，女兒回到了小時候，正是需要父愛的時候，而他也正值青年，有無數的精力。這或許，是老天給他的一次機會。

看余歲歲吃得香，余璟說起了自己的打算。「本來我是打算離開京城，回縣城去當個捕快的，可現在有了妳，我就不能走了。侯府給的錢不少，加上之前那位縣令大人給的，在京城找個活兒幹，安定下來應該沒什麼問題。妳待在侯府，也不會吃苦的。之後妳如果有時間，就出府來看看我，需要什麼都跟我說。」

余歲歲聽得心裡有點難受。穿了書，親生父女變成了養父女，她還被困在侯府見不到親爸，這叫什麼事啊！

「爸，誰說我在侯府不吃苦的？」余歲歲撇撇嘴。「那個侯爺和老夫人都看不上我，對我也不好，我幹麼把他們當親人？而且在小說裡，我是惡毒女配，女主光環這麼強大，說不定哪天我就得倒楣。再說了，爸現在也是炮灰，留在京城離女主那麼近，也不知道安不安全呢……」

余璟聽得好笑。「我就說讓妳少看點亂七八糟的小說了，看看妳腦子裡裝的都是些什麼？哪有什麼女主、男主的？生活都是自己過出來的。要是這麼說，在爸爸眼裡，妳也是女主啊！」

余歲歲暗自搖頭。她老爸哪裡知道劇情大手、命不由己的道理喔！

「至於侯府那些人，不管怎麼說，還是得維持面上過得去。妳到底占了他們親生女兒的身體，若是鬧得不好，會讓人指責妳的。」在這個君君臣臣、父父子子的時代，別人不知道真相，只會罵那些做小輩的忤逆不孝。余璟可以忍受別人戳他的脊梁骨罵，反正問心無愧，可他捨不得余歲歲也這樣被人議論。他想了想又道：「不過，妳說的也有道理。我看那個侯爺，為人太過算計。他有權有勢，若是將來真把妳隨便嫁給什麼人家，我都沒有辦法保護妳。歲歲放心，爸爸一定加倍努力，讓妳這輩子無憂無慮。」

余歲歲看著余璟，他還是如往日那般溫和。

從小到大，她聽過太多回余璟說這樣的話了。

小時候余璟每次離家，她不捨地抱著他哭時，他都會這麼說。而媽媽也會安慰她，要她體諒爸爸的工作。

其實余璟確實說到做到了，她二十多年來吃穿不愁、開心快樂的日子，離不開他的拚命工作。

只是後來，她再也不會拉著余璟的手哭著不讓他走，她也再沒有媽媽了。

或許為人父母，總有這樣那樣的不容易，可作為孩子，其實只是想要爸爸和媽媽而已……余歲歲壓下心頭湧起的酸意。

不過現在這樣也好，爸爸會一直在她身邊，她也能陪著爸爸搞事業。

「爸，你打算做些什麼？」余歲歲眼睛亮晶晶的，期待地看向余璟。

「唔……還沒想好。」余璟有點心虛。

想和侯府抗衡，就得又有錢又有權，難不成他真要去考科舉嗎？可十年寒窗，余歲歲現在已經十歲了，古人結婚早，等他讀完書，怕是余歲歲娃都生出來了！

還有個辦法，就是去從軍。以他的身手，憑功晉升是沒什麼問題的，可那樣一來就沒有辦法陪伴女兒了。

余璟想不出個頭緒。

「爸，等你想好了告訴我哈，我把我存的錢都給你！」余歲歲說道。

余璟點了點她的鼻頭，寵溺道：「爸爸怎麼能要妳這個小財迷的錢？妳的錢自己留著花吧！」

余歲歲摸摸鼻子，她爸真是把她當小孩了。

吃過飯，余璟把余歲歲送回侯府門口。

今天他和余歲歲說的話，好像比過去二十年還要多，這讓他很高興。

為今之計，還是要先在京城落住腳才好。

看著余歲歲進門後，余璟這才轉身離開。
余歲歲進了侯府大門，還沒走幾步，就被余老夫人身邊的連嬤嬤給攔住了。
「二姑娘，老夫人請。」連嬤嬤語氣不善。
余歲歲猜到了大約是何事，點點頭，跟著她往正院走去。
進了堂中，就見余老夫人、侯爺和繼夫人正襟危坐，好似要三堂會審般。
一天天的，他們很閒嗎？余歲歲悄悄翻了個白眼。
「孽女，給我跪下！」盧陽侯怒喝一聲。
余歲歲嚇得一個激靈，脾氣也上來了。「我怎麼了？為什麼要跪？」
「怎麼了？」余老夫人冷哼一聲。「在花園裡就摟摟抱抱、哭哭啼啼，還私自出府幾個時辰不歸，如此不成體統、不合規矩！不光要跪，還要跪在祠堂裡思過！」
余歲歲無語至極。這什麼用詞？還摟摟抱抱？那是她爸耶！就算重新論，那也是養了她十年的養父啊！
一個十歲的孩子離開從小熟悉的家人，乍一重逢，抱著哭會兒又如何？親情在前，便是個迂腐的老學究來了，也說不出什麼錯來。
說白了，余老夫人和盧陽侯就是嫌棄余璟罷了。
「回祖母，余家爹爹養育歲歲十年，從未虧待，與血脈至親相比也並無差別。歲歲想念余家爹爹，並不覺得有錯。出府之事，未提前稟告祖母和母親，是歲歲失禮，祖母若是要罰，也要說清楚罪名才是。」不知道為什麼，見了余璟後，余歲歲心底便生出了前所未有的底氣。

余老夫人和盧陽侯顯然也沒想到，余歲歲一通言語邏輯清晰、口齒伶俐，比起前些日子剛進府中，簡直是天差地別。

「放肆！」盧陽侯拍起了桌子。「妳還敢狡辯？妳是侯府的女兒，與那余璟無半分關係，本侯才是妳爹！以後不許再提什麼余家村，更不許提余璟！」

「呵呵，父親說的真有道理。」余歲歲陰陽怪氣地道：「既然如此，大姊姊是余家爹爹的女兒，與父親也無半分關係，父親為什麼還要把她留在侯府，叫父親爹爹呢？」

「妳！」盧陽侯一噎。「本侯養了宛宛十年，當然親如父女！再說，本侯已收了宛宛為義女，余璟也收了錢，斷了和宛宛的關係，宛宛就是我侯府的女兒！」

「那余家爹爹也養了女兒十年，也與女兒親如父女啊！難道侯府的錢是錢，余家的錢就不是錢？還是父親對大姊姊的父愛是父愛，余家爹爹對女兒的父愛就什麼都不是？余家爹爹與大姊姊本就毫無感情，他收錢也是侯府逼他買斷和大姊姊的關係，又不是買斷與女兒的親情！」余歲歲說的合情又合理。

搶了人家兩個女兒，還拿錢買斷血緣，侯府罔顧人倫，不敢大肆宣揚，教訓起自己來倒是滿口規矩體統，臉皮真夠厚的！

「呵！」盧陽侯被氣笑了。「那妳的意思是，本侯還要再給余璟一筆錢，買斷妳和他的父女親情？」

余歲歲反應過來。嗯？有道理啊！我怎麼沒想到？

「夠了。」余歲歲還沒來得及回話，余老夫人就出言打斷了兩人的爭執。

余歲歲一句一個親情，拿著道義和余宛宛的身世，句句都戳在不能反駁的地方。再讓他們爭執下去，又有什麼意義？

找余歲歲回來，是因為侯府血脈不能流落在外；把余宛宛留下，是因為養出來的女兒不能浪費。

說白了，余宛宛是棋子，余歲歲是棄子。

但這話不能說，也不敢說。

可余老夫人卻從余歲歲的眼睛中，看到了這孩子聰慧清醒的心。恐怕余歲歲的心裡早跟明鏡一樣，看出了他們的打算吧？

難道真是龍生龍、鳳生鳳？余宛宛溫柔嬌弱得還不懂這些事，余歲歲只不過是才回來了幾天，讀了幾日的書，腦子就已經轉過彎來了？

如果余歲歲知道余老夫人在想什麼，一定會讓她少往她自己臉上貼金。

余老夫人看著余歲歲。「剛剛妳既然說，承認私自出府是失禮，那我若是罰了妳，妳便知錯？」

余歲歲點頭。「那是當然。祖母若是按失禮罰了孫女，孫女自然知錯就改，以後定會及時稟報祖母和母親。」

余老夫人嗤笑一聲。「開了蒙到底是不一樣了，伶牙俐齒！」歲歲這個性倒與宛宛截然不同，侯府有宛宛這樣的貴女，再多一個歲歲這樣的，也不失是件好事。一會兒功夫，余老夫人心裡就已百轉千迴。「秦氏，說到底，妳是歲歲的嫡母，妳說說，該要怎麼罰她？」她突然看向一直沒有出聲的繼夫人。

秦氏壓根兒不想摻和進余宛宛和余歲歲姊妹的事情。一個是義女，一個是前夫人留下的，又扯出個抱錯的橋段，管不好就是一身腥。秦氏出身當今太子生母秦貴妃的母家，卻是個旁支嫡女，因此才會被嫁入侯府做繼室。雖然她出身不高不低，但畢竟也是長在世家，因此也明白余老夫人和侯爺在盤算什麼。左右她也沒生下個兒子，如今只想好好教導唯一的女兒余靈靈長大成人、出嫁，她便安生在府裡養老。

可如今余老夫人點了她的名，再想推出去也不行了，只得挺了挺身子，硬著頭皮開了口。「母親，依我看，不如就讓歲歲在絳紫苑禁足吧？除了去書閣讀書，其餘時間便在院子裡思過。」

不得不說，秦氏是個聰明人。

從一開始余老夫人讓余歲歲去跪祠堂，到如今問她怎麼處置，其實就是打算大事化小了。

而秦氏說的禁足，跟不受罰沒有半點區別。余歲歲本來就是天天待在絳紫苑了，還能去哪兒？

這樣一來，既如了余老夫人的意，也不得罪余歲歲。

果然，余老夫人點了頭，滿意地道：「那就按妳說的辦。以後，妳這個嫡母也要上些心思，多教教她禮儀規矩，不要再發生今天這樣的事。」

秦氏雖然不樂意，但還是應了。

余老夫人看向余歲歲，正要打發她回去，就見管家匆匆忙忙地跑來，站在門前，垂首稟告——

「老夫人、侯爺、夫人，七皇子到府，已往正院來了。」

「七皇子？」盧陽侯一愣。「他來做什麼？」

余老夫人目光一變。「這七皇子，便是賢妃娘娘所生，得了皇后娘娘看重的那個？」

「正是。可咱們一向與皇后和賢妃素無來往，七皇子怎麼會到咱們府上來？」盧陽侯不解。

余老夫人擺擺手，不讓他多說，又對余歲歲道：「妳回去吧，好生在屋裡思過。」

余歲歲應聲退下，剛走出正院沒幾步，就見一個小廝引著個十一、二歲的少年朝這邊走了過來，余歲歲沒忍住好奇，看了過去。

只見那少年身形精瘦，衣著貴重，走起路來更是豎直挺拔，腰間配戴著上好的環珮，一舉一動盡顯貴氣。

再看他的容貌，雖然仍帶著孩子氣，可五官明朗清雋，濃眉大眼、鼻梁高挺，嘴唇也不薄不厚，妥妥的一枚小帥哥。

如果他是現代的童星，余歲歲可能會在微博上嚎兩句「姊姊可以，嘶哈嘶哈」，但現在……她默默收回視線，內心沒有一絲波動。

喔，其實還是有一絲的——嘖，又是個炮灰！

是的，在原書裡，這位七皇子也是個炮灰。從頭到尾沒幾句戲分，最多的戲分就是在他被圍場突然跑進來的熊重傷不治而死的時候。

這種劇情，聞起來就有陰謀的味道，但又有什麼用呢？

當今聖上有很多皇子，前頭的幾個都已成年，最大的皇子為秦貴妃所生，已封為太子。小說裡，盧陽侯就是太子這一派。

太子之後，還有三皇子、五皇子這兩個很有野心和實力的皇子，而且個個都母家顯赫。七皇子的母妃賢妃也出身高門，外祖父是當朝大儒，可賢妃性格清冷，不屑爭寵，所以也就沒有寵。

當今皇后一直無子，娘家也很顯貴，而且跟另外幾個皇子和他們的母妃關係都不好，唯獨比較欣賞賢妃。再加上七皇子年齡不大不小，既沒有成年皇子那麼扎眼，又不像年幼皇子那樣看不出品性，因此皇后就看中了仁善聰慧的七皇子，時常看顧一二。

畢竟如果七皇子繼承帝位，皇后就是正經的嫡母皇太后。

但誰又能想到，原書最後，皇帝的一眾皇子死了個乾淨，最後剩下個六、七歲的小娃娃繼承了皇位，然後讓男主當了攝政王呢？

算起來，那個娃娃應該最近剛剛出生吧？

正院，余老夫人和盧陽侯給七皇子見了禮，便要將他讓到上座。

七皇子拱手推辭，十分有禮。「我是小輩，不敢托大，請老夫人和侯爺上座。」

畢竟是未成年的皇子，並未封王，而余老夫人和盧陽侯身上都有誥命和勛爵，上座也合情合理，於是兩人便欣然就座。

「不知殿下到府，所為何事？若有什麼吩咐，差個宮人跑個腿便是，何須您親自登門呢？」盧陽侯試探道。

他是太子派系的人，皇后和秦貴妃如同水火，誰都知道皇后是想培養七皇子當儲君，因此七皇子突然到侯府來，倒叫盧陽侯覺得忐忑不安。

七皇子到底是個孩子，聞言臉上便露出些不好意思的神情。「侯爺見諒，確是我貿然登門，唐突了。」

「不敢。」

「我來，是為了尋一個人。」七皇子道。

「尋人？」盧陽侯驚訝不已。七皇子要尋人，怎麼會尋到侯府來？想著，他便試探道：「呃，不知您要尋找何人？可是臣能幫得上忙？」

七皇子點點頭。「此事確與侯爺有關。其實我為尋此人已兜轉了幾個來回，可每次都只差那一時半刻而錯過了。一步步問下來，才知他近日被侯爺請入了侯府，情急之下，這才貿然登門拜訪。」

「被臣請來？」盧陽侯滿腦袋疑問，突然想到什麼——這幾日侯府裡只有一個人是從外邊來的，該不會是……

七皇子道：「此人名叫余璟，是我的救命恩人。不知他是否還在府上？能不能讓我見見他？」

盧陽侯的臉，立刻就青了。剛剛才嫌棄過的人，轉眼就成了皇子的救命恩人，皇子還巴巴地找上門來，總覺得一張臉燒得有點疼啊！

不過轉念一想，那又怎樣？也就是個恩人罷了，左右使點錢財總能找到的，反正侯府與七皇子半點兒關係都沒有。

「回殿下，此人確實來過臣府中，只是如今已經離開了。」盧陽侯回道。

七皇子眼底流露出些許失落，眼眸一垂。「竟是又錯過了……難道我要尋遍京城才找得到嗎……」

余老夫人瞧著七皇子的模樣，不禁問了一句。「殿下是非要找到此人嗎？」

七皇子點頭。「是啊，救命之恩，自當報答。」

余老夫人點點頭。「殿下真是有情有義，至仁至善。說起來，老身的孫女或許會知曉殿下要尋的人在何處。」

「真的？」七皇子雙眼一亮。「不知是府上哪位小姐？可否請來細問？」

「不敢隱瞞殿下，這便讓人將她叫來，還請殿下稍等。」

余老夫人叫來丫頭。「去請二小姐過來。」

七皇子聽到有了余璟的消息，即便面上再是維持沈穩，也難掩心底的開心與激動，眼睛直溜溜地盯著門口，一眼都不眨。

盧陽侯奇怪地看向余老夫人，不明白她為何要把余歲歲叫來？就讓七皇子自己去找不就得了？反正早晚總能找得到。

余老夫人深知自己兒子在想什麼，回給他一個稍安勿躁的眼神，讓他儘管聽自己的便是。

沒一會兒，余歲歲就來了。

余歲歲剛回到院子裡，屁股都還沒坐熱呢，就被丫鬟火急火燎地叫出來，說七皇子要見她。她莫名其妙地跟著走，滿腦子都在想著，七皇子見她幹什麼？沒印象書中這兩人有什麼交集啊！

等進了正堂，看見七皇子一臉期待，眼裡裝滿星星般地看向自己時，余歲歲差點以為，剛剛七皇子在門口對她一見鍾情了……

「祖母、父親。」余歲歲福了福身。

「歲歲，見過七皇子。」余老夫人指指七皇子。

余歲歲便又行禮。「見過殿下。」

「快快免禮！」七皇子的語氣都帶著些興奮。

余歲歲更覺得奇怪了。

「歲歲，妳可知余璟如今人在何處？」余老夫人問道。

余歲歲一愣。「怎麼了？祖母找他有事嗎？」

余老夫人道：「余璟救過七殿下，殿下特意尋來，要感謝他的救命之恩。」

聞言，余歲歲兩顆黑葡萄似的眼睛就跟燈泡一樣，「唰」地一下就亮了，她「噌」地轉過頭，看向七皇子。

此時的七皇子在她眼裡，就是個發著光的財神爺、金大腿、活菩薩啊！

七皇子對余歲歲的第一印象則是——這個妹妹，眼睛真亮啊！

余歲歲眼珠子一轉，朝七皇子說道：「余家爹爹自澧縣而來，並無居所，自然是落腳在客棧之中了。」

「余家爹爹？」七皇子疑惑了一瞬，小聲重複了一遍這個稱呼。

盧陽侯狠狠地剜了余歲歲一眼，出言岔開話題。「既是住了客棧，可知是哪一家？」

余歲歲面露迷茫。「我對京城也不熟悉，只知道那客棧在哪裡，忘記它叫什麼了。」

「妳！」盧陽侯一氣。

七皇子找了這麼久，總算得到了確切的消息，自然是有些心急了。他想了想，復又看向余老夫人和盧陽侯。「老夫人、侯爺，可否……請貴府小姐帶我前去？」說著，他站起身來，竟是作了一揖。「請老夫人與侯爺見諒我一時情急，我只遠遠跟著，絕不近前。」

余歲歲看著七皇子又是著急、又克己守禮的樣子，不由得低頭偷笑一記。一個十幾歲的孩子，總這麼老成幹麼？

余老夫人和盧陽侯對視一眼。他們能說不行嗎？他們有說不行的權利嗎？他們沒有。

「殿下真是仁義純善，那便讓她為殿下領路就是。」余老夫人鬆了口。說罷招來連嬤嬤，要她跟著余歲歲一起，帶七皇子去找余璟。

余歲歲波瀾不驚地應下。

等出了正院，余歲歲的心才飛揚起來。

她當然是故意的！余璟住的客棧，就在之前那家酒樓隔了兩條街的地方而已，是她和余璟一起去訂的房間。

只是七皇子這麼千辛萬苦地尋找她爸，在余歲歲看來就是個極好的抱大腿的機會。

雖然七皇子以後會是炮灰，可他現在還不是啊！

金大腿自己送上門來，不抱白不抱。

余歲歲就是想聽聽七皇子到底要找她爸幹什麼？剛好也能在旁邊出出主意什麼的。

雖然余老夫人讓連嬤嬤跟著她，但這並不影響她的計劃。

要說在這裡，女子出一趟門是真麻煩，又要戴冪籬，還要套馬車，難怪之前余老夫人氣得要罰余歲歲跪祠堂。

就這樣，余歲歲和連嬤嬤坐著侯府的馬車在前面引路，七皇子坐著來時的馬車在後面跟著，兩輛馬車沒走幾步，就到了余璟所住的客棧。

「應該就是這裡了……」余歲歲做戲做全套，撩開車簾看了兩眼，才起身要下去。

「二小姐，您下去做什麼？」連嬤嬤連忙一攔。「路帶到了，咱們就得回去了。」

「我若回去了，七殿下如何知道余家爹爹住哪間客房？」余歲歲反問。

得虧連嬤嬤從沒住過客棧，一下子竟被余歲歲給唬住了，一個愣神的功夫，余歲歲就跳下馬車，衝進了客棧。

連嬤嬤看得直搖頭，也不得不跟著下了馬車。二小姐這分明還是鄉下野丫頭的作派，哪裡像個大家小姐的樣子！

七皇子也被余歲歲這一齣整得有些意外，他見余歲歲竟和他一同進了客棧，不禁愣得站在原地一動也不動。

「唉呀，你怎麼這麼古板！還想不想見你的救命恩人啦？」余歲歲急得下意識就要去拉他。

七皇子立時向後退避。

余歲歲察覺不對，縮回了手，無奈地背到身後，像在對著一個不聽話的熊孩子一般，說：「那你自己跟上來啊！」說著，邁開大步就朝裡走去。

七皇子與身後的侍從、連嬤嬤哪曾見過這架勢？全都呆了好一會兒，才快步跟了進去。

余歲歲來到余璟訂下的房間門口，敲了敲門。

很快地，門就開了。

余璟開門，目光所及沒有人影。

一低頭，看見一個戴著紗做的帽子的小姑娘。

再定睛一看，才看出是余歲歲。

「歲歲？妳怎麼來了？」余璟驚喜不已。

余歲歲一把掀了讓她煩得不行的冪籬，自然地塞進余璟懷裡，小聲附耳過去道：「爸，我給你帶來了一個驚喜。」

余璟朝她身後一瞧，眼睛猛地一亮。「你不是那個，澧縣的……」

七皇子靦腆一笑。「見過余先生。」

「這是……」余璟不解地看向余歲歲。

「唉呀，我們進去再說。」余歲歲推推余璟，把七皇子讓進門來。

連嬤嬤和侍從便守在門口。

「余先生，我之前在澧縣縣衙、余家村都曾找過你，若不是有人告訴我你來了京城盧陽侯府，還不知何時才能相見。」七皇子一進門，又是恭恭敬敬的，半點兒都沒有皇子的架子。

余璟驚訝極了。「陳小公子是京城人？還到……侯府尋我？」

「爸……爹爹，他是當今七皇子。」余歲歲掩嘴，一點也不小聲地介紹道。

余璟一驚。他雖早看出陳煜並非普通人家的孩子，卻沒想到他竟是皇子。

堂堂皇子，居然能被人販子綁架？余璟也是覺得不可思議。

「……殿下既是皇室貴胄，又怎會落入拐子手裡？」

七皇子陳煜的臉肉眼可察地劃過一絲尷尬，面頰無法控制地微微泛紅。「我是得了母后恩典，回澧縣外祖家送壽禮，順便居住兩日。無意間在街市發現了偷賣孩童之人的行跡，一時情急便跟了上去，可惜才疏學淺，很快就被察覺，這才……」想想，還真是有些丟人。

當時綁他的那人說他長得俊秀，可以賣去做小倌。要不是余璟來了，他豈不是真要被弄進那種地方？

余璟和余歲歲這才恍然大悟。

余歲歲在今日吃飯時，已從余璟口中得知了他這段時間的經歷，卻並未聽他提起這一段，想來是不願與她多說，惹她擔心。

「殿下。」余璟的神色鄭重起來。「見義勇為是好事，但也要量力而行。遇到這樣的事情，最安全也是最穩妥的辦法就是通報官府，而不是以身涉險。幸好這次我及時趕到，不然殿下若真是被賣掉了，皇上和皇后該有多傷心？他們——」

「哎！爹、爹！」余歲歲連忙拉住余璟的手，不讓他繼續說下去。她就知道，遇到這事兒，他一準要犯職業病！「爹，七皇子不是皇后生的，是賢妃生的。」這話，余歲歲是附在余璟耳朵邊說的，誰也沒聽見。

「喔！是我說錯了。」余璟恍然大悟。「但是殿下以後還是要記住，絕不能再這麼冒險了，皇上和賢妃娘娘會傷心的。」

余歲歲一呆。「……」

陳煜愣住。「……」

門口豎著耳朵聽的連嬤嬤，覺得自己的冷汗都要下來了。

他們這是在當面編排皇子是吧？膽子真夠大的！

好在陳煜年紀不大，母妃出身高門，又有皇后看顧，正是一腔赤誠的年紀，不講究什麼尊卑，性格更是一向仁善隨和，尤其他現在滿心想的都是拜余璟為師。

陳煜到底是聰慧的，早在侯府時，聽到余歲歲對余璟的稱呼不太對勁，在來客棧的路上，便問了身邊的侍從，這才知道在他離京期間，盧陽侯府發生的抱錯女兒一事。

看來，這位行事率性純真的侯府二小姐，便是那位流落在外的侯府血脈，而余璟就是她的養父。

不僅如此，陳煜還看出了余歲歲和盧陽侯關係僵硬，卻和余璟關係親近。

在他心中，余璟本來就是他的榜樣，又想到皇室親生血脈生分疏離、明爭暗鬥，而這對養父女經歷這麼多事仍然親情不變，陳煜更是覺得欽佩又嚮往。

想著，陳煜站起身來，躬身便是一個大禮。「余先生，您剛剛的教誨，陳煜銘記在心。還請余先生收我為徒，教我武藝，讓我下一次更有能力去做同樣的事情！」

余璟愣了，余歲歲卻是喜上眉梢。

媽呀，多麼至純至善的孩子啊！這種個性生在皇家，不被當成奪嫡路上的炮灰，那簡直都是不合天理啊！

「這……」余璟猶豫了。之前在澧縣，他以為陳煜是一時興起，可如今這孩子這般鄭重其事，他也覺得十分感動，可兩人的身分……「殿下身分貴重，怎可拜我一介草民為師？」

余璟這時想起來他是個草民了。

陳煜並不介意。「三人行，必有我師。只要能習得本領，天下英才皆可為我師。先賢曾言，有教無類。連學生都可以不分貧富，那師父又何須拘泥於身分呢？」

說得好！余歲歲悄悄在心裡鼓掌。

余璟也瞬間對陳煜刮目相看，尤其是那句「天下英才皆可為我師」，實屬霸氣非凡。假以時日，說不定陳煜也能成就大器。

「既然殿下把話都說到這分上了，草民便不再推辭。」

陳煜驚喜非常，深深拜了一禮。「師父在上，學生有禮。」

可余璟受了陳煜的禮，才想起另一件事來。「殿下住在宮裡，而我在宮外，而且如今尚未在京中落腳，殿下若要習武，恐怕有諸多不便啊！」

陳煜想了想，道：「不如我先替師父尋一住所？」

「這……」余璟雖然心動，但卻知道這並不是件好事。

再是拜了師徒，七皇子永遠是七皇子，古代尊卑有別，吃人嘴軟，拿人手短，余璟不想過度依賴任何人。天底下，只有自己才最靠得住。

或許是天生的父女連心，余歲歲只一眼，便看出了余璟的顧慮，其實這也是她的想法。

七皇子早晚是會成為炮灰的，他們不可能永遠靠著他，必須得自力更生。

之前余歲歲和余璟對怎麼開始兩人在古代的新生活還沒有頭緒，可現在，陳煜倒是給了她一個靈感。「殿下、爹爹，我突然有個想法，不知道行不行？」

余璟和陳煜一同看過去。

「教一個人也是教，教一群人也是教，不如爹爹就在京中開個武館，專教人習武練功吧！」

「武館？」余璟和陳煜同時驚訝道。

陳煜如今十二歲，正是少年意氣的時候，一聽就覺得不錯。「余姑娘說得極是！師父，我也覺得好。師父是我見過功夫最好的，便是父皇身邊的禁衛軍也難有比得上的。若是師父開設武館教習，定會極受歡迎，也不會犯愁生計的。」

陳煜說的確實是實言。

當今天下太平，皇帝乃圖治之君，文臣治天下已久，便難免形成文為重、武為輕的氛圍。

但隨著中原王朝與西、北各草原國度通商、交流變多，又有俠客傳奇、說書段子的流傳後，如今的雲朝也有一小部分尚武的風氣。

京城中尚武之風不濃，但也是有的，而且大多都是像陳煜這樣的年紀較小的貴胄子弟。他們出身富貴，不愁吃穿，也沒到操心功名的時候，所以有大把的時間和精力用在這上面。正苦於自娛自樂，不得要領呢！

如果余璟真的開了武館，這些富家子弟的束脩便是很大的一筆財源。

余歲歲和余璟父女倆雖不知道內情，可看陳煜一副十分有把握的樣子，也都覺得這個想法可行了。

「歲歲的想法，倒不是不可以試試。」余璟盤算著。武館只需要場地，後續的花銷卻是不大的。這樣既能解決生計問題，也能結識更多人脈，還能常伴歲歲身邊，一舉三得。「既然如此，我這兩天就去打聽一下。」余璟下定了決心。

既已拜了師，陳煜也不能在宮外多待，便告辭離開了。

余歲歲見連嬤嬤頻頻往屋裡看，就壓低聲音，抓緊時間和余璟咬起了耳朵。「爸，雖然七皇子也是炮灰，但他現在就是我們的大腿！他這麼崇拜你，只要跟他搞好關係，肯定能在京城好好生活的。」

「他也是炮灰？」余璟震驚了。「這孩子很有做大事的風範，怎麼可以當炮灰呢？」

余歲歲快速將書中的劇情講給余璟聽。

「這書寫得太不合理了。」余璟搖頭道：「雖然其他皇子我還沒見過，但如果連陳煜都要被炮灰掉，留下小皇帝登基、攝政王輔政，那就是朝政不穩、國家生亂的先兆！」

「哇，爸你好懂！」余歲歲送出一個彩虹屁。

「妳爺爺、奶奶一個是歷史老師，一個是國文老師，妳爸我可是文武雙全！」余璟一臉驕傲。

余歲歲無語。終於知道自己的蜜汁自信是遺傳自何處了……

「不行。」余璟摩拳擦掌起來。「我不能看著這麼好的孩子當炮灰，一定要好好教他，日後遇到那頭熊，就算打不過，跑得過也行啊！」

余歲歲沒想到，她只是隨口一說，竟激起了余璟的鬥志。

「爸，你想改變劇情線？」余歲歲眼含驚喜。

余璟臉一正。「早告訴妳不要糾結什麼主角、配角、炮灰的，命運由己不由人。學過辯證唯物主義吧？事情是會不斷發展變化的。妳又怎麼知道，我們的穿越不會引起蝴蝶效應，改變原來的劇情呢？」

余歲歲從沒見過余璟的這一面，讓人有一種被激勵、被鼓舞的感覺。

她的性格比較佛系，雖不至於擺爛，但也絕不是進取的那種人。

父女倆以前其實很少交流，更不會談論這種態度性、觀念性的話題。余璟總是帶著彌補的感情面對余歲歲，而余歲歲則也不遠不近的和他相處。

可余璟也曾是余歲歲小時候眼裡的英雄，雖然時隔多年，但此刻的余璟，彷彿又一次和余歲歲心目中的那個大英雄重疊在一起。

「爸，我支持你！」余歲歲捏了捏手心。

不管是為了自己，還是為了爸爸！

帶著滿腔的鬥志，余歲歲信心滿滿地回了侯府，看見房中案桌上擺著沒寫完的書法，胸中的中二之魂無數抒發，拿起毛筆，便奮筆揮毫。

腦海裡，自己彷彿化身書聖，筆走龍蛇，一氣呵成！

再一低頭，余歲歲瞬間回到現實。

橫不平，豎不直，筆劃歪歪斜斜如蚯蚓。腦子會了，但手不會，它有它自己的想法！

沒天理啊，寫個書法怎就這麼難！

「嗤！」

一聲嗤笑，在余歲歲的桌前響起。

余歲歲抬頭，看見余清清抱著臂膀，頗有幾分王者看青銅的意味。

「宋先生怎麼會誇妳是她教過的最好學生？妳寫出這種字，應該會讓宋先生丟臉吧！」

給余歲歲和余靈靈開蒙的女先生名為宋玉昭，她對余歲歲的讚揚早已經傳到了各院人的耳朵裡，余清清自然也是聽說過的。

說起來，余家除了還小的余靈靈之外，其他三個小姐的性格真是各異。

余宛宛是純純的白蓮屬性；余欣欣則素來陰陽怪氣；而余清清愛打抱不平、講義氣，可對於是非對錯的判斷卻是全憑個人喜好，並不客觀。

對付余清清，自然要採用和對付余宛宛、余欣欣都完全不同的辦法。

余歲歲放下筆，也不生氣，卻是一副神色很凝重的樣子。

「妹妹寫得好，那是自幼練出來的功夫；我寫不好，是因為我從小沒有練過字。當自己擁有一件東西或是一項本領的時候，不要輕易嘲笑別人沒有，要先想一想，別人為什麼沒有？為什麼別人要付出很多代價才能擁有妳不費吹灰之力就可以得到的？妹妹的字比我寫得好，就該向寫得更好的看齊，而不是來與我比較。就像我也會向妹妹看齊一般，一日不成便十日，十日不成便百日，總有一天，我也會寫得和妳一樣好！」

對自以為占盡公理、道義的人，就得用公理和道義反過來對付她！

一段話說完後，余清清半個字都說不出來了。

余清清來時氣勢洶洶，此時心裡居然第一次感覺到了余歲歲的身世確實可憐。說起來，她才是自己正經的堂妹，卻因為當年被抱錯了而不能讀書、不能識字，還必須天天幹粗活。

余清清連被茶杯燙一下，手都會紅，會窩在娘親懷裡喊痛。可看著余歲歲的手，黃瘦不說，還磨出了繭子，甚至有些細碎的、未曾消去的傷疤。在這一刻之前，余清清覺得余宛宛是這個世界上最可憐的人，但現在，她決定要把余歲歲列為第二可憐的人。

「那……那妳好好練習吧。」余清清語氣彆扭地說道：「我……反正我不會讓妳寫得比我好的！」說著就要走。

余歲歲叫住她。「四妹妹來找我，是有什麼事嗎？」

余清清的嘴巴張了張，第一次按下了常年習慣為余宛宛打抱不平的念頭。因為余璟來時，壓根兒沒注意到余宛宛，後來還帶著余歲歲出了府。他們走後，余宛宛就一直是陷入沈思的模樣，什麼話也不說。余清清見余宛宛的狀態很不對，就覺得都是余歲歲的錯，因此一聽說余歲歲回府，二話不說就找來了。但現在……

「我沒事不能來找妳啊？隨便看看不行嗎？」余清清丟下一句話後，就略顯狼狽地跑掉了。

看著小姑娘的背影，余歲歲「噗」地笑出了聲。

余家這三個小姑娘，其實都不是大奸大惡之人。人無完人，她們出身各不相同，性格也完全迥異。

只是隨著年齡的增長、性格的定型，還有人性必然的各種慾望，她們也會走上不同的道路。於是在那個屬於余宛宛的故事裡，她們有了正反派之分。

余歲歲不得不承認，她以前的觀點是錯的。

或許從她穿書的那一刻起，這個時空的一切，都不僅僅是書本上的東西，這裡的人，也不會是紙片人。

如今，她就站在故事的開端，結尾到底是什麼，誰也不知道。

余歲歲已經變了，那余宛宛、余欣欣和余清清，誰又能說她們就一定得是書裡的那樣？

皇宮，椒房殿。

陳煜畢恭畢敬地站在殿中，朝鳳椅上氣質端莊雍容的女子拜道：「兒臣見過母后，母后萬福。」

皇后看著少年持重的陳煜，心情不由得好了一些。「最近賢妃如何？」

「勞母后掛念，母妃還是老樣子，吃齋唸佛，並無他事。」陳煜道。

皇后暗自嘆了口氣。在皇宮裡當「尼姑」，這賢妃也真是獨一份了。她還沒見過唸佛唸到連自己兒子都不聞不問的親娘呢！

若不是她這個當嫡母的拉拔，煜兒現在不知在什麼角落裡自生自滅呢！

「我聽說，煜兒這幾日除了去弘文館聽學，還時常出宮一、兩個時辰，可是有什麼要緊事？」皇后問道。

未成年皇子出宮按理是受限制的，但陳煜之前便從皇后這裡得到了恩典，皇后也是希望他能出去聯絡些人脈，畢竟頂上的三位皇子已經成年，威脅極大。

陳煜也沒有瞞著。「不是什麼要緊事。是之前曾向母后稟報過的，兒臣的救命恩人余師父，兒臣找到他後，拜他做了武學師父。余師父有意在京中開辦一家武館，兒臣便想著常去看看是否順利。」

「你說的，便是那個和盧陽侯府抱錯了孩子的余璟？」

「正是。」陳煜答道。「余師父初來乍到，有諸多不便，兒臣便多幫助些。兒臣還和衢國公府的昫彥兄長約定了，到時一同前去武館學藝。」

陳煜一邊說，皇后的腦子就一邊轉著。

衢國公府明家是皇后的娘家，在雲朝是聲名顯赫的大家族，祖上曾出過不少太傅、宰相、皇后。

國公府的嫡長孫明昫彥是皇后的姪子，因著皇后押寶了陳煜，便也和陳煜來往很近。

皇后一直知道，陳煜和明昫彥還有一幫交好的世家公子，極為推崇武學之風。

其實皇后也是不反對的。

當今五皇子的母妃潘淑妃便是將軍府出身，父親、兄弟、姪子都鎮守邊關，兵權在握。

平日裡武將們不如文臣有存在感，可當今皇上卻並非重文輕武的君主，他非常清楚地知道兵力強盛才能引四方來朝的道理，因此對武將也極為優待。

不光是皇后，就連太子的母妃秦貴妃都饞潘家的兵權很久了。

若非依仗著潘家在邊關的兵權，潘淑妃哪裡比得上她們這些世家大族出身的后妃？五皇子又怎會在朝堂上鋒芒畢露，占得一時風頭？

「我記得你說過，這個余璟的功夫很好，比禁軍都統都好？」皇后問道。

陳煜稱是。「兒臣不敢誇大。」

皇后點點頭。

若是陳煜和明昀彥真能從余璟那裡學到真本事，讓衢國公府或陳煜自己能沾手兵事，那便是好事一樁了。

還有陳煜交好的那些世家公子，一同拜入武館後，便有了師兄弟的情誼，這份感情也是難能可貴的，將來都會用得上。

皇帝年過不惑，對太子、三皇子、五皇子這些成年皇子防備較嚴，但對陳煜卻不是很有戒心。

皇后怎麼想，怎麼覺得這事對自己都有利。

尤其是這個余璟，被盧陽侯府搶走女兒，必是有嫌隙的。盧陽侯府效忠太子，就是皇后的對手，如果能利用余璟對付盧陽侯府，那可真算得上是一舉多得了。

「煜兒如此做法，也並沒有什麼不對。」皇后思量之後，表示了許可。「我雲朝以儒學治天下，尊師重道乃為人之本分，煜兒若是下了這個決心，便認真跟著那余璟學來真本事，若他日得了成效，本宮第一個給他封賞！」

「是！」陳煜欣喜道：「兒臣謹遵母后教誨，一定學有所成！」

第四章

余璟選好武館位置的消息，是余歲歲讓晚桃偷溜出府帶回來的。

聽說余璟選了城西一處還算熱鬧的街市，花了一大筆錢盤下一個兩進的小院落，還弄了塊「忠勇武館」的匾額掛上。

要說古代京都這物價還是低，盤了個院子，余璟又簡單裝潢了一番，竟也沒花多少錢。如今等武館修繕完畢，便能開張了。

還別說，七皇子陳煜這徒弟，余璟收得真是太值了！師父的武館還沒開張呢，他就拉來了不少學徒，搞得余歲歲都覺得，自己身為女兒，是不是也應該給親爹的武館宣傳宣傳，揚個名什麼的？

余歲歲沒想到，這個機會這麼快就來了。

這一日，皇帝的胞妹榮華長公主辦宴會，邀請了京城中大大小小各府前去赴宴。

宴會倒也沒用什麼由頭，單純就是長公主很無聊，想找人去熱鬧熱鬧。

余老夫人考慮到余歲歲回京之後整體表現都還不錯，學習也慢慢趕了上來，有了些貴女的樣子，便准許繼夫人帶她出去見見世面，也亮亮相。

晚桃一聽說這個消息，便興奮地開始為余歲歲設計妝容和衣著。

還別說，晚桃在這上面真是一把好手。

余歲歲進侯府半個多月，有滋補的湯食養著，名貴的藥材調理著，還有藥浴、花瓣浴什麼的泡著，小孩子新陳代謝快，她除了沒長胖，其他都有所改善了。

雖然與余家三姊妹相比還是差些，但總算沒剛來時那麼土了。皮膚有了光澤，頭髮也漸漸黝黑、柔順起來。

又有晚桃的妙手打理，遠遠看著，也是個能稱得上可愛的小姑娘了。

繼夫人帶著余家四姊妹到的時候，很快就引來了許多的關注。

畢竟抱錯戲碼鬧得沸沸揚揚，據說京城裡的說書先生都開始編起抱錯的段子了。

長公主府非常大，為了讓賓客都能盡興，特意把後花園分成幾個區域。有的供貴婦們品茗聊天，有的供公子們暢談，還有的就是給一幫小姐們聯絡感情，互相交際。

繼夫人很快就被叫走了，余宛宛作為長女，自然擔負起了看顧妹妹們的責任，帶著她們，先在花園的小亭裡坐下歇腳。

剛坐下沒一會兒，便有不少世家小姐們也散步到了亭子附近。

「喲，這不是近來格外風光的真假千金嗎？真是百聞不如一見啊！」說話的小女孩面容嬌豔，眼神好似來看戲的。

跟她一起的另一位小姐跟著嗤笑道：「可不是嘛！一個是裴鳳凰的山雞，另一個是落毛的鳳凰，倒是湊齊了，盧陽侯府最近肯定很熱鬧！」

余歲歲不認得那最先挑釁的姑娘是誰，但余家另外三姊妹卻是認得她的。

余宛宛聽到別人提起她的身世，心裡便是又難過、又自卑，眼底生出些霧氣，沒有作聲。

余家姊妹在家裡再如何的內鬥，出來了都還是會站在自家人這一邊的。

余清清最先站出來，她對人就一個字——直！

「看什麼看？不管真的假的，再看也比妳魏五強！」

余欣欣的陰陽怪氣話語隨即跟上。「四妹妹這話說得不對，論起這包打聽、嚼舌根的功夫，魏五小姐稱第一，咱們誰都得甘拜下風的。有她一個人啊，侯府再熱鬧，又哪敢跟魏國公府比呢？」

余歲歲一聽，魏國公府？那是三皇子母妃德妃娘娘的母家呀！原來這個魏五竟是德妃的姪女，難怪和太子派系的侯府不對盤。

魏五柳眉一豎，指責余欣欣。「我有說錯嗎？現如今滿京城誰不知道盧陽侯府抱錯了孩子？往日裡吹到天上的才女是個農夫的女兒，真正的女兒卻偏是個白丁，真是讓人笑掉大牙！再說了，妳一個出身低賤的庶女，誰准妳跟本小姐說話？」

余欣欣的眼神猛地一戾，她最恨別人拿她的身分說事！

余宛宛一聽，也坐不住了，站起來柔柔弱弱地道：「魏五姑娘，妳再如何嘲笑我都沒關係，不要牽連我三妹妹。」

余歲歲看得出余宛宛是真的好意，可這番說辭真是一點力度都沒有，難怪余欣欣也從不領她的情。

果然，魏五變本加厲罵道：「瞧瞧，到底都是一路出身的低賤貨色，這就跳出來護著了！妳們兩人半斤八兩，都沒資格與本小姐說話！」

「嘖！」一聲不大不小的戲謔之聲，清晰地傳入眾人的耳朵。

魏五循聲望去，就看見一女坐在亭子的石凳上，手裡拿著塊玫瑰糕，一邊把玩，一邊眼含嘲諷的看過來。

魏五知道她就是那個被換回來的真千金，卻不知她叫什麼，更不容許她挑釁自己，便怒道：「妳笑什麼？」

余歲歲一歪頭。「我笑這個梅花糕。明明是個該被吃掉的東西，卻偏偏要把外表做得這般鮮豔，好似如此便高了其他糕點一等般。」說著，將梅花糕舉起來放在眼前，正好在她的目光與魏五的中間。「一個不、值、當的玩意兒，哪來這麼多不安分的心思？你這般愛炫耀顯擺，那就先把你給吃掉吧！」隨即一口咬了下去。入口齁甜，太膩了！「嘖！這麼喜歡出風頭，不還是中看……不、中、用！」

看著對方的視線毫不閃避地落在自己身上，魏五意識到，她就是在罵自己！「妳敢罵我？」

「五小姐可莫要冤枉我！」余歲歲立刻撇清。「我罵的就是個不、入、眼的玩意兒，明明是個東西卻偏幹不、是、東、西的事，妳說這種東西惹不惹人嫌？」

像魏五這樣沒事找事的臭脾氣，注定是不可能和平相處的。既然如此，那就遇見一次罵一次，罵爽了就是賺到，罵不贏也不吃虧。反正兩家注定針鋒相對，罵就完事了。

「好妳個余——」魏五指著她，卻發現自己不知道她的名字！「小賤人！」氣急敗壞之下，魏五上前就想搧她的臉。

「唉呀，仔細腳下！」余歲歲一聲大叫，指著魏五的腳底，面露驚恐，實則腳尖一頂，一個早在腳邊的碎石便被她踢了出去。

魏五被余歲歲喊得下意識要注意腳下，重心搖晃之際正好踩到石子，腳下一痛，整個人瞬間撲向余歲歲。

余歲歲只是為了出氣，又不是真的要傷她，便順手將她一扶。

聽到「咚」的一聲，眾人定睛看去，只見魏五雙膝跪地，朝向余歲歲，而余歲歲則扶著她的手臂，怎麼看怎麼像在叩拜。

「這是幹什麼呀五小姐？」余歲歲故作驚訝。「雖說除夕是快到了，但……唉呀使不得、使不得！」

魏五只覺得自己被余歲歲抓著的手臂生疼不已，掙扎了幾番，才終於掙脫出來。

「妳！妳給我等著！」魏五膝蓋刺痛，卻還不忘放狠話。說完，魏五咬牙站起來，一瘸一拐地跑走。

跟著魏五來的小姐們也隨即追了上去。
亭子裡瞬間就又只剩下了她們姊妹四人。
余宛宛看著魏五的背影，鬆了口氣的同時，頗有些心有餘悸。「二妹妹，魏五姑娘不會善罷甘休的。」
余歲歲看她一眼。「不收拾她，她就會放過咱們嗎？」
余宛宛一愣。「也是。」她從來沒想過這個道理。「還是二妹妹有辦法，也為我和三妹妹、四妹妹出了頭，為侯府爭了口氣。」說著站起身來，要拜謝余歲歲。
「大姊姊可千萬別！」余歲歲按住她。她可不是為了她們，魏五也罵了她，她的脾氣忍不下罷了。
「二姊姊倒真是有些本事。」余欣欣在一旁開口。
還是一如既往的口氣，卻不是陰陽怪氣，反而多了些不一樣的味道。
余歲歲暗自笑笑。這就是余欣欣的脾氣，再看她不順眼、再嘴硬，也是知道輕重的人。
記得小說裡她之所以是惡毒女配，並不是為了和余宛宛搶男人，而是和余宛宛爭盧陽侯的父愛，其實倒也沒做什麼傷天害理的事情，不過也被余宛宛的某個桃花給收拾了。最後她只能看著余宛宛越發飛黃騰達，而盧陽侯越發的偏心，自己的姨娘則鬱鬱而終。
要讓余歲歲說，像盧陽侯那種爹，有什麼好爭的？
余清清也說道：「還是妳罵得解氣！看她摔個狗啃泥，還怎麼耍威風！」說著，卻又看了一眼余歲歲，有些謹慎地問：「妳以後……不會也拿這招對付我們吧？」

「那可說不準。」余歲歲聳聳肩，又拿起一塊糕點。

經歷過這場一致對外的「戰鬥」後，四人間的氣氛頗有些微妙，但總之，還是互相看不順眼的狀態。

突然，幾聲女子的驚叫從遠處傳來，其中還夾雜著些男子的笑聲。

四人渾身俱是一凜。這是專門為女眷開闢出來的地方，怎麼會有男人？再聯想到那驚呼，莫不是出了什麼事？

余歲歲想也沒想，站起來就要循聲找過去。

「二妹妹！」余宛宛喊住她。「會不會有危險？」

話音剛落，驚叫聲似乎又近了些。

余歲歲也無心多說，跨步便走。

余宛宛見狀，便也提步跟過去。

余清清自然要跟上余宛宛的。

余欣欣是不樂意去冒這個可能有礙名聲的險，可她單獨留下來更不安全，便也不情不願地跟了上去。

隨著聲音一路尋找，余歲歲很快繞過一個假山，眼前的境況立時明晰起來——一群賞景的小姐、一群吊兒郎當的紈袴。

都是十一、二歲的年紀，雖然不至於鬧出過分的事，但對於這個年代的姑娘來說，已經是很可怕的事情了。

余歲歲的目光，落在領頭的紈袴身上。

只見他個頭矮胖，雙眼色迷迷的，嘴裡還說著些不清不楚的葷話。

看樣子，這幫人就是故意來這裡嚇唬小姑娘的。

紈袴分好幾種，像余釗那樣的是好作惡的，像這個小屁孩則是好色的，總之……都是欠揍的！

余歲歲的手，又癢了。

「二妹妹。」余宛宛趕上來，在余歲歲身邊低聲道：「這是魏五的堂弟，出了名的惡霸，魏崇。」

餵蟲？那今兒個就讓他改名叫餵屎吧！

「嘿！」余歲歲向前兩步，朝魏崇叫了一聲，一臉高傲飛揚。

魏崇下意識看過去，眼中隨即染上嫌棄。「這怎麼還有送上門來的？就是太醜了，爺不喜歡！」

身後的紈袴立時哈哈大笑。

突然，魏崇看到她身後的女子，眼中劃過驚豔。「這是哪家的妹妹？生得真招人疼！」

說著，他就朝她們那邊走去。

余宛宛驚恐地後退一步。

就在魏崇走近的一刻，余歲歲飛起一腳，正中魏崇的肚子，將他一下子踹飛了兩公尺，重重摔在地上。

這一腳，跟踹余釗的那一腳一模一樣。

「妳……哪來的臭丫頭！哎喲……我的腰！」魏崇齜牙咧嘴地爬起來。

余歲歲不屑地看著他，彷彿在看一隻臭蟲。

魏崇被這眼神狠狠地刺激到了，一揮手，幾個紈袴立即一擁而上，朝余歲歲撲去。

余歲歲側身一個飛踢，就解決了兩個；再左右各一記迎面快拳，又有兩個紈袴捂著鼻子慘叫出聲。

此時，早有循聲找過來的其他公子、小姐們，看著眼前的一切，愣怔地在原地圍觀。

只見余歲歲抓住魏崇的手腕，腳尖發力，踹中膝蓋迫使他跪下，隨即反剪其雙手，用力一壓，魏崇便被壓得跪趴在地上，接著她抬起腳尖，朝魏崇的後腰一踢，魏崇便連滾帶爬地跌進了假山旁的草叢裡，吃了一嘴的草。

圍觀的所有人，嘴都張大得能塞進一個雞蛋了。

不遠處，來赴姑母宴會的七皇子陳煜，看著余歲歲一連串行雲流水的動作，莫名就想起了那晚在澧縣的情景。原來小師妹早就得了師父的真傳，好厲害！

「這……出什麼事了？」一個穿著貴氣的小女孩匆匆趕來，見到的便是遍地「哀鴻」。

「見過祁川縣主！」眾人紛紛行禮。

祁川縣主見到魏崇這個臭名昭著的紈袴，和旁邊一群驚魂未定的小姐，就大概猜到發生什麼事情了。

她早就跟母親說了，不該請魏崇來，可母親也管不了魏國公夫人要帶誰來赴宴啊！

只是，魏崇這個混球居然能被人打成這樣？祁川縣主好奇得不得了。

「到底怎麼回事？」她又問了一遍。

之前那群被驚嚇的小姐看了看四周，不知道該不該說出自己被魏崇調戲的事情？說了，名聲有損；不說，好像也解釋不過去。

這時，余宛宛站了出來。「回縣主，是舍妹見此處有外男闖入，驚嚇到眾位小姐，這才路見不平。」

余歲歲一點都不意外余宛宛會站出來，女主還從沒有在道義上輸過。

祁川縣主「唰」地一下，看向余歲歲。她？這麼個瘦弱的小姑娘？

因著祁川縣主一直沒說話，眾人都以為她是要怪罪余歲歲。

余清清當下一咬牙，也站了出來。「縣主，確實是他們挑釁在先，家姊氣不過才動手的。」

余歲歲意外地看過去，看到余清清神情怪異地別過了臉。

遠遠站著的余欣欣好似事不關己，此時卻也出聲道：「縣主，小女也看見了。」說著，向余歲歲投去一個目光，彷彿在說——讓妳多管閒事！

有人起頭，那些被驚嚇到的小姐也不那麼糾結了，連忙跟著點頭。「是，就是這樣！」

祁川縣主眼神一閃，表情劃過一絲狡黠。「來人！」

她一喊，幾個家僕便低著頭跑了過來。

「這幾個不知哪兒來的惡賊，竟敢在長公主府的宴會上生事攪鬧，都給我丟出去！」她壓根兒不提魏崇的名字，只當自己沒有認出他的身分來。

家僕們齊齊應聲，拖著幾個紈袴，不顧他們的大叫，迅速離開現場。

人剛一走，祁川縣主幾步便來到余歲歲面前，神情激動地抓住她的手。「妳是誰家的姑娘？怎生如此厲害？妳會武是不是？能不能教我？」

這場景，怎麼莫名熟悉？

余歲歲朝旁邊一望，看到了站在圍觀人群裡的七皇子，頓時恍然大悟。喔，原來是像極了陳煜求她爹教授武藝時的樣子。

他們皇家人，還都挺不拘一格的！

陳煜得了余歲歲的一眼，不知怎的，立刻就懂了她的意思，笑著搖搖頭。

長公主姑母和祁川都是出了名的尚武之人，聽說當初姑母選駙馬，就看不上那些個狀元、探花的，最後選了如今的駙馬，一個長相俊美的武官。

「回縣主，我是盧陽侯府的，余歲歲。」余歲歲自報家門。

一眾人立刻明白過來了，原來這就是侯府抱錯的那位真小姐啊，真是……好生剽悍！

祁川縣主喜笑顏開。「原來是妳呀！太好了！要不是妳路見不平、心懷俠義、英雄救美，還真要叫這幫宵小毀了這場宴席呢！」

余歲歲無語。啊這……這位縣主怕不是俠客話本看多了吧？

祁川縣主一番話，聽在周圍人耳朵裡，便是另一個意思了。

余歲歲一個姑娘家，和男子動手打架，是會影響名聲的。可祁川縣主這麼說，余歲歲就成了仁義之女，值得稱頌。

不過細想也是，她為了一眾姑娘出頭，怎麼不算是仁俠呢？

只是這一下，這位侯府的真千金可要揚名京城咯！

「歲歲，妳跟我走。我帶妳去見母親，她一定會喜歡妳的！」

祁川縣主拉著余歲歲就走，也不管她樂不樂意，倒丟下了一眾看客。

余歲歲不好推辭，只得任她拉著，離開了花園。

「咦？那是什麼？」一個小公子眼尖，指著剛剛余歲歲站過的地上掉著的一張畫紙。

陳煜上前兩步，撿起那畫紙來，便被畫中的圖案給吸引住了。

畫中只有簡單的線條，一個圈似乎是指人的頭，兩個圓點便是眼睛了，身子也簡單，胖胖圓圓的，煞是可愛。

「這是什麼畫派？好生新奇。」身旁，同行的明昀彥湊了過來。「忠勇武館開業……大酬賓……學費九折……童叟無欺？忠勇武館，這不是殿下之前說的，余師父開在城西的武館嗎？」

明昀彥看向陳煜，陳煜點點頭。

「還別說，她這畫倒真是新奇又有趣，我從未見過。就是這字嘛……欸，不對呀，這位余家小姐怎麼會知道忠勇武館？」明昀彥好奇地問道。

陳煜將畫紙拿在手裡翻來覆去看了好幾遍，突然靈光一閃——這該不會就是余師父前兩天說的……廣告？想到這裡，陳煜立刻就知道余歲歲畫這個是要做什麼的了。

他倏地抬頭，朗聲道：「可能是這位余家小姐也師承忠勇武館，才能這般俠義心腸，令人欽佩吧！」

話音落下，周遭立時議論聲起。

陳煜低頭抿唇微笑，這下子他總算也能幫余師父一個忙了。

另一邊，余歲歲被祁川縣主半推半拉地帶進了自己的院子。

余歲歲疑惑。說好的來見長公主呢？

祁川縣主顯然把她當成了寶貝，將她按坐在椅子上，還殷勤地倒了杯茶。

「歲歲，快告訴我，妳是在哪裡學武藝的？」

余歲歲眼睛一亮，這不就是宣傳忠勇武館的好機會嗎？可轉念一想，武館不能收女弟子，說也是白說。「呃……我是跟我爹爹學的。」

「妳爹？盧陽侯？」祁川縣主一副見了鬼的樣子。「就他那個樣子，還會武？」

「噗哧！」余歲歲被她逗笑了。「他才不會，我說的是養我的爹爹。」

「哇！」祁川縣主眼睛發亮。「那妳爹爹好厲害呀！不知道有沒有我爹爹厲害？不過我爹太不夠意思了，怎麼都不肯教我高深的武藝，我和小弟都只能學個半吊子！」祁川縣主嘟嘴道。

「我也只學了我爹的一點皮毛。」余歲歲道。她還真沒謙虛，比起余璟，她可是差遠了。打架可以，可如果像余璟當警員那樣出生入死，那是萬萬做不到的。

只不過她沒想到，這個時代的人，武力值居然這麼低。

「只學了皮毛就這般厲害，那妳爹肯定比我爹厲害！」祁川縣主下結論。「歲歲，以後我跟妳學武藝怎麼樣？不求跟妳爹爹一樣，只要跟妳一樣厲害就行了！」

「啊？」余歲歲有點驚訝，沒想到祁川縣主是來真的。

「沒關係，我很謙虛好學的！」祁川縣主以為她介意自己的身分。「我之後只要有空，就去侯府找妳，怎麼樣？」

余歲歲心裡一動，這樣的話，她豈不是有理由出府了？祁川縣主肯定是不能在侯府練武的，侯府也沒那條件，她可以帶她去武館，還能見到余璟！

「既然縣主這麼說，我也不推託了，只要縣主不嫌棄我才疏學淺就是。」

「不嫌棄、不嫌棄！」祁川擺擺手。「唉呀，妳來看，這是我收藏的俠客話本，妳是不是也喜歡看話本……」

直到宴席結束，繼夫人找過來，才終於把余歲歲從話癆縣主的手上解救出來。

一行人剛回到侯府，不出意外地，就被叫去了余老夫人的院子。

「妳可真是好本事。」余老夫人看著站在那兒的余歲歲，胸口總感覺哪裡堵得慌。「去一趟公主府，就能鬧得滿城風雨、人盡皆知，平日裡將妳拘在府中，是不是還委屈了妳？」

余歲歲低眉順眼，敷衍地回道：「祖母說得是。」

「是什麼是！」余老夫人氣得一拍桌子。

「母親……」繼夫人一看情形不對，趕忙開口相勸。「母親消消氣，歲歲也是為了護著姊姊、妹妹們，這孩子雖然平日裡嘴上不說，可心裡還是記掛著侯府的。」

余歲歲心下訝異，她這便宜後娘一向事不關己，高高掛起的，今兒個怎麼想到要幫她說話了？

繼夫人繼續道：「那搗亂的幾個小子都是跟著魏家那個魏崇來的，要不是歲歲，說不定要鬧出什麼事呢！當時長公主若不是礙於眾家夫人在場，早便翻臉了，而且之後再沒搭過魏國公夫人的話。公主走不開，便要祁川縣主代為招待歲歲，整場宴會下來，縣主可就只單獨見了歲歲一人，可見這次公主府是氣狠了。」

在繼夫人心裡，她只關心自己的女兒余靈靈。余家其他姑娘有了好名聲、好歸宿，余靈靈才能跟著水漲船高。

更何況在宴會上，託余歲歲的福，長公主對她可是極為客氣、親近，不少從前不願與她交往的世家夫人，也都願意搭話了。所以繼夫人便是投桃報李，也得為余歲歲說兩句話。

繼夫人將宴會上的事簡要一說，余老夫人便知曉她的意思了。

長公主一向是不參與朝政的，可架不住她的地位和與皇上的關係擺在那裡。

如今德妃母家姪子得罪了公主，那將來遇上三皇子、魏國公的事，長公主少不得就要思量一番。

再說魏國公府上，魏崇不是魏國公夫人的親子，而是魏國公府二老爺家的嫡子。因為一個姪子被當眾下了面子，魏國公夫人還不氣得牙癢癢的？大房和二房的關係，也得疏遠幾分了。

如今余歲歲打這一架，得了長公主和祁川縣主的青眼不說，還傳出俠義之女的名聲。算起來，盧陽侯府不僅沒虧，反而還賺了。可……余老夫人瞥向余歲歲。

一個姑娘家，憑打架出了名，算是怎麼回事？這以後還能嫁去高門大戶嗎？

「妳且回妳院中，好好讀書練字，少出門，免得再去惹出什麼么蛾子！」余老夫人怒氣雖消了些，可還是氣不順。

余歲歲低頭，掩飾自己的白眼。「是，祖母。」

然而沒過幾日，當祁川縣主找上侯府時，余老夫人還是咬著後槽牙把余歲歲給放了出來。畢竟祁川縣主可是有長公主疼著，駙馬寵著，皇帝縱著，是京中貴女的獨一份，誰敢讓她不高興？

「歲歲！」馬車裡，祁川縣主挽住余歲歲的胳膊，一臉興奮。「本來我今天是想請妳教我習武，可我聽說城西新開了一家武館，就是今天開張，我實在太想來看看了！」

余歲歲一挑眉。嘿，這不巧了嘛！

前兩天祁川縣主下帖子給她，問她何時有空，她便特意選了今天，為的就是抽空來看她爸的武館開張啊！

「等一會兒到前面一家成衣鋪子，我已經安排好了，咱們進去換上男裝，就能任意走動啦！」祁川縣主道。

「縣主真是考慮周全！」

兩人在公主府下人的幫助下換好了男裝，轉眼就成了兩個金尊玉貴的小公子，出了鋪子，便直奔城西。

忠勇武館。

余璟是萬萬沒想到事情會搞這麼大。他以為的開業，就是打開門，把陳煜和他的一干小夥伴請進來，然後再把門關上。

但現在真實的情況是，幾輛華貴的馬車把武館的門堵了個嚴實，陳煜的影子半點兒都沒看到，眼前倒是圍了一幫小廝，手裡拿著銀票，跟在菜市場討價還價一樣地嚷嚷。

「余先生，我家公子出三百兩，你收我家公子學武，但不許收他家的錢！」一個小廝指著旁邊另一身打扮的小廝。

「我家公子出三百五十兩！」另一個也不甘示弱。

「四百兩！」

「四百五十兩！」

余璟早看出來，這應該是由京城的紈袴公子哥兒們分成的幾個派別，跑到他這裡一爭高低來了。

聽他們議論，應該是前幾天歲歲在長公主府暴揍紈袴後名揚京城，他們才慕名而來的。

在余璟眼裡，這幫紈袴跟現代的小混混沒什麼區別，知道他們拜師就為了以後打架鬥毆，余璟怎麼可能會如他們願？

沒想到這群敗家子以為他拿喬開高價，居然當著他的面競起價來了！

余歲歲和祁川縣主到時，不出意外地也被堵在了門外。

「余釗？魏崇？潘林？他們怎麼都在這兒？」祁川縣主看著門口的一幫紈袴，驚訝不已。

她唸出的三個人名，剛好就是京城的三大紈袴，各領一路紈袴子弟，在京城無惡不作。好巧不巧，這三人正好分屬如今風頭正盛的三位成年皇子的派系——余釗屬太子一派；魏崇自然就是三皇子派；潘林是潘淑妃的姪子，屬五皇子一派。

「到哪裡爭風吃醋不好，非要在這兒爭！」余歲歲不滿道，這不是耽誤她爹的正事嘛！「縣主，這裡堵了，我們從後門進去吧！」余歲歲拉住祁川縣主，繞道至後門。

見武館後街真有一個隱蔽的小木門敞開著，祁川縣主驚訝道：「歲歲，妳怎麼知道這裡有個後門？」

「因為這武館就是我余家爹爹開的呀！」余歲歲毫不隱瞞。

「真的?!天啊，妳爹爹太厲害了！」祁川恨不得一蹦三尺高，一臉期待地說：「歲歲，那以後我可以經常來武館嗎？」

余歲歲等的就是這句話！「當然，縣主想什麼時候來，就什麼時候來，記得帶上我就行。」

祁川縣主一口答應。「我懂妳，沒問題！」

兩人溜進前院時，余璟正在頭疼怎麼收拾這幫耽誤正事的紈袴子弟。

這裡不比現代，他也沒有了身分加持，還真是頗有點投鼠忌器。

余歲歲見那幫小廝正忙著競價打口水仗，沒人注意到自己，便拽了拽余璟的衣袖。

「爹，我有個主意，包準讓他們屁都不敢放的就滾蛋！」

余璟一眼就認出了扮男裝的余歲歲，捏了一下她的鼻子。「小姑娘家的，說話文雅點兒！」說是這麼說，可卻一點都不生氣，反而好奇地道：「什麼主意？快說說！」

余歲歲踮起腳，余璟便俯身把耳朵湊了上去……

「咳！」

當兩個最靠前的小廝，正因出價高低爭吵得快要打起來時，一聲輕咳打斷了他們的動作。

他們下意識回頭，本想忽略，卻見一個外表儒雅，眼神卻犀利如鉤的男人站在門口，那目光好似只要一對上，就會被看得無所遁形。

一時間，門外終於安靜下來了。

余璟掃視一圈外頭站著的十幾個公子，抬高聲量道：「各位深情厚愛，在下心領了。只是武館剛剛開張，只有我一人教習，實在沒有精力招收這麼多人。」

這話合情合理，紈袴們再混帳，也知道自己是來學武藝打架的，如果師父教不過來，那還學個屁啊？

「這樣吧，你們現在分成三隊，推出隊中認為最厲害的人選。」

在場紈袴的頭頭剛好就三個，紈袴們自然要跟自己的頭頭分做一隊。

隊伍分好了，可推舉人選時卻又鬧起來了。

余釗這隊還好，余釗一向心狠手辣，身分又最尊貴，全票被推舉為比賽人選。

可魏崇和潘林兩人，平日裡就是沾花惹草、巡街遛鳥，沒搞過什麼特別值得人說的事，隊裡的成員也大多跟他們身分差不多，因此居然都和別人平票，於是又內訌了起來。

余環實在頭疼這幫沒腦子的紈袴，只得道：「也罷，那就出兩個人吧。」說著看向余釗。「你也再找一人出來。」

余釗沈默了。其實自從來到武館後，發現這裡居然是余環開的，他就後悔了。他得罪過余歲歲，誰知道余環會怎麼對付他？可魏崇、潘林還有自己身後那幫跟班都看著，他沒辦法拉下面子離開。

如今他正愁沒機會脫身，自然不願意爭這個輸贏。

於是余釗下巴一揚，一臉高傲地說：「不必，我一人足矣。」

這下子又惹毛了魏崇和潘林，覺得余釗看不起他們，因此又對罵了起來。

魏崇、潘林還有與他們倆平票的另外兩人，都不想放棄學武的機會；而余釗卻是一門心思想躲開余環，所以三方吵翻了天。

最終總算達成了一致——打賭，誰輸了就帶著一隊人全都滾蛋，永遠不能再來武館。

余環等的就是這個！

他早已把這幫紈袴子弟的心態摸得透透的了，剛剛從余歲歲那兒聽來這三人的家族背景後，余環就決定，利用這三家彼此制約，到最後誰也別想進他忠勇武館的門。

眼下魚已經咬了餌，就看他怎麼把他們送走了。
因為打了賭，那就是要萬無一失，所以與魏崇和潘林平票的那兩人不情不願地把機會讓給了魏崇和潘林，認為他們平日裡打架最狠。
可萬萬沒想到，余環比的可不是打架。
「各位，知道習武最先要練什麼嗎？」余環看向余釗、魏崇和潘林。
魏崇諷刺一笑，覺得余環在說廢話。「自然是拳腳！」
「當然不是。」余環居高臨下地瞥他一眼。
魏崇臉上一青。
「是這兒。」余環指指自己的太陽穴。「如果沒有腦子，再五大三粗的人，也能被一個瘦小的人打得屁滾尿流。」余環盯著魏崇說。
「噗哧！」潘林在一旁笑出聲。「余師父說的正是，有些人啊不長腦子，被個黃毛丫頭都能打趴下！」
余釗在旁邊一臉不屑。魏崇和潘林的腦子真是半斤八兩，如果潘林知道把魏崇打趴下的是余環一手教出來的女兒，看他還笑不笑得出來。
魏崇氣得臉都紫了，可也說不出話來。
「接下來，請三位回答在下三個問題。只要全部答對，便可以留下來。第一個問題，假設有一天，你們和另外一幫人起了衝突，雙方實力差距不大，如果貿然動手，會兩敗俱傷，性命不保，於是你們約定，雙方各出三人，三局兩勝，輸贏自認。你們看出來了，對方這三人武藝各有所長，一人善拳，力大無窮；一人善鞭，進能攻退能守；一人身姿矯健，難被近身，善攻敵不備。恰好，你們也有三個和他們擅長的武藝一模一樣的手下。那麼，你們要如何安排對局，最終才能贏下呢？」余璟將題目說完後，接著拿出三張紙和三支毛筆。「三位便將答案各自寫下吧。」

過了一會兒，三人都寫好了。

余璟讓他們各自亮出來，說給所有人聽。

先是魏崇大聲道：「這算什麼問題？會什麼就跟會什麼的打，打不死他也要累死他！」

「嘁，笑死人了！」潘林又是一陣嘲諷。「你怎麼知道你會累死人家，而不是人家累死你呢？」

畢竟是將軍府的公子，這道題暗藏兵法，潘林還是有信心的。

「讓善鞭的去打善拳的，善鞭之人為遠攻，對方再力大無窮，接近不了我方，也是白費；再讓身姿矯健的去打善鞭的，他躲得快，能避開鞭子，再出其不意；最後讓善拳的去打身姿矯健的，不管輸贏，我都贏定了！」

余璟點點頭，又看向余釗。「這位公子呢？」

余釗頓了頓，他雖然想輸，但也不想輸得太丟臉。這道題如此簡單，他是一定要答上的。「我與他略有不同。我會讓善拳的去打善鞭的，善拳之人體力更盛，即便最初會被鞭子襲擊，但影響不會太大，但善鞭之人體力欠缺，一旦被善拳之人奪去鞭子，便只有挨打的分兒；之後，我會讓身姿矯健的去打善拳的，善拳之人活動不靈活，正應出其不意，才好一舉撂倒；最後，再讓善鞭的去打身姿矯健的，善鞭之人出鞭千變萬化，身姿再矯健的也未必能全然躲過，如此我方遠攻，對方退守，勝算更大。即便輸了，也不影響定局。」

魏崇聽得一愣一愣的，余璟卻越聽，笑意越深。

「還真是湊巧，這位公子與潘公子的戰術安排，剛好一一對應啊！」

眾人一想，還真是這樣。

余璟接著道：「其實，兩位公子所言都不算錯。戰局瞬息萬變，如果你們互為敵手，拚的就不是戰術安排，而是真正的實力，和對決中的隨機應變了。因此，恭喜兩位，都答對了。」

門外，跟著陳煜一起來的幾個世家公子一直在圍觀著院子裡的情形。

他們看得出，余璟是想要趕走這幫紈袴的，他們也不想跟一群紈袴一起拜師學藝，卻沒想到，竟無意中聽到了這麼精彩的對話。

「殿下，這個余師父還真是個人才。」明昀彥年已十四，作為明家費心培養的嫡長子，早已極為成熟老道。無論是他的身分還是能力，都是明家認為能夠支持七皇子的最佳力量，這也是為什麼陳煜和他關係最近的原因。「沒想到，余師父雖是出身鄉野，卻懂得兵法，又武藝高強。這個人，若有機會，必能成就大事。」

「是啊！」陳煜不禁點點頭，附和明昀彥。先前，他一心拜余璟為師，確實是單純的為了報答相救之恩。加上自己的確是太過勢弱，皇后和衢國公府又一心培養他，這條路生死難料，他習得武藝自保也是必要的。可今日聽了余璟這番話，陳煜的想法就更深一些。「以往我以為，余師父是話本裡的俠客，行俠仗義，可今日再看，他似乎不是俠客，而是……」

將才！

陳煜和明昀彥對視一眼，都在對方眼裡讀出了陳煜未說出的答案。

明昀彥看向院中。「還有潘家的潘林和盧陽侯府的余釗，往日裡我只以為他二人是不學無術的紈袴，今日再看，卻並非如此。他們雖然年紀不大，與朝中諸事均無牽扯，可將來，未必不會是各府的一股力量。從前，真是我們輕視了他們。」

陳煜深以為然。

「昀彥倒也不必過於擔憂。」另一個交好的公子出聲道：「古有趙括紙上談兵，今又何嘗不能有余、潘二子信口空談？這兵法是一回事，打仗可就是另外一回事了。」

這話也是有理有據。是騾子是馬，還要日後見真章呢！

陳煜不再胡思亂想，注意力再次轉回院中。

第一道題，余釗和潘林答對，魏崇顯然就要出局了。

可紈袴之所以叫紈袴，還有一個原因就是——他會耍賴呀！

「不行，這不公平！」魏崇叫囂道：「你剛剛出的題，分明就是故意偏向他們兩個！」

都不用余璟反駁，潘林就把他給懟回去了。

「得了吧你！自己蠢就說自己蠢，不讀書還好意思嚷嚷，丟死人了！」

這話從潘林嘴裡說出來，還真是極為戲劇。

「那不行！」魏崇還是不答應。「余璟，你連出題都知道三局兩勝，我也要三局兩勝！」

余璟露出一臉為難的模樣。「這……這還要看另外兩位公子的態度。」

一招禍水東引，魏崇轉身就惡狠狠地看向了潘林和余釗。

余釗倒是無所謂，反正他已經打定主意下場必輸。

潘林想想魏崇一貫的蠢樣，再加上剛剛贏了一場，正是得意至極之時，便道：「行啊，小爺我看你可憐，施捨給你個機會！」

魏崇恨得牙癢癢的，暗自發誓等這事了結後，再找機會收拾潘林。

余璟見狀便道：「既然如此，那便請三位回答第二題吧。」他的餘光與躲在後面的余歲歲一對，笑意更深。

剛剛那道題是余璟想的，可後面兩道，卻是余歲歲想的。這兩道題，恐怕撓破了這三人的頭，也別想答出來！

「請問，若有一日，你與仇人相約於城外對決，卻不知對方人手幾何。你打聽到，對方用了十輛大小不一的馬車運送人手，大車只能坐六人，小車只能坐兩人，大車比小車多坐了二十八個人。那麼，你至少要帶多少人去，才不會比對方的人少呢？」

余璟一說完，院中眾紈袴皆面面相覷，臉色難看。

不就是打個架嘛，為什麼要帶腦子？

可轉念一想，平日裡他們在京城，即便仗著自己的家族勢力，都還沒能做到橫行霸道、無人敢惹，真要是哪天和誰約架，就像題目裡一般，人帶少了，輸了怎麼辦？

原來，打架真的要靠腦子啊！

本來還想耍賴贏一場的魏崇聽完題，整個人都萎了。再看余釗和潘林，個個眉頭緊皺、苦思冥想，心情又莫名順暢了一些。反正他輸了，這兩人也贏不了，那就是誰都沒輸！

余釗現在的心情，說不上是什麼滋味。

剛才他一心想輸，因此就算是會的題，他也要答錯；可如今題不會了，余釗又覺得不甘心了。

其實他剛剛看到余歲歲了，就在魏崇和潘林忙著喊價的時候。

這麼刁鑽的題，準是余歲歲出的沒錯！可恨！

余釗咬牙切齒，腦子裡不停地轉著，總想要答出這題，可怎麼都想不出頭緒。

余歲歲，從今日起，妳便是我一生之敵！余釗心中憤恨不已。

潘林那邊也好不了多少，想得頭上都冒汗了，還是什麼也答不出來。

第二局，紈袴全軍覆沒。

等余環宣佈完後，余釗立即抬頭看向他。「第三題是什麼？」

余環眉毛一挑。剛剛歲歲給他出主意時便說了，余釗絕對是這三人中最不想留下的，利用他的心理，再加上三人的矛盾，就可以不招惹任何麻煩地把這三人送走。

但歲歲還說了，余釗的個性是睚眥必報、心理變態，他只能接受自己放棄比賽，並不能接受自己是真的輸了，所以當第二題問出來後，一定會激起余釗的好勝心。

但第三道題會讓余釗再次明白，好勝沒有用，腦瓜子不夠使，永遠白搭。

當時歲歲表情極為解氣地說：「敢拿蛇嚇唬我，就是要氣死他！」

如今看到余釗的反應，余環不由得為自己的女兒感到一陣自豪。

他從來不知道，歲歲居然這麼能猜度人心，不愧是他的女兒啊！

「好，第三題。」余環深深地望了余釗一眼。他嚇唬歲歲一次，歲歲既然自己還擊了，那便一筆勾銷。可若日後余釗再敢招惹歲歲，自己是絕不會放過他的。「請問，假如你在朱雀門，你的對手在京城南門，此時此刻，你們都突然臨時想去找對方切磋，你半個時辰能走兩個坊里，你的對手半個時辰只能走一個坊里加一條街，那麼你們最終的切磋之地，將在何處？」

余環話音落下，勝敗已成定局。

最幸災樂禍的要數魏崇了，第一道題答出來有什麼好得意的？最後兩道答不出來，一樣啥都不是！

其他的紈袴抓耳撓腮，長這麼大第一次如此大敗而歸，卻又輸得心服口服。

余釗眸色漸深，不知在想什麼。

看著一群紈袴浩浩蕩蕩的來，最後垂頭喪氣的走，余璟的嘴角終於掛上了笑意。

讓紈袴服氣了，今後他在京城的日子，麻煩就會少多了。

第五章

「余師父！」陳煜帶著明昀彥等人，從門口跨了進來。

「見過余師父。」

「快進來吧，讓你們久等了。」余璟將幾人請進屋中。

一進去，陳煜立刻就認出了屋中的兩個「小公子」，一個是余歲歲，一個是表妹祁川。

「余姑娘、祁川，妳們也在？」

余歲歲行了男子禮。「見過殿下。」

「七表哥？你怎麼在這兒？」祁川縣主驚訝道：「還帶這麼多人來？」

陳煜道：「我與幾位公子都拜在余師父門下學武，自然在此。」

「什麼?!」祁川縣主驚呆了。「好啊，原來你們早都知道有這好事，就瞞著不告訴我！」

明昀彥與祁川縣主也是很熟悉，聞言便道：「即便是早告知縣主，縣主也不能前來拜師啊！」

祁川撇撇嘴。「哼，不能便不能，反正我也懶得跟你們一起學！」說著，再次挽上余歲歲的手。「我有歲歲教我就夠了！」

明昀彥的目光投向余歲歲。「余姑娘，當日公主府一戰成名，不承想竟是余師父的愛女，在下便托大，稱一聲小師妹了。」

余歲歲打量他一番，不知道他是何許人，倒還挺會套近乎的。

察覺到她的表情迷茫，陳煜遂在一旁道：「余姑娘，這位是衢國公府的昀彥兄。」

衢國公府？皇后娘家？明家？

他就是明昀彥！余歲歲驀地瞪大眼睛。

厲害了，穿書這麼久，男主到現在一眼都沒看見，卻先看見一堆女主的桃花。

如果余釗算一朵爛桃花，那這位明昀彥可就是優質桃花中的優質桃花了！

原書的評論區裡，時隔多少年，都還有讀者會說「喜歡男配明昀彥」、「真希望明昀彥能上位」。

明昀彥有多優質呢？就是足以把他單拎出來當男主，再寫一本書的程度！

明昀彥跟本書男主唯一差的，大概就是作者的設定吧。

不過余歲歲不喜歡明昀彥這個角色，就像她也不太喜歡男主角。

他們實在太霸總了，比較適合余宛宛那樣的嬌弱白蓮花。在小說裡看看還行，在現實裡總覺得哪裡彆扭。

就像現在，明昀彥和陳煜站在一起，兩人身量相仿、年齡相若，顏值也不相上下，可余歲歲就是覺得，矜貴溫雅又內斂的七皇子，看著比略帶攻擊性又外放的明昀彥順眼多了。

「小師妹？在想什麼？」明昀彥感覺余歲歲對自己的注視時間太長，不禁露出抹極微的笑意，眼中染上一絲深沈。

余歲歲回過神來，禮貌而疏離地回道：「明公子有禮了。」女主的桃花，還是離遠點的好。

「余師父。」另一邊，陳煜已經在和余璟說話了。「剛剛您出的第二題和第三題，正確答案到底是什麼？」

余璟看向余歲歲。「這可不是我出的題，是歲歲出的。」

陳煜立即眼神晶亮地望過去。

余歲歲瞧見他這眼神，就覺得心情大好。

她發現，這位七皇子每次遇到自己特別喜歡的事物時，眼睛裡都會閃閃發光，讓人真切地感知著他發自內心的喜愛。

陳煜一向表現得很少年老成，說話做事都是如此，可只有在這種時候，才會流露出屬於孩子最純粹真摯的情緒。

唔，可愛，有點想擼一把……

「敢問余姑娘，可否告知正確答案？」陳煜轉過身來問道。

余歲歲頭一歪，起了逗弄的心思。「七殿下，學習可不能總是依賴正確答案喔，要自己先試著算算，很簡單的！」

其他跟來的公子滿臉震驚。哪裡簡單了？妳算一個試試！

別說，陳煜還真算了。

「嗯……余姑娘此題應與數算幾何之法相關，剛剛我確實算了一下，如果帶上包括自己在內的四十四人前去，將與對方人數相當，對嗎？」

余歲歲嘴巴微張。好傢伙，這還是個學霸啊！

這題相當於雞兔同籠的變體，就是比雞兔同籠要多算一步。

「殿下，好厲害！」余歲歲愣愣地送出自己的大拇指。

陳煜微微一笑，好像一點也不為自己答對了感到開心，可余歲歲還是在他的眼底發現了小小的雀躍，嗯，更可愛了。

「那余姑娘，第三道題，究竟是何解？」陳煜再問。

面對學霸爆棚的求知慾，余歲歲瞬間升起了「為人師表」的責任感。

她拿來一張紙，三兩筆便畫出了京城的坊市地圖。

京城的地圖她只偶然在書閣見過一次，但余歲歲學過漫畫，記憶力極好，畫一張地圖對她來說就是小菜一碟。

陳煜見她畫功嫻熟，不由得便想到了之前那張「廣告」畫紙。

余師父的女兒竟如此文武雙全，真是虎父無犬女啊！

「殿下請看。」余歲歲指著朱雀門，又指向京城南門。「朱雀門和南門在同一條中軸大街上，左右各九個相同大小的坊里，每個坊里五條橫街，但有兩條是相鄰坊里共用的，所以就是三十七條街。迎客酒樓剛好在朱雀門到南門這條路線的中間，我方半個時辰走兩個坊，大約一個時辰加兩刻鐘會到達酒樓這裡；對方半個時辰走一坊一街，當我方走到酒樓時，對方離我們還差三條街。接下來雙方繼續走，大概估算，我們比對方快一個半街，也就是會在迎客酒樓的兩條街外相遇，正是當時我帶殿下去見爹爹的那家客棧！」余歲歲用筆圈出地圖上那間客棧的位置。

陳煜和一眾公子定定地盯著余歲歲，好半天都鴉雀無聲。

「余姑娘……」陳煜感覺自己的嗓子都有點顫了。「妳是先預設好了答案，才出這道題的嗎？」

「是啊！」余歲歲點點頭。這不是數學出題人的必會技能嗎？有什麼好奇怪的？

「這麼短的時間、這麼複雜的問題，加上固定不能變的答案……」陳煜念叨著。「余姑娘真是……神乎其技啊！」

余歲歲看著陳煜驚喜的目光，頑皮一笑。「殿下該不會又要拜我為師，學數算吧？」

陳煜一愣，隨即擺擺手，臉頰微熱。「不敢、不敢。我們今日來，是來交學費的。」說完，趕緊從懷裡掏出一把銀票來。「一共五百兩。」

五百兩？余璟和余歲歲都驚到了。這也太多了！

看出兩人的意思，陳煜便解釋了一番，這是他們十幾個人一整年的學費，以余璟的能力，絕對值得起這個價。

話說到這分上，余璟也不好推辭了。

如今年關將近，京城都忙著過年，余璟便將開課時間定在初八。

說定好時間後，陳煜等人便先行離開了。

眼見天色不早，余歲歲和祁川縣主也該回去了。

余璟將她二人送到門口，雖然父女倆同在京城，卻還是生出些不捨來。

「歲歲！」余璟喊了一聲。

余歲歲不解地回頭。

「除夕……能來……」他本想說「來看我嗎」，可又覺得太矯情。「能來武館嗎？」

余歲歲從來沒想到自己會在古代過年。

侯府裡貼起了大紅春聯、窗花，來往的下人們也都滿臉喜氣。繼夫人命人給她們五姊妹做了幾套新衣，府裡還請了戲班子，在年前唱了幾場大戲。

除夕之夜，按規矩，吃過年夜飯、拜了年，一家人便是要聚在一起守歲的。

繼夫人和二夫人陪著余老夫人說話；侯爺和二老爺在另一邊喝酒、下棋；余釗帶著跟班在外頭噼哩啪啦地放炮竹；余歲歲和余家四姊妹則在一旁坐著，偶爾說上幾句話。

「大姊姊，前些日子我聽說，妳那鄉下的爹爹在城西開了家武館，還得了不少世家公子的青睞呢！這事大姊姊可知道？」余欣欣看向余宛宛。

余宛宛神色一怔，還未及答話，另一旁的余清清便狠狠瞪了余欣欣一眼，氣她哪壺不開提哪壺。

「三姊姊莫不是忘了，大姊姊已與那人沒了任何關係。三姊姊是要忤逆祖母和大伯父的意思嗎？」

余欣欣諷刺地覷了余清清一眼，端起茶杯抿了一口，不陰不陽地道：「我哪擔得起四妹妹這麼大的罪名？我呀，只不過是覺得，某些人的心真是太狠了。」

余歲歲朝余宛宛看去，便見她神色怔忡，不知在想些什麼。

其實余歲歲很能理解余宛宛。猛然遭遇身世的突變，所以惶惶不可終日。一邊是成長了十年的侯府，另一邊是陌生的血親，不過是一個十歲的小孩子罷了，哪裡能那麼輕易的接受？而且認真來說，也不是余宛宛自己死皮賴臉要留在侯府的，是盧陽侯和余老夫人捨不得浪費她才讓她留了下來。

只是這種「挽留」，恰好契合了余宛宛的心理。

人嘛，總是會偏向讓自己心裡舒服的選擇。

在面對生父余璟時，余宛宛的心態更像隻鴕鳥，覺得把頭埋住，不聽不看，就可以不接受這個事實，這種心態十分的正常。

余歲歲作為整件事情的外來者，反而更能以旁觀的態度來看待一切。

余宛宛敏感且害怕，越害怕就把盧陽侯這個父親攥得越緊。

余欣欣因為庶女的身分，嫉妒余宛宛明明不是侯府親女卻得到了盧陽侯的疼愛，越是嫉妒就越會挑釁余宛宛。

余清清的行為導向更簡單，就是不顧一切地維護余宛宛的自尊。

至於余歲歲自己，真正的父親另有其人，自然不可能對侯府有任何一分歸屬感，卻還是要靠侯府生存，侯府也斷不會捨了她。而她的身分，恰好也是侯府這場鬧劇糾葛不清的中心，她和余家三姊妹，都處在一個被來回撕扯的境地中，和平相處是偶然，矛盾才是必然。

「對了大姊姊，今日也是妳的生辰，我聽說劉太傅家的小姐特意給妳送來了生辰禮，是什麼好東西啊？」余清清將話題引開，試圖為余宛宛找回面子。

余宛宛笑了笑，表情也明亮起來。「是前朝名士宋大家的繪畫摹本。」

「天啊，居然是宋大家的摹本！」余清清輕呼道。要知道，別說真跡了，宋大家的畫作連摹本也是千金難求的！「劉家小姐可真是大姊姊的知己呢！」余清清得意洋洋地朝余欣欣看去。

余欣欣不甘示弱地白了她一眼，不願多搭理她。

一直在旁邊默默自娛自樂的余靈靈，突然揚起稚嫩的笑臉疑問道：「今日是大姊姊的生辰，不也是二姊姊的生辰嗎？」

余宛宛倏地看向余歲歲，眼中又不知怎地生出了水氣。

余歲歲一看余宛宛這表情就頭疼。她這個當事人都還沒怎麼樣呢，余宛宛為什麼永遠都是一副對不起所有人的樣子？真是一朵單純不做作的白蓮花啊！

「靈靈說得對呀，今天也是我的生辰。」余歲歲戳戳余靈靈那張肉乎乎臉蛋上的小酒窩，一顆心都快要被萌翻了。

早晨時繼夫人派人給她送了份生辰禮，後娘做到這個分上，已經很不錯了。

不僅是原身，其實余歲歲自己的生日，也是在除夕這天。

很小的時候，生日是她最期待的日子，因為能吃很多好吃的、能放鞭炮、能拿紅包……最重要的，是能和爸爸、媽媽、爺爺、奶奶在一起。

後來，鞭炮不能放了，爸爸越來越忙，就連媽媽也離開了，她的生日、她的除夕，也就越來越冷清了。

所以其實她很久都不過生日，也不在乎禮物什麼的。

不過……面前這幾個丫頭，一個個都用這麼憐憫的眼神瞧著她算怎麼回事？她哪裡可憐了喂！

就在余歲歲被看得渾身難受的時候，盧陽侯帶著一身酒氣，有些醉醺醺地走了過來。

「宛宛，」他從懷裡掏出個紅綢布包的小盒子，遞給余宛宛。「差點就忘了，妳十一歲的生辰禮，可不能缺了。」

余宛宛慌忙站起來接下，眼中猛地一濕，落下淚來。「爹爹……女兒拜謝爹爹！」

盧陽侯像是全然無知，送出禮物後，就又回去繼續喝酒、下棋了。
余歲歲的目光，不期然地落在他的背影上。
雖然盧陽侯在嚴格意義上並不是個好父親，但對余宛宛的父女情義，也是有幾分真的。余宛宛是他的第一個孩子，盧陽侯是在余宛宛的身上才第一次體會到當父親的喜悅。這份感情，獨特而難得。十年，便是養隻貓、狗都會戀戀不捨，更何況是自己以為的親生女兒？所以讓他因為余宛宛的身世大白立刻便橫眉冷對，當然也是不現實的。
余歲歲只是下意識地研究起人心，可她的眼神在旁人看起來，便是豔羨著盧陽侯對余宛宛的寵愛。
「二姊姊明明心裡難過得很，幹麼非要假裝不在意呢？」余欣欣幽幽地說道。
余歲歲收回目光，看向余欣欣，語重心長地說：「不是自己的東西，永遠都勉強不來。三妹妹，這個道理，妳懂嗎？」
余欣欣的雙眼猛地一縮，突然想到上次被余歲歲嘮叨的那一齣，立刻偏開頭去，不再吭聲了。
余歲歲很滿意。
「哈啊——」一旁的余靈靈捂住嘴，打了個哈欠。
「亥時了，五妹妹可是睏了？」余宛宛關心道。
余靈靈迷迷糊糊地點了點頭。

余歲歲心裡一動。

「阿嚏！」

一聲噴嚏，震得屋裡立時安靜下來。

正在聊天的余老夫人也不聊了，轉過頭來，看向聲音的來源。

「歲歲怎麼了？」她皺眉問道。怎麼這麼久了，都沒學得文雅些？

「祖、母，我沒事……」余歲歲咧嘴一笑，順便吸溜了兩下鼻子。

余老夫人的眉頭皺得更緊了。「若是受了風寒，便早些回去歇著吧。既是在自家府裡，也不講那麼多規矩了，別再給姊妹們過了病氣。」

余歲歲暗暗撇嘴，最後一句才是重點吧？「祖母，可我……」她試圖拒絕。

「歲歲，便聽妳祖母的，先回去歇息吧。」繼夫人也開口了。她可不想讓余歲歲過了病氣給自家靈靈。

「那……好吧。」余歲歲站起身來，行禮告辭。

走出正院後的余歲歲，哪還有半分生病的樣子？眉眼飛揚不說，連腳步都輕快了起來。

趁著夜色，她在侯府的小路上七拐八繞的，來到了後偏角的一道小門。

「姑娘！」見到余歲歲，晚桃立時迎了上前。「您終於來了，奴婢快嚇死了！」她已在此處等待多時了。

余歲歲握了握她凍紅的手。「凍壞了吧？快回屋去暖和暖和，別管我了。」說著，就要拉開小門。

「姑娘！」晚桃叫住她。「真的不讓奴婢陪您？」

「不用了，妳得留下來幫我應付祖母他們。」余歲歲搖搖頭。

「那……好吧。」晚桃幫余歲歲整理了一下身上的狐裘。「姑娘可要當心了，這雪，怕是要下大了。」

余歲歲攏了攏帽子，笑著點點頭，拉開門，輕巧地閃了出去。

這雲朝有一點挺好的，就是沒有宵禁。不過除夕的晚上，街上也沒什麼人。

雪花紛紛揚揚，越來越大了，落在地上，積了一層薄薄的雪膜。

余歲歲低著頭，抿著嘴，迎著風，盡力讓自己待在狐裘包裹的範圍內，腳步越走越快。

直到遠遠地，看到城西的那條小街。

街道上寂靜無聲，只有街邊店鋪、民居的屋簷下，紅色燈籠散發的火光周圍，看見雪片紛飛打轉。

朦朧間，余歲歲看到一個高大的身影，在一只燈籠下徘徊翹首，還時不時搓手跺腳。

一整天怏怏的情緒在這一瞬間一掃而空，心裡陡然生出一團火，暖得連周遭的刺骨寒風都覺得不過如此。

她腳下猛地發力，張開雙臂，朝那個身影飛奔而去。「爸爸！」

余璟驀地回頭，看到一個小小的紅色影子朝自己撲來，就像久遠的記憶中，那蹣跚學步的小姑娘，咿咿呀呀、歪歪扭扭地走向自己的樣子。他不禁半蹲下來，單膝觸地，張開自己的臂膀。

「爸爸！」余歲歲狠狠地撲進余璟的懷裡，下一刻，整個人被余璟騰空抱起。她嚇了一跳，下意識摟住余璟的脖頸。

「歲歲，變沈啦！」余璟掂了兩下。「終於吃胖啦！」

余歲歲嘴一噘。「才不是，明明是衣服穿多了！」

余璟呵呵笑著，年輕的臉都笑出了幾道褶子。「是，歲歲說是就是！唉，爸爸很多年沒抱過歲歲了……」

進了屋，余璟才把余歲歲放下來。

桌上的飯菜已經被人吃得差不多了，但還是看得出菜餚的清簡。

「爸，你怎麼才吃這麼點？吃得飽嗎？」余歲歲皺眉問道。

「就我一個人，有什麼吃不飽的？」

「爸！」余歲歲不贊同。「你現在的身體還不到三十，正是多吃多動的時候，又不是五十多歲的老頭，吃多了怕高血壓、三酸甘油脂什麼的，年紀輕輕的怎——」

「唉呀！」余璟一把捂住余歲歲的嘴。十歲身體的嬌憨可愛，二十歲靈魂的成熟孝順，真是……甜蜜的負擔啊！「妳爸我會把自己給餓著嗎？妳怎麼比妳奶奶還囉嗦！」

話音一落，父女倆皆是臉色一僵。

穿越異世，慶幸能彼此相互陪伴之餘，最放不下的還是遠隔的親人。明明知道現實的自己恐怕早已化作骨灰，卻還是免不了的愧疚。

「想家了？」余璟揉揉余歲歲的腦袋。

余歲歲忍住鼻酸，搖搖頭。「沒有，還好。」

余璟偏過頭，將自己的淚光掩飾在昏暗角落，再回過頭來，一切如常。

「一路走過來，餓了沒？爸給妳下碗長壽麵？」

余歲歲無奈地笑笑。真是她親爸耶，回回就只知道問她餓不餓？

「行。謝謝爸爸！」余歲歲仰臉一笑。

可能這就是父親吧，不懂表達，但他的愛都藏在這一點一滴中。

當余璟再次從廚房出來時，手裡已端著一碗熱騰騰的麵條。清淩淩的湯汁掛在細白的麵條上，綠油油的青菜和橙黃的荷包蛋鋪在麵上面，幾粒蔥花隨意地撒在旁邊做點綴，味道簡單卻醇香。

余璟劃開火石，又多點起一盞油燈，看著燈光下余歲歲的小臉。「歲歲，生日快樂！」

余歲歲拿起筷子，胡亂挾了一筷子麵條就趕緊塞進嘴裡，甚至顧不上燙。

上次爸爸陪她過生日，已經是十多年前的事了啊……

她感覺眼睛熱熱的，肯定是被麵條熏的！

余璟靜靜地看著余歲歲吃著麵條，不時還用小手哈哈燙紅的嘴，他臉上不由得慢慢浮出滿足的笑容。

辛苦半生，到頭來才發現，原來只是這麼看著女兒安靜地吃飯，就已經是他最大的幸福了。

「歲歲，想要什麼生日禮物和新年禮物啊？」

余歲歲喝下碗裡的最後一口麵湯，饜足地擦擦嘴。「都行，嘿嘿！」

她爸一直挺大方的，雖然現在資金緊張，但包個小紅包應該沒問題吧？

「那……」余璟想了想，道：「這樣吧，從初八開始，歲歲也到武館來，把爸爸以前教妳的拳腳功夫重新撿起來，爸定會讓妳成為當之無愧的女俠！」之前聽說女兒在公主府教訓了小混混，還傳出了俠義之名，余璟可是很高興的，不愧是他的女兒！不過歲歲的武藝只學了個半吊子，想成為俠女，還任重道遠啊！看著余歲歲傻愣愣的模樣，余璟笑道：「怎麼樣？驚不驚喜？意不意外？」

余歲歲無語。爸欸，你管這叫禮物？

初八，忠勇武館正式開張營業。

余歲歲和祁川縣主好不容易從侯府出來，一進門，就看見院子裡的地上橫七豎八地躺了一堆人，一個個神情萎靡，跟霜打的茄子一樣。

「這……」祁川縣主嚇了一跳。「七表哥！」她好不容易從穿著統一練武服的人中找到了陳煜，趕緊跑了過去。「你們這是怎麼了？」

陳煜慢吞吞地爬起身，坐在地上，擺擺手。「沒、沒事，累的……」

「幹什麼了累成這樣？」祁川縣主不解。

一旁的余歲歲卻彷彿早已司空見慣。「站軍姿了吧？正常，第一次站都會這樣。」

她爹教的那可是正式的軍姿，自從站過她爹教的，後來上軍訓課時她都不怕的。

「不、不光是站軍姿……」明昀彥也翻身坐起，語氣發虛。「還紮了半個時辰馬步。」

「太狠了！」另一個小公子感嘆道：「還以為當俠客只需要威風就行了，怎麼這麼累啊？」

又一個人從旁附和。「是呀，我還想著我好歹自幼習騎射，怎麼也不至於累成這樣啊！」

世族公子有習射、御之術的規矩，在很多人看來，這些和練武是一回事，但其實根本不是。

事實上，余璟教的也不是武俠小說裡寫的那種花裡胡哨的絕世武功，他教的更多是實戰技巧。

站軍姿練意志，紮馬步穩下盤，之後估計還要跑步、綁沙袋、障礙跑……等打好了這些基礎，才是教招式的時候。

總之，余璟靠著這一套在特種兵隊伍裡項項全能，在當刑警的時候招招制敵。普通人像余歲歲這樣的，只要學到幾分，自保就沒問題了。

余璟從屋裡出來的時候，立時就是一聲高喝。「說了不許躺下，怎麼又躺下了！」

一眾人連忙唉聲嘆氣地起身，乖乖站好。

明昀彥偏頭，和陳煜講起悄悄話。「我就說，余師父將來就該當個將軍。」

「何意？」陳煜疑惑道。

「平日裡笑呵呵的，一開始教習，那臉黑得……」明昀彥很少會怵什麼人，可余璟只要拿那雙炯炯有神的眼睛掃他一眼，他就覺得哪裡惴惴的，也是怪了。

「諸位都已練得差不多了，今日便先到這裡吧。」余璟朗聲宣佈。

「啊？就站了幾個時辰，就沒啦？」一個少年不滿道。

「欲速則不達。」余璟斜睨他一眼。「如果不樂意，明日就不必來了，全額退款。」

那少年嚇得脖子一縮，慌忙擺手。「不、不用了……」

余歲歲一看就樂了。她以前怎麼都沒發現，老爸訓起人來，居然這麼威嚴！

那少年之所以驚嚇，一來是怕余璟，二來也是怕丟人。

要知道，他們這幫人為了求著家裡來習武，牛都吹上天了，還許了不少承諾。要是第一天就這麼灰溜溜的回去，那不丟死人了？反正成日裡在家閒著也是挨罵，還不如到這兒來呢！

「那，余師父，我們這樣要練多久，才能練您的那些拳腳呀？」有人一問。

其他人也跟著抬起頭來，期待地盯著余璟。

今早余璟當著他們的面耍了一套招式，雖然他們沒怎麼看懂，但拳拳生風，力道強勁，十分過癮。

余璟掃了眾人一眼，沈吟片刻後道：「你們的底子都不錯，只要不偷懶……一個月吧。」

「一個月?!」哀號聲四起。

余璟絲毫不為所動，反而朝一旁圍觀許久的余歲歲招了招手。「來，歲歲，咱倆過兩招。」

「啊？」余歲歲看好戲的表情，瞬間僵在了臉上。

爹啊，不能這麼坑閨女的！余歲歲欲哭無淚。

「來啊！」余璟催促著。「放心吧，我有分寸。」

見兩人要動手，一群人自動退後一圈，眼都不眨地盯著二人。

余歲歲撓撓頭，站定腳步，拉開了架勢。

她目前的個頭和余璟差得比較多，余璟抬起手臂就能高她半頭了，因此余璟主要是用腿，而余歲歲則是全身都在使勁頭。

不過個子小也有個子小的好處，靈活機動，余璟幾次出招都撲了空。

終於，余歲歲一腳飛踢，踢中余璟的後腰！然後下一秒，也被余璟虛按在了地上。

「好！」明昀彥帶頭鼓掌叫好，其他人也隨即跟上。「小師妹果然厲害！」

余歲歲掃過他一眼，敷衍地笑了笑。

陳煜雖然早見過余歲歲教訓魏崇的樣子，可還沒見過余歲歲和余璟對招。

雖然余璟放了水，可余歲歲的實力也非常的顯著。

「敢問余姑娘，妳是自幼就和師父習武嗎？」陳煜走上前，極為誠懇的發問。

余歲歲就喜歡他這副單純、不做作的樣子，讓人總想把什麼好東西都教給他。「回殿下，正是。」

陳煜又問：「那，像今日我們站的軍姿和馬步，姑娘練了多久？」

余歲歲如實回答。「我並非日日練習，前後……大概半年吧。」

陳煜點點頭，一臉認真地總結道：「只要我等勤學苦練，相信終有一日能像姑娘這般吧？」

余歲歲暗想，她這可是練了十幾年才有幾日，這些人雖然日日有爹爹教習，可想達到她的水準，怎麼也要五、六年吧？再說，等他們再大些後，又要考功名、又要娶妻生子的，哪可能那麼快啊？

不過口頭上，她仍舊十分鼓勵。「嗯，殿下說得對。」

這位七皇子恐怕是一群人裡最認真的了，明明身分最尊貴，卻偏偏如此誠懇好學，都能當班代表了。

見到了余歲歲的本事後，其他人彷彿也看到了自己的盼頭，再沒什麼怨言，歡天喜地地走了。

他們一走，便輪到了余歲歲和祁川縣主。

祁川縣主的父親是武官，因此她也是有功底在身上的。余璟只讓她展示了一下，便覺得她不適合陳煜他們練的那一套，適合更輕盈一些的身法。

「縣主，草民的武術路子只能讓妳增長勁道和速度，其他的，卻是沒有過多增益的。」余璟實話實說。

「沒關係。」祁川擺擺手。「只要能像歲歲這樣，打架可以打贏，都沒問題！」

余璟好笑不已，點頭道：「那草民倒可以試一試。草民教歲歲，再由歲歲教縣主，假以時日，定有增進。」

「哎！謝過余師父！」祁川拉著余歲歲，高興得快要跳起來了。

這一日，祁川縣主有事耽擱，她倒是講義氣，為了方便余歲歲出侯府，便假意下帖請她去公主府。

而余歲歲一出門，就拐到了武館來。

進到武館，余歲歲便看見陳煜一人等在屋子裡，安靜地翻看著什麼書。

她躡手躡腳地走過去，屏住呼吸，伸出手，輕輕拍向陳煜的肩膀。「哈！」

一聲輕呼，陳煜受驚回頭，在看到是余歲歲的一刻陡然長出一口氣，隨即無奈一笑。

「余姑娘。」

「你在看什麼？這麼認真。」余歲歲踮起腳湊過去看。

陳煜伸手，將書遞到她眼前，讓她以一個舒服的角度就能看到。「我今日有事遲了，未趕上課程，所以等在這裡，順便看一些數算之術。雖說數算亦六藝之一，可如今早已鮮有人學，我翻看了整本書，都未能見與姑娘當日所出之題類似的數算之法。」

余歲歲盈盈一笑。「怎麼？殿下是打算把我們父女倆的絕技都學走不成？」

陳煜搖頭笑笑。「學習得量力而行，莫說姑娘的絕技我望塵莫及，便是師父，恐怕我這一輩子也難以達到了。」

倒還挺謙虛的。

「既然你自己都覺得自己不行，那幹麼還要學呢？」余歲歲故意問道。

陳煜想了想，神色認真地道：「學，是因為心嚮往之，學到多少，便是多少，只要用心，便不強求。」

這孩子，三觀真是沒話說啊！余歲歲暗想。可一想到他才十幾歲的年紀，她就覺得有點出戲。

陳煜又繼續道：「那日見姑娘一番演算，恍如行雲流水、信手拈來，頓覺數算其中之精妙奧義，若能鑽研進去，定是另一個奇絕世界。因此我才想研讀些數算之法，好尋機向姑娘請教。」

余歲歲早已習慣了陳煜的勤奮好學，搞到現在連她都覺得這麼好的孩子將來居然要被炮灰掉，簡直是老天不長眼。

嗐，算了，誰叫大家同是天涯炮灰人，相逢何必曾相識呢！

「殿下，其實我這兒還有個類似數算之法的東西，沒有之前的難，但鑽研起來也甚是有趣，殿下想不想試一試？」余歲歲坐下來，托著腮望向他。

陳煜一聽便來了興致。「請姑娘不吝賜教。」

「賜教不敢當。」余歲歲擺擺手。「要不，殿下叫我一聲師姐，我必傾囊相授？」

「……啊？」陳煜一呆。

余歲歲定定地盯著他，也不說話。

只見陳煜的臉色漸漸由白變粉，耳朵尖處更是透出了紅色。

「哈哈哈哈……」余歲歲猛地笑出聲來。「唉呀，我逗你的！你才多大呀，就成日板著張臉，一副老學究的模樣，要多笑笑嘛！」

老學究？陳煜腦海中莫名就想到了國子監和弘文館那幫鬍子老長、頭髮花白的老大人們，一個沒忍住，便笑了出來。他哪裡像他們了？

「這才對嘛！」余歲歲滿意地看著陳煜的笑臉。「笑一笑，十年少。」

真不容易，終於把他逗笑了。

「余姑娘比我還小些，這般愛笑……許是要笑回幼年了。」陳煜彎起嘴角，開了一句玩笑。

嘿，居然還會開玩笑了！余歲歲頗為驚喜。

「殿下有所不知。」余歲歲壓低聲音，故作神秘。「我如今這年紀，便是我笑出來的呢！」

「哈哈……」陳煜被她一逗，徹底繃不住了。

平日裡為了不讓父皇、母后和母妃失望，也為了在一眾皇子中有所建樹，陳煜隱藏起了很多天性，逼著自己成熟穩重。

他深知，無論是他的那些皇兄，還是像明昀彥這樣的公子，又哪一個不是這般過來的？隨心所欲，是他們最大的奢侈。

可不知道為什麼，在余璟和余歲歲父女倆身上，從來沒有這樣壓抑的氣氛。

他們隨興而率真，嬉笑怒罵全憑本心，卻又足夠聰慧，知曉分寸。

此時此刻，陳煜方才想明白，為什麼他一見余璟便下意識想要去親近，一見余歲歲便覺得友好可愛，原來他們身上，擁有自己最渴望而不能得的東西。

余歲歲滿意地看著他的笑臉。

「余姑娘，不知妳說的，到底是什麼東西？」陳煜好奇不已。

余歲歲拿出一張紙，從桌上拿起毛筆，畫了起來。沒過一會兒，紙上便出現了一個大大的四方形，內部被分成了八十一個小方格，一些格子裡寫上數字。

「這個叫數獨。數，即數位，獨，即唯一。從一至九的數字，在每一行、每一列、每一個九宮格都只能出現一次。殿下閒暇時可以拿這個找點樂子，我這兒起碼有百十道題，足夠殿下鑽研一陣子了。」余歲歲有一陣子沈迷於數獨，背了不少題目，如今倒是便宜了陳煜。

待余歲歲講解了具體的規則，又演示了幾次之後，陳煜果然興致盎然地拿去，自己研究了起來。

余璟進門的時候，就看到陳煜埋首在案桌上，一副苦思冥想的樣子，而自家女兒則托著腮盯著陳煜，更是認真的不得了。

兩個小孩、兩顆腦袋對在一起，居然莫名的和諧。

「咳！」余璟輕咳一聲，走上前。「看什麼呢？」

「爹爹。」

「余師父。」

「殿下怎麼不到院中去？」余璟問道。

「師父，你叫我煜兒便好。」陳煜站起身來。「我來遲了，不便打斷師父教學，所以就在屋裡等了一會兒。」

余璟一笑。「無妨，我沒有那些規矩。不過今日天也不早了，他們都已經回去了，不如煜兒也先回吧，明日有空再來。」

「是。」陳煜點點頭，起身，準備收起紙筆離開。
突然，外面傳來一陣劇烈的拍門聲，隨之而來的，還有刺耳的謾罵。
「余璟！誰是余璟？給老子滾出來！」
屋中三人俱是一驚。
「爹！」余歲歲一下子跳起來，不安地看向余璟。
余璟安撫地在她肩上拍了拍，示意她不要動，自己則神色一肅，朝外走去。
可余歲歲又豈會聽話？後腳就立刻跟了上去。
陳煜見狀，也趕緊跟上。
「你們是什麼人？」一出門，余璟就看見幾個家甲服色的人，捲著袖子，個個興師問罪的模樣。
見到他，領頭的人一插腰，問道：「你就是余璟？」
「是我。」
「哼！」領頭之人不屑地瞥他一眼。「好哇，就是你這個刁民，害得我們少爺半死不活的，來人，給我拿下！」
話音一落，他身後的家甲立刻圍了上前。
「慢著！」陳煜高喝一聲，快步而來。「你們是何人府上？為何拿人？可有憑據？」
領頭只當他是個孩子，也沒仔細看，仰著下巴道：「我們方侍郎府拿人，哪有那麼多為什麼？老實跟我們走就是！」

「方侍郎？」陳煜仔細回想。「六部之中，只有刑部侍郎姓方，你們是刑部侍郎方度方大人的家僕？」

僅憑一個姓氏便能猜到他們的身分，領頭的瞬間覺得不對，定睛一瞧，眼睛驀地一圓，冷汗一下子竄上了後背。「七、七殿下！」腿一軟，立即跪倒在地。「小人有眼無珠，衝撞了殿下，請殿下恕罪！」

陳煜一抬手。「我與貴府方公子乃好友，余師父更是我們的武學師父，到底發生何事，竟讓貴府如此公然率眾到武館叫罵，還要無緣無故拿人？」

領頭站起來，戰戰兢兢地道：「回殿下，小人正是為了我家公子而來啊！我家公子自昨日回去後，便直說身體不適，連晚飯也沒吃幾口就倒頭睡下。老爺與夫人本以為是累著了，卻不想竟一睡不醒。郎中瞧後也是毫無辦法，這才想到許是因練武損了元氣，傷了根本啊！」

余璟、余歲歲和陳煜均是一驚。

那位方小公子的身子骨並不弱，而且已經練了大半個月，怎麼早沒事、晚沒事，偏偏昨天突然出事了呢？

「你說你家公子昏迷不醒了？」陳煜有些焦急。「你帶路，我去看看他。」

「這……哪裡敢勞動殿下。」領頭之人忙道：「小人只是奉命將這余璟交予官府，別的……」

陳煜臉色一沈。「我與方公子交情頗深，他有事，我如何不能去看？我們十幾人都與方公子一樣在余師父這裡習武，我們都沒有任何不適，何以證明是余師父的過錯？再說了，方大人一不報官、二不上堂，卻私自派家僕來拿人，他這是把京兆府當作了自家衙門，還是乾脆連刑部都由他說了算呢？」

陳煜幾聲質問，問得領頭不敢回話。

余歲歲見陳煜這般威嚴，更是第一次體會到了皇親貴胄的權威和地位。

原來陳煜無論在私下裡如何純良，到底也是皇子，這份氣場是任何人都學不來的。他的少年老成，也是身分使然。

「怎麼，還要我請你一起走嗎？」陳煜冷聲道。

「殿下恕罪！小人、小人這就帶路！」領頭抹了把汗，恭敬地道。

「殿下，我也去。」余璟站出來。「方公子既是我的學生，不管是為了他，還是為了我的清白，我都要把這件事查清楚。」

陳煜想了想，點頭應了。

余歲歲眼珠一轉，上前一步。「我也去。」

余璟不贊同地回頭，正要拒絕，卻聽余歲歲快速說道——

「小的是七殿下的侍從，當然要跟著殿下！」說著，便在兩人不解的目光中，站到了陳煜身後。

余璟與陳煜對視一眼，不知道余歲歲這是玩的哪一齣？可話都說出來了，也只能任由她去了。

「那就走吧。」陳煜點頭道。

第六章

到了方府，領頭將三人領到了方公子住的院子。

「老爺、夫人，那個余璟來了，還——」領頭低頭通稟。

「啊呀，兒啊！你這樣，可讓我怎麼活啊？老爺，我兒被那刁民害成這樣，我要讓他一命換一命啊！」床邊，一個女人哭喊道。

窗邊，一個中年男人猛地回身，指著進門的余璟三人，大喝一聲。「怎麼辦事的？還不把他給我扔到牢裡去，給我兒償命！」

「方大人。」陳煜上前一步。「原來方大人的刑部侍郎，便是這樣做的嗎？」

方度一愣，正要生氣，卻瞥見家僕拚命地朝他使眼色。他仔細一看，心裡瞬時一驚。

「七殿下？殿下怎麼來了？」

陳煜也不是要擺架子，只是想要他冷靜下來而已，見狀也不多廢話，直接問道：「方大人，方公子的情況如何？」

方度嘆了口氣。「唉，從昨晚到現在一直昏迷不醒，一絲知覺也無。」

陳煜湊近前，看了看床上臉色青白的方公子，心裡也很不是滋味。

陳煜看向余璟。「余師父，您能看出這是怎麼回事嗎？」

余璟不懂醫術，當然不知道。「郎中怎麼說？」

方度一看見余璟就雙眼冒火，恨不得上前揍他，當然不會回答他的問題。

陳煜沒辦法，只得重複一遍。「方大人，郎中可有說法？」

方度收起怒氣，悶聲道：「說是不知病因，只猜測是習武傷了身子。若是明日再醒不過來，恐怕就要……」早知道他就不該由著兒子胡鬧，當時只以為是他小孩子脾性，一時興起，便隨他去了，哪裡想到居然會危及性命？

「這個說法，不足取信吧？」陳煜當即便是不信。「余師父教授的東西，我與方公子皆是一模一樣的練習，方公子也並無頑疾，身體更是一向康健，怎麼會我毫無不適，他卻危在旦夕？」

方度張張嘴，沒法反駁，只能道：「許是個人體質不同。殿下有陛下的龍氣護佑，自然福澤綿長。小兒福薄，怕是……凶多吉少了。」

一直旁觀的余歲歲聽了這話，毫不猶豫地送上一個白眼——什麼封建迷信思想！

方公子在武館練了這麼久都沒事，證明身上並沒有不能劇烈運動的疾病，那這突然的昏迷，要麼是突發性疫病，要麼就是人為。

如果是突發疫病，郎中不可能診不出來。

如果是人為……

余歲歲的目光，落在坐在床邊，正拿著手帕抹眼淚的方夫人身上。

並非她無端揣測，實在是剛剛進門時，因為自己個子最矮、視角最低，就在余璟和陳煜都關注著床上的方公子時，她卻無意間捕捉到這個女人的神色。

方夫人當時是先飛速地掃了一眼領頭的家僕，才開始哭嚎起來的。

且她手裡一直拿著帕子，不是因為要擦眼淚，而是根本沒有眼淚，拿帕子做掩飾。

這一屋子的男子，都不會去多看一個女眷，可余歲歲第一時間就注意到她。

一個兒子生死未卜、傷心欲絕的母親，這個時候還能有閒心打量一個家僕？余歲歲不相信。

想著，她湊上前，拽了拽余璟的袖子。

父女連心。余璟低頭一看到余歲歲使的眼色，立刻就懂了她的意思——事有蹊蹺。

「殿下。」余璟壓低聲音，在陳煜耳邊小聲說了些什麼。

陳煜思索片刻，終是點了點頭。

「方大人。」陳煜開了口。「方大人在朝為官，為父皇鞠躬盡瘁，父皇愛民如子，幼吾幼以及人之幼，又怎會只庇佑我而不庇佑方公子呢？」

方度一驚。「殿下，臣萬萬沒有此意——」

陳煜不讓他說下去。「雖說我願意擔保余師父的清白，可也深知方大人愛子心切，若我強行替余師父脫罪，方大人難免會怨我仗勢欺人。」

「臣不敢！」方度忙道。

「大人是刑部侍郎，刑部主管大案復核，是謹防冤假錯案的最後防線。大人家中出事，自然也應秉公辦理，查察清楚，不可意氣用事，對嗎？」陳煜問道。

「這是……自然。」

「既然如此，我想請方大人、余師父和我一起，把這事弄個水落石出，還方公子和余師父一個公道。」

方度見陳煜說得明白，知道他是管定了此事。而自己盛怒之下扣在余璟身上的罪名，確實無憑無據。

不看僧面看佛面，陳煜這個面子，方度如今是不得不給。「那……就依殿下所言吧。」

「好。那就請現在在房中的所有人都留在原地，不得走動。再請方大人派一人將府中上下所有人叫到這個院子裡來。」陳煜吩咐著。

方度指向之前去武館鬧事的領頭家僕。「方管事，你去吧。」

「等等。」陳煜看了看余歲歲。「讓我身邊這個侍從，和方管家一起去吧。」

方度心裡一動。七皇子這意思，難道是信不過方府的人？

其實陳煜只是被余歲歲偷偷扯了袖子，見她眼裡閃著精光，想到她一貫聰慧，這才提出來。此時他也明白過來為什麼她要假扮自己的侍從了，原來是要仗他的勢。這一招未雨綢繆，反應倒是快。

見余歲歲跟著方管事離開，余璟和陳煜又交換了幾次眼神。

「方大人，院中的耳房可否借來一用？」陳煜道。
「殿下要耳房何用？」方度不解。
陳煜一笑。「自然是『升堂』了。」
余歲歲跟著方管事，有陳煜的光環頂在頭上，方管事對她十分客氣。
因為要保密，余歲歲讓方管事一個一個地把家僕們叫來，且不許說要幹什麼。
之所以這樣，是余歲歲相信，她越是給方管事營造出這樣緊張的氣氛，他才越容易犯錯。
這種內宅的陰私糾葛，根本不算什麼高智商的犯罪手段，也更能被輕鬆地抓到把柄。
果不其然，方管事見余歲歲盯得緊，神情很明顯的焦急了起來。
余歲歲卻很愜意，還和被叫來的家丁們隨意地聊了起來，每新叫來一個人，她都要問問他們姓啥名誰？在府中做些什麼？
一夥人正往回走時，路上，方管事和一個嬤嬤撞了個照面。
「方管事，您這是……」張嬤嬤看著眼前的一大幫子人，神情有些怪。
方管事頓了下，才清了清嗓子道：「喔，張嬤嬤啊，我正要去找妳呢，老爺和夫人召集大家訓話。」
張嬤嬤臉色一變，瞟了兩眼唯一陌生的余歲歲。「是、是什麼事啊？」

余歲歲一聲不吭地站著，眼睛卻沒有放棄打量這二人。

方管事朝余歲歲那兒斜了一眼後，道：「不該問的別問，不該說的別說，跟著我就行了。沒瞧見有貴人在這兒嘛，小心說話！」

張嬷嬷噤了聲，乖乖地跟了上去。

余歲歲挑挑眉，心裡有了計較。

等回到了方公子的院子，余歲歲便站到陳煜和余璟中間，小聲地跟余璟說了些什麼。見余璟做好了準備，陳煜一頷首，看向方度。「方大人、余師父，就請你們二位到耳房中，開始訊問吧。」

方度一愣。七皇子不去，讓一個平頭百姓和自己一起審案，是何道理？況且這余璟還是嫌犯呢！

陳煜只當不知他所想，說道：「我留下，以防有人串供。」

方度迫於無奈，只得咬牙應了。

余璟看向方家的家僕，手一指，率先點中了一個小丫頭。「就她吧。」

方度一甩袍袖，帶著幾分不屑和鄙夷，不情不願地走向了耳房。

陳煜和余歲歲留在屋裡，盯著眾人。

余歲歲的餘光一直沒有離開過方夫人，這會兒更是注意到了她的幾分不安。

耳房裡，方度看著跪在地上的丫鬟，壓根兒提不起訊問的興致。他搞不懂，七皇子在自己家裡，能問出什麼來？

余璟倒也不客氣，見方度不開口，自己便率先說話了。

「妳叫什麼名字？」余璟語氣溫柔地問。

「奴婢……春杏。」

「喔。」余璟笑笑。「春杏，妳來府裡多久了？平時都做些什麼？」

春杏本來提心吊膽的，卻沒料到這人居然和她閒聊起來，她狐疑地抬頭，又趕忙低下。

「奴婢……是府上的家生子，以前侍奉先夫人，如今在大公子院中做二等丫頭。」

先夫人……余璟心裡有了計較，原來剛剛那位，是方公子的繼母。

「那方大公子對妳好嗎？」余璟繼續問。

春杏想了想，偷眼看了下方度，道：「大公子平日裡很少讓丫頭近身，只留幾個小廝聽用，但待下人還是很和善的。」

就這樣，余璟和春杏一問一答地聊了起來。

聊了好半天，連方度都聽不下去了。「我說姓余的，你這都在問什麼？該不會是為了脫罪，故意在這兒給我繞圈子吧！」

余璟攤攤手。「那不如方大人你來問？」

方度一氣，瞪他一眼，直接轉向春杏嚷道：「妳說！昨日公子回來，都幹了些什麼、說了什麼？都給我老實交代清楚！」

余璟在一旁無奈地搖了搖頭。

春杏身子一抖。今早發現公子不對勁時，她就已經回過一次話了，可方度是她的主子，她如今也只能戰戰兢兢地再重複一遍。

果然，方度聽了跟上午一模一樣的話，心裡越發氣悶，看向余璟。「就這，這還有什麼好問的？」要不是看在七皇子的面上，他早把余璟打出去了！

余璟嘆了口氣，柔和地朝春杏笑了笑。「別怕，你們老爺也是關心則亂。妳這麼盡心盡力伺候公子，他不會怪罪妳的。這樣吧，妳出去之後，就先回房吧，好好休息，你們公子之後還需要妳照顧呢！」說完，余璟看向方度，等他下令。

方度被看得心惱，不耐煩地擺了擺手。「滾滾滾！」

春杏眼圈一紅，低著頭福了福身，退了出去。

院裡的人看著春杏進去了許久，最後哭著出來，心裡都惴惴不安，卻偏偏不能說話，只能心神不寧地看來看去。

耳房裡，余璟又叫進了幾個家僕，依舊是有一搭、沒一搭的閒聊，聽得方度昏昏欲睡，直到進來了一個嬤嬤。

這一回，方度連抬眼都懶得抬了，恨不得自己乾脆閉著眼睡上一覺，也比被迫在這裡浪費時間要強得多。

誰知道，那嬤嬤剛一走近，就聽余璟「啪」地一拍桌子，把那嬤嬤嚇得跪倒在地不說，方度也被他一個激靈嚇得差點跳起來。

「大膽張嬤嬤！昨日公子就是喝了妳端來的茶水才昏迷不醒的！妳謀害公子，該當何罪？」

方度瞪圓眼睛看向余璟。之前那春杏只說公子睡前喝了一口張嬤嬤端來的茶，何時說是張嬤嬤謀害公子了？

張嬤嬤立刻伏地大喊冤枉，捶胸頓足地發誓賭咒。

「老爺，老奴冤枉啊！老奴是看著公子長大的，怎麼可能謀害公子？定是這人教了公子害人的邪術，故意栽贓老奴的！」

「哼！如何不可能？」余璟怒道：「妳一直嫉恨先夫人因妳貪墨銀兩而狠狠罰了妳和妳的丈夫，這才起了歹心謀害公子！」

張嬤嬤自然又是一番辯駁。

方度在一旁聽著，卻是突然一愣。這余璟才剛到府中，怎會知道此事？

突然，他想起剛剛余璟在和某個家僕閒聊時，似乎確實有一句話提到了這個張嬤嬤。

難道……方度的神情猛地一震。

這個余璟，當真有點東西？

還未及細想，他便聽余璟擲地有聲地問了一句——

「張嬤嬤，是誰告訴妳，我就是教公子習武的師父的？」

方度一個激靈，眼中一道厲光射向張嬤嬤，清清楚楚地見到了她的臉色從呆滯、驚恐、躲閃，再到灰敗。

「妳這惡奴才，還真是妳！」方度大怒。

張嬤嬤癱軟在地，拚命擺手。「我不是、我不知道……我什麼都不知道！」

「說！」方度氣極。「不說就直接將妳拖出去打殺了，再把妳的兒女都一併發賣！」

余璟本是想要自己問出來的，沒想到方度反應這麼大。

此時他也才想起，在這個地方，為人奴僕，生死皆由主人操控。

這一招，對張嬤嬤確實有用，她立刻哆哆嗦嗦地開了口。

她不是元凶，她也不知元凶是誰。只是昨晚方公子喝了她端的茶後，今早就發生了不測。她惴惴不安，卻被方管事暗示了一番，她覺得事情可能有蹊蹺，這才嚇到不行。

她知道方管事今天要去捉拿余璟，剛剛方管事跟她說話時，話裡話外都是要她仔細說話，她這才咬死余璟不鬆口的。

「方大人，張嬤嬤出去後，下一個就必須審訊方管事了。可方管事不同於張嬤嬤，不是靠威脅就能拿下的。」余璟低聲提醒方度。

此時的方度已對余璟開始改觀，聞言點點頭。「那你說怎麼辦？」

余璟看了一眼張嬤嬤。「將她堵住嘴，先在內室待著，不放她出去。」

「行吧，就按你說的辦。」

張嬤嬤沒出去，因此當方管事進門的時候，下意識就在找尋著張嬤嬤的蹤跡。

方度聽了余璟的話，忍了忍，沒主動開口。

余璟也不說話，雙眼放空，不知道在想什麼。

方管事沒辦法，就只能站在那裡等著。

等啊等的，等得方管事站得渾身難受，等到方度都忍不住要上火了。

方度不停地暗暗朝余璟使眼色，哪知余璟毫無反應，急得他像熱鍋上的螞蟻，又偏偏要忍著不讓方管事看出端倪。

又過了很久，方管事再也站不住了，「咚」地就往地上一跪，眼一閉，招了。「老爺，是我害了公子，請老爺責罰！」

方度氣極，哆哆嗦嗦地指著他，看向余璟，正要發怒，卻被余璟用眼神制止住。

只見余璟恍若如夢方醒一般地問：「方管事？你何時進來的？」

方管事一愣。「……」

「你剛剛說什麼？你害了公子？怎麼回事？」余璟一臉疑惑。

方管事顫抖著聲音說：「你、你叫我來，不是、不是張嬤嬤供出了我嗎？」

「啊，你說張嬤嬤啊！」余璟恍然大悟道：「她招的不是你，不過她招完就要撞柱自殺，沒死成暈了過去，正在後頭躺著呢！我叫方管事來，是要你派人將她抬出去醫治啊！」
心慌意亂的方管事並沒有察覺余璟話裡的破綻，他的耳朵裡只聽見了一句話——張嬤嬤招的不是他，但招完卻要自殺！
到底張嬤嬤招出了誰，竟不惜一死？
方管事兀自在那裡思來想去，把自己嚇得臉色一白，難道是……
「老、老爺，我……」
余璟看了一眼方度，示意他可以說話了。
方度被余璟搞得糊裡糊塗，也不敢隨便說話，便模稜兩可地道：「怎麼？你還打算繼續隱瞞嗎？你跟了我這麼多年，我這麼信任你，現如今，竟是連你一句實話都聽不到了嗎？」
這話在方管事聽來，就是方度已經掌握了真相！
他嘆了口氣，身體軟倒下去。「連春杏和張嬤嬤都招了，我還有什麼好說的？老爺，我愧對公子，愧對先夫人啊……」

堂屋裡，陳煜和余歲歲早已等得心浮氣躁。
方家的家僕們拚命拿眼神開小會。
床邊的方夫人坐在那裡，也不哭了，不知道在想些什麼。
就在一片寂靜之中，耳房的門突然被大力拉開，方度一臉鐵青，怒火滔天地衝進屋來，朝著方夫人的臉上，狠狠就是一記響亮的耳光！

「毒婦！」

所有人都被眼前的一幕驚呆了，只有余歲歲和隨後進來的余璟臉色如常。

接下來，就是方家的家事了。

直到出了方府，陳煜才不禁疑惑道：「余師父和余姑娘，難不成早就知道了這個結果嗎？」

余璟搖搖頭。「我並非早就知道，但……也不算意外。」

余歲歲也不居功。「我只是憑直覺。我見方夫人神情不對，又想到以前聽過、見過的這類事情，再對比了方管事和張嬤嬤的對話，才有所猜測。」

余璟不由得讚許道：「歲歲很聰明，知道通過和方府的家丁閒聊來瞭解他們的身分和職責，讓我能有針對性的訊問，節省了不少時間。」

余歲歲心裡一喜，能在這種事上幫到爸爸，她可是備受鼓舞。

陳煜恍然大悟。「喔，原來余師父沒有直接將張嬤嬤叫去，是這個原因。」

「是啊！而且對於方管事來說，他看到幾個和自己比較相關的人被一個一個叫了進去，自然就會覺得他們每個人都說出了對自己不太有利的話，對他的心理更是一種壓力。」余璟說道。

陳煜認真地聽著，將每一句話都仔細思索了，再記在心中。

自從認識了余璟，他總能學到很多他以前沒聽說過，或是無法接觸的東西。

「沒想到余師父竟還會斷案？」

余璟笑笑。「斷案不敢當，那是需要縝密的邏輯和推理。我這頂多叫查案，是靠證據說話的。不過這樁案子沒有搜尋物證的條件，就只能靠審訊技巧來查實人證了。」

「幸好他們不是什麼窮凶極惡之人，也多虧了殿下，這才能洗清爹爹的冤屈。」余歲歲心有餘悸，想著，便朝陳煜行了個大禮。

若不是他，余璟今日肯定不容辯駁便會被抓了去，他們可就出師未捷身先死了。

陳煜忙讓她起來。「我相信余師父，自然要傾力相護，余姑娘無須道謝。只是不知道方公子他……能不能挺過來？」他有些難受。

陳煜自小雖長在宮中，也聽過些類似的惡毒事，可因為母妃出身高門，又深居簡出，而他又有皇后護著，倒從沒親眼目睹過，如今乍一看到，還真是有些接受不了。

余璟也嘆了一口氣。「好在方夫人沒敢下死手，之前郎中被她買通栽贓於我，如今真相大白，再行救治應該還來得及。只可惜……可惜了方公子一個練武的好苗子，即便救回來，也早已傷及根本了。」

三人走出幾條街，陳煜要回宮，便提前離去，留下了余歲歲和余璟。

「爸，我覺得你剛剛是不是有些話沒有說出來呀？」余歲歲抬頭看向父親。

剛剛他幾回欲言又止，陳煜沒注意到，可自己都看出來了。

「歲歲真的很聰明啊！」余璟拍拍她的腦袋。「我本來想要說出方夫人毒害方公子的真相，我看得出來，七皇子也很想知道。但我想起妳說的，關於七皇子的身分，這才忍住了。七皇子雖然心性純良，對我也確實是誠心昭然，但他到底還是個皇子。他得皇后照拂，是因為皇后無子，挑中了他做未來富貴之路的籌碼。皇家的爭權奪利，比一個小小的方府可要複雜得多。方夫人與方公子的關係恰好又是繼母、繼子，有些話一旦沒說好，反會平白招惹些麻煩。」余璟嘆道。

余歲歲沒想到，余璟居然想了這麼多。

比起他，自己反倒還是一如既往的沒心沒肺。

好像看出她在想什麼，余璟笑了笑，撫了撫她的頭髮。「歲歲不用在這種事上操心，這些讓我來操心就夠了。妳呀，就高高興興的，想幹什麼就幹什麼。」

余歲歲不肯。「可我也是個成年人了，總不能什麼都靠爸呀！」

余璟一樂。「還別說，在這個地方，妳還真得靠一下爸了！咱們生在人人平等的社會裡，常常會忘記這裡尊卑有別。就像今日，沒有七皇子，憑方大人的地位，要把我抓進牢裡，安個罪名弄死，都是輕而易舉的。我當初開武館，一為生計，二就是為了能多些人脈路子，能給我、給妳找一條出路。在封建時代當一個平頭百姓，太難了。

「眼下七皇子和那些公子雖然尊稱我一聲師父，可我還不能得到他們背後那些貴族的認可，依然和螻蟻沒什麼區別。只有我擁有了一定的地位和聲望，才能讓別人不敢輕易動我。七皇子現在可以是我們的靠山，但我們不能永遠靠他。」余璟堅定地道，又看向余歲歲。「妳現在還是小孩的年紀，又是個姑娘，在這個時代難免受制於人。尤其那侯府，親情淡薄，以利為先，妳的命運及人生不能被他們拿捏著。歲歲，相信爸爸，爸爸一定可以讓妳自在地生活！」

「嗯。」余歲歲眼眶一熱，掩飾著偏開了頭，悶悶地應了一聲，不敢暴露自己哽咽的嗓音。

這一日，忠勇武館。

余歲歲咬著一支毛筆、托著腮，趴在書案上，百思不得其解。

「這毛筆字就那麼難練嗎？難道是天生就八字不合？」

祁川縣主在一旁偷笑。「歲歲，術業有專攻嘛！妳看妳武藝高，畫畫也好看，總要有點兒不擅長的，不然豈不成全才了？」

說得也是！余歲歲這下有了躺平的理由。

這時，余璟的一個弟子興奮地跑進來，嘴裡喊道：「縣主、余姑娘，快出來看啊！余師父要用拳腳和劍寫字呢！」

「什麼什麼？」祁川縣主倏地起身。「這是什麼功夫？我怎麼沒聽說過！」

余歲歲也一頭霧水地站起來，她爸還有這項技能？

兩人快步來到院裡，此時眾人都已圍成一圈站著，只有余璟站在中間。

有兩個弟子舉著一張很大的紅紙站在一側，是余璟開張時買來備用的。旁邊的一角，是一碗墨汁。

原本就有土的地上，好像故意把沙土掃得集中了些，看起來很厚。

余歲歲看向場中，余璟身穿短打的深色練武服，頭髮束起，用一藏藍色的布條纏住，這可不是一般武人的打扮，於精幹威武之中竟平添了些文氣。

就在她沈思一會兒的功夫，隨著一聲劍氣的錚鳴，余璟的身形動了起來。

只見他上身劍氣環繞，輕盈飄然，腳下堅實穩打，虎虎生風。

正眼花撩亂之際，余璟一個旋身，劍身挑起碗中的墨汁，一道筆劃躍然紙上。

眾人不禁發出一聲驚呼。

劍光翻飛，影隨身動，余璟彷彿武俠小說裡擅長左右互搏的大俠，手上劍招與下路腳法看似不同卻又融合一體。

直到紅紙上呈現出一個行雲流水、筆鋒鮮明的「文」字時，院子裡已是鴉雀無聲。

而當眾人再低頭，發現沙地上竟也寫出了一個「武」字，同樣的鐵畫銀鉤。

一文一武，亦文亦武，文武雙全。

直到余璟收起長劍，院中才爆出一陣歡呼。

「余師父好厲害！」

「余師父，我要學這個！」

余璟抬起手壓了壓眾人的聲音，問道：「我剛剛只是要告訴各位，文與武，是不分家的。」最近，他發現他們當中有很多人為了習武而荒廢了讀書。在這個科舉入仕的時代，這些世家公子本就是要靠功名延續家族榮耀的，如果荒廢了學業，不光是影響這些人的前途，還會讓他們的家族怪罪於自己，簡直得不償失，所以他才想出了這麼個辦法。想著，余璟看向眾人。「文而不武則弱，武而不文則蠻。姜太公作《六韜》，文韜第一，武韜第二；黃石公著《三略》，二書均不離文治，這才是文韜武略。武藝再高強的人，不懂謀略，只會送死。而對於諸位來說，讀書、習武，並無矛盾。」余璟提高聲音道。「習武可以強身健體，塑造心智。但若一味癡迷武學，而忽略其他，那就是本末倒置。」余璟再次看向眾人。「大家應當弄清楚，自己到底為什麼習武？若為吹噓炫耀，那這些時日所學已經足夠；若為自保，不出一年即可功成；但若想以武修身，融會貫通，引領言行，便不是一朝一夕的事，也不是靠外力就能達成的了。」

余歲歲只盯著中心的余璟，感覺他整個人都在閃閃發光。

再去看其他人，儼然已對余璟更多了幾分敬重與仰望。

離開武館，一眾人熱情地討論著余璟剛剛那一場令人驚豔的表演。

明昀彥快走幾步，追上陳煜。「殿下不覺得，余師父出身鄉野，卻又能文能武，很是奇怪嗎？」

陳煜看了他一眼，疑惑道：「昀彥兄此話何意？」

明昀彥愣了一下，換了個說法。「我並無惡意，只是覺得有些好奇而已。」

陳煜笑了笑，拍了拍他的肩膀。「昀彥兄，我倒覺得，有些事情是沒必要深究的。」

明昀彥眸色一深，若有所思。

他其實也知道，余璟為什麼能文武兼備根本不重要，重要的是本事。

但陳煜是不是對余璟太過於信任和放心了呢？

明昀彥心知皇后娘娘和衢國公府支持七殿下的緣由，陳煜仁厚純良，知恩圖報，能保明家富貴延綿，但換個角度講，也未必沒有覺得他好拿捏的意思。

現在看來，陳煜行事當真有君子之風，但這樣的人，能做得了一個君王嗎？

在之後的一段時間裡，京中幾個世家的家主們突然發現，自家年幼的那幾個子孫，竟然一改往日作風，變得自律起來。

要知道，他們這群孩子，以前雖不至於是紈袴子弟，可也是不定性、想一齣是一齣、叛逆不服管的。如今他們不僅有了正形，行事也有了規矩，無論讀書還是玩樂都能安排得有張有弛，整個人的精氣神都明顯不一樣了。

家主們想不通，便仔細觀察著，結果發現似乎一切的改變，都是從孩子們吵著、嚷著、撒潑打滾著要習武後開始的。當初都以為習武不過就是換種方式玩樂，沒兩天就會放棄了，沒想到他們不僅堅持下來了，還有了如此大的進步。

更何況，這幫世家公子一貫養尊處優，竟對一個平頭老百姓心存尊崇，更是難得。

這下子，「余璟」這個名字，便被一些有心人記在了心上。

而在這段時間裡，余歲歲倒是又多了件事情來做。

因為發現余璟居然寫得一手好書法，余歲歲豈能放過這近水樓臺的機會？立即纏著余璟要他教她寫字。

「爸，我感覺你好像什麼都會，怎麼以前我都沒聽說過啊？」

余歲歲站在案桌前，看著余璟寫下的字，和自己臨摹的字一對比，真是慘不忍睹。

余璟對女兒略帶崇拜的口氣很受用，笑道：「妳爸我年輕的時候，也跟七皇子一樣，看見什麼都想學到手。這有些人啊，一輩子只專精一個技能，可我呢，就屬於那種學得五花八門的，卻哪一個都不太精通。但總之，隨心就好。」

「寫成這樣還不算精通啊？太沒天理了！」余歲歲吐槽道。

余璟拍拍她。「怕啥？有爸呢！以前是我工作太忙，沒有時間陪伴妳，今後我們有的是時間呢！再說了，妳有妳媽的基因，肯定差不到哪兒去的！」

一句話說完，父女倆驀地雙雙愣住。

自從母親病逝後，余歲歲和余璟從沒在彼此面前提起過她，因為那是他們心底共同的痛，一旦提起，就是在撕開一道難以癒合的傷口。

見余歲歲神情一變，余璟心裡也難受起來。他知道，歲歲在這件事上，永遠都會怨他的。

余歲歲看余璟神色悲痛，心中越發不是滋味。為了母親的死，父親自苦了這麼多年，也許一輩子都走不出來了。

多年來，她一直避免提起媽媽，可如今看來，逃避不是辦法。

「真的嗎？」余歲歲出聲打破沈寂。「我媽居然也會寫書法？我怎麼不知道？」

余璟回過神來，笑容帶了一絲苦澀，但更多的是追憶。「妳媽媽的字可比我好看多了，她可是妳爺爺、奶奶最優秀的學生。當初我若不是利用一切業餘時間苦練書法，苦讀經史子集，給妳媽寫情書、交流文學歷史，哪能那麼容易追到她？」

「吼！」余歲歲大吃一驚。「合著我才是咱家最菜的那個！」

余璟點了點她的額頭。「怎麼能這麼想呢？妳看啊，雖然我文學素養上不如妳爺爺、奶奶，可我體能好啊！妳雖然也有不如我和妳媽的地方，但我們誰也沒妳會畫畫呀！而且妳可是咱們家最聰明、記憶力最好的人，比我們厲害多了！」

余歲歲一聽，喜笑顏開。

父女倆正笑鬧著，便聽門外有人叫門。

有了上次的陰影，兩人均是如臨大敵地走了出去。

一開門，居然是本坊的坊正，後面還跟著一幫子衙役打扮的人。

余璟和余歲歲的心當即就提了起來。

「王老爺？你們……」

余璟開設武館，因此和坊正王老爺的關係還不錯。

王老爺還沒說話，他身後的衙役便高聲道——

「我們奉命搜捕大盜，讓開！」

他們是官，自己是民，余璟當然不會阻攔，便拉著余歲歲退到了一旁。

衙役們魚貫而入，在院中和屋裡仔細地搜查起來。

「王老爺，這是怎麼了？」余璟忍不住朝王老爺打聽。

王老爺嘆了口氣。「還能怎樣？出事了唄！剛剛你也聽到了，京城裡出了個大盜。」

「大盜？」余璟一驚。「怎麼之前沒聽說過？」

王老爺壓低聲音。「也是消息壓不住了才傳出來的，聽說這大盜是夜盜千家，從不走空。昨晚有人看見他逃到了咱們這附近，衙役們這才挨家挨戶地來搜。」

余歲歲也很詫異。「這人怎麼想的？怎麼敢在京城偷東西？」

王老爺知道余璟的武館進出的都是些富貴人家的公子，見余歲歲衣著鮮亮，也以為是哪家的公子，因此很客氣。

「這位小公子說的正是啊，誰知道他哪根筋不對啊？據說上到三品大員，下到平頭百姓，都叫他給偷了個遍！」

余歲歲吃驚地張大嘴巴，這也太狂妄了。

正說著，屋裡的衙差都出來了。「沒有。走，下一家！」

王老爺趕緊帶路，也顧不上和余璟告辭了。

「歲歲可知，這盜賊是什麼情況嗎？」余璟問道。

余歲歲搖搖頭。「小說裡沒提過這個情節，我也不清楚。小說開篇就是余宛宛和男主的相識，可我一直在觀察，她應該還沒認識那個男主呢，所以小說的主線劇情，其實還沒開始。」

這段時日，她一直試圖忽略掉小說的影響，想盡辦法和父親在京城站穩腳跟。因為她還是怕，怕一旦主線劇情啟動，這個世界會依照原始劇情發展，他們的一切努力都會白費。

「算了，不要為這些白費心神。」余璟安慰道。他還是相信命運握在自己手裡，別人自去走他們的路，他只要活好自己，照顧好歲歲就夠了。「天不早了，我送妳回去。這段時間城裡恐怕不安全，妳便待在侯府，先不要來我這裡了。」他囑咐道。

余歲歲想拒絕，可她也知道余璟的脾氣，便悶聲應了。

吃過晚飯，余歲歲便點著燈在桌旁練字。

直到晚桃端了水進來，輕聲道：「姑娘，是不是該歇息了？亥時都過了，明日老夫人和大小姐回來，恐怕要早早去請安呢！」

余歲歲手一頓。她都忘了，前段時間余老夫人說身子不適，要去京郊的靈隱寺祈福。余宛宛一向孝順，便跟著同去。

余欣欣和余清清本來也說要去，可正值換季，余欣欣的姨娘病了，余清清自己也病了，余老夫人嫌她倆身上都帶著病氣，一個也沒帶。

余歲歲是懶得去，而且她怕她成天在余老夫人跟前晃悠，再把余老夫人氣得身子更糟，於是也沒去。

這些時日余老夫人不在，余歲歲別提有多自在了。

「原來明日就回來了，我以為還要多住幾天呢！」她收起紙筆，走過去洗手、淨面。

「奴婢聽院子裡的其他姊姊說，這一到五月，京城裡大大小小的宴席、交際就多起來了，老夫人和大小姐自然得回來。之後還有端午、侯爺的生辰、老夫人的壽辰……這一忙就要忙到年關呢！」晚桃說道。

「過得還挺充實的！」余歲歲笑著吐槽了一句。突然，她動作一頓，心裡閃過什麼，猛地回身抓住晚桃的手。「晚桃，祖母和大姊姊可是去靈隱寺？」

「是、是啊！」晚桃嚇了一跳。

「今天是幾日？」余歲歲瞪大眼睛問。
「四月廿三日啊！」晚桃被她嚇得夠嗆。「姑娘，您、您這是怎麼了？」
余歲歲心裡一緊。「廿三、廿三……天上是下弦月……靈隱寺……壞了！」想到這兒，她拔腿就往外跑。
「姑娘！姑娘！」晚桃趕緊追出去，可又哪裡趕得上余歲歲？
她不敢再追，只得趕緊吹滅屋中燭火，假裝余歲歲已經睡下了。

余歲歲拉開侯府的後角門，連男裝都顧不得換，像一陣風一樣跑過街道。
好在已是半夜，街上沒有燈火，也沒有人。
一路狂奔到武館，余歲歲焦急地拍著門，口中還喘著粗氣。
余璟剛和衣躺下，就聽見門外的動靜，連忙舉燈出來看。
一開門，余歲歲滿頭大汗就撞了進來。
「歲歲！出什麼事了？」余璟嚇了一大跳。
「我、我……」余歲歲用力地平復著呼吸。「我想起來了，今天……今天就是男女主相、相遇的日子！」
余璟安靜地聽著，直覺余歲歲並沒有說完話。
「小說裡，男主就是因為受傷躲進了靈隱寺，才遇到了余宛宛。今天、今天城裡肯定要出大事！我想起那個大盜逃到了這附近……」不知是跑得太急還是怎樣，余歲歲說著，眼淚就奪眶而出。「爸，我擔心你！我怕……」她忽地哭出聲，扎進余璟的懷裡。

余璟立即摟住她，本來提著的心漸漸放下，安撫道：「沒事，爸爸本事大著呢……」話音未落，黑夜的半空突然閃過一道光，余璟看過去，雙眼驀地瞪圓。「火？」他下意識發出一個字眼。

余歲歲猛地一抬頭。

就在離武館不遠的地方，一道火光，沖天而起！

余歲歲一下子就傻了。

余璟瞬間反應過來，抓起她的手。「不好，著火了！」說著就朝外跑。出了門，兩人立刻發現那火光就在隔著一條街外的一棟房屋。說是隔著一條街，但城西的坊里街道狹窄，民居也相對擁擠，換句話說，如果火勢繼續延燒下去，不到一刻鐘，就會燒到武館來。

而這個時間，這附近所有的人都還在睡夢中。

余歲歲渾身都在發抖！她不敢想，如果今天晚上她沒來，如果余璟睡得很熟，如果……

「歲歲，跟我去敲門！喊人來救火！」余璟拉起余歲歲就朝火光的方向跑去。

「醒醒！快醒醒！」

「有人嗎？外面著火啦！」

一路上，父女倆瘋狂地拍打著沿途民居的大門，一邊大聲呼喊著。

跑出來的人越來越多，街道上終於喧鬧起來，有人從家裡拿來了銅鑼，急促地敲打著，喊醒更多睡夢中的百姓。

「走水啦！走水啦！」

「快去救火！」

「快啊！」

每個人手裡都拿起了襯手的容器，爭先恐後地跑向那棟大火熊熊的房子。

余歲歲是小孩，被擠在了人群的最後，有人嫌她人小力弱，奪過她手裡不知被誰塞的水瓢，讓她站遠點去，別添亂。

她扶住一旁的石墩子，後背的汗一串一串地往下落，四肢都無力起來。

被燒的這一家，應該是個富戶，單看大門外的裝潢，就知道很有錢，門口的匾額上寫著「齊宅」。

因為火燒得太快，火勢又極大，在眾人趕到的時候，齊家周圍的幾處房屋都已被波及到。

有身強力壯的年輕男人冒死衝進旁邊的屋裡去救人，但能救出來的，寥寥無幾。

周圍都是如此，起火點齊家的情況就可想而知了。

大約半炷香後，被驚動的衙門和救火隊也紛紛趕到，他們一來，蔓延的火勢才明顯被控制住。

等火全被撲滅後，眾人才敢進入齊家的院子，七手八腳地幫著把屍體都抬出來。

「歲歲！」忙了快一個時辰的余璟，頂著滿身的煙灰和被汗浸濕的衣物，找了過來。「別害怕。」他攬過女兒，感覺她的身子抖得厲害。

余歲歲咬緊打顫的牙關。「我、不、怕……」

她只是從未親眼見過如此災禍的場面，看著一具具焦屍從裡面被抬出來，空氣中都瀰漫著令人難受的味道。

余璟心中也格外沈重。「這齊家上下，怕是無人生還了。衙門在清點屍體，我們就先回去吧。」

前來幫忙的人們也在陸續離開，每個人的腳步都顯得疲憊又沈重。

「欸，他爹，你說這回齊老爺家的火，是不是那個什麼大盜放的？」一個女人和自己的丈夫路過時問道。

「說不準呢。齊老爺家這麼有錢，估計就是讓人盯上了。」男人回答她。

「真是作孽喔！謀財就算了，怎麼還害命呢……」女人嘆息的聲音逐漸遠去。

余歲歲的腳步，一下子就停住了。

她拽住余璟的衣袖，壓低聲音說：「爸爸，我們等一等再走吧。」

余璟低頭，眼中閃過些什麼，他蹲下來，用只有他們兩人能聽到的聲音說道：「歲歲，不管妳想到了什麼，我們都先離開。」

余歲歲猛地望向他，難道他發現了什麼？

不待她細想，余璟抱起她，快步離開。

官府的人撤走時，已是寅時中，周遭再次陷入暗黑，卻多了分陰冷的死寂。

余璟牽著余歲歲，兩人俱是一身黑衣，再一次站在齊宅門前。

衙門只處理了屍體，剩餘的狼藉並沒有派人去清理，大門貼上封條，等待天亮後的審判。

好在齊家院牆不高，余璟先將余歲歲送過牆頭，自己也跟著翻了進去。

進入院中，兩人一間間屋子地看著。

到處都是焦黑，再無法還原出曾經的富貴。空氣中還瀰漫著令人憋悶的煙味，余歲歲捂住口鼻，才勉強覺得舒服一些。

她看向余璟。「爸，你是不是發現了什麼？」

從齊家救完火後，余璟就顯得非常嚴肅，渾身上下都寫著「戒備森嚴」四個字，余歲歲從沒見過父親這個樣子。

余璟點了點頭。「是。歲歲，還記得火勢剛起的時候嗎？」

怎麼不記得？那火光一下子就直沖半空，余歲歲兩輩子都沒見過那樣可怕的場景。

「火災一般是意外和人為。意外可能是由於蠟燭、油燈傾倒或是廚房的灶臺起火，即便是人為點火，也要有一個起火點吧？」余璟看看四周。「如果火是從起火點一點點燒起來的，怎麼會有那麼大的火焰？這是民居，不是森林，阻燃物不少，光是燒這個院子，起碼也得燒上個把時辰吧？但妳看看，現在這裡幾乎被燒成了一片焦土，而且我們來的時候就已經蔓延到了四周的民房。什麼火這麼能燒？」

「這個意思是……」余歲歲心中起疑。

余璟找到一處燒得不算太黑的地方，半跪於地，俯身聞了聞，臉上露出了然的神情。

「果然是火油。」

「真是火油?!」余歲歲大驚。「什麼人跟齊家如此深仇大恨？居然下手這麼狠！」

余璟眉頭一蹙。「這還不是更狠的。」見余歲歲不解，他頓了頓，還是開了口。「我想，齊家人在起火之前，恐怕就已經被殺了。」

余歲歲一下子瞪圓了眼睛。「為什麼這麼說？」

「我在幫忙抬屍體的時候觀察過，齊家人基本上都是從臥房裡被抬出來的。火災中的遇難者，要麼是燒死，要麼是吸入濃煙而死。如果沒有提前被殺，無論是被燒還是被濃煙嗆住，總會有掙扎求生的跡象吧？齊家上上下下多少人，怎麼會連一個跑出來的都沒有？可惜我沒來得及仔細檢查屍體，找不到佐證。」

兩人一邊說話，仍一邊在齊宅四處走動、探查著。

「我之所以要回來看一看，就是要證實我的判斷。」余璟說著。「歲歲，妳說，敢在京城犯下這等人命累累案子的，能有幾人？」

看著父親，余歲歲也覺得自己滿心的憤恨。

她之所以也要回來，起初是因為她想到了此事很有可能和小說開篇的男主受傷有關。對於與小說劇情密切相關的事件，余歲歲都要加倍關注。

可當她來到這裡，看到滿地焦土，想到周圍那些無辜被波及而家破人亡的百姓，再聽到父親的分析與判斷，她便不再能保持冷靜的情緒了。

任何一個有良知的人，見到此情此景，都不會無動於衷的。

更何況，她的父親從前還是個警員！

余歲歲試圖回憶著小說裡的一些關鍵人物。「爸，小說中——」

咚！

一聲輕微的響動，在黑夜裡格外明顯，打斷了余歲歲的思緒。

她臉一白，立刻靠近余璟，攥住他的袖子。

兩人屏息靜聽，卻什麼都沒有。

這間屋子是個堆雜物的耳房，已經被燒得七零八碎，牆角有個被倒扣著的水缸，水缸外壁上也佈滿黑色的痕跡。

就在兩人以為是幻聽，放鬆下戒備的時候，又傳來了「咚」的一聲輕響。
余歲歲和余璟的目光，同時掃向牆角的那個水缸！

第七章

余璟快步走過去，抬起水缸的口沿，朝上一掀——

「啊！」余歲歲輕呼出聲。

水缸下，露出一個蜷縮著的小男孩，他手裡捂著沾濕的布條，一雙黑亮杏圓的眼睛呆滯而空洞地看向她。

「你……」余璟激動地想要去扶他，卻又猶豫地縮回了手。

如果不出意外，這個小男孩將會是齊家血案的唯一倖存者。但此刻，他受到的驚嚇，也遠非常人所能想像。

想到自己如今是個孩子的模樣，余歲歲滿心憐惜，輕輕地走上前，試探著朝他伸出了手。「小弟弟？」她溫柔地看著小男孩。

小男孩連眼珠子都沒有動一下。

余歲歲和余璟對視一眼，鼓起勇氣，拉起小男孩的手。

明明已入夏，小男孩的手卻如三冬冰涼。

可幸好，他沒有甩開余歲歲。

「孩子，跟我們走吧。」余璟蹲下來，輕聲道。

天一亮，官府就會來查案，如果小男孩被他們發現，必然是瞞不住的。那個敢在京城造下如此大孽的人，又怎麼可能會放過這個後患？

思前想後，還是把他帶走比較保險。

小男孩還是沒有一絲動作。

余歲歲朝余璟使了個眼神，讓他直接把小男孩抱起來。

余璟小心翼翼地伸出手臂，將小男孩整個人托起來，圈進胸膛。

似乎是感受到了一絲安全感，小男孩在接觸到余璟胸口的瞬間，兩眼一翻，忽然暈了過去。

余璟和余歲歲趕忙又是摸頭、又是探鼻息的，直到確定了他只是驚嚇所致而暈了過去，這才鬆了口氣。

就這樣，兩人帶著小男孩，趁著夜色，悄悄地翻牆離去。

回到武館，余璟安置好那孩子，這才將余歲歲帶到了屋外。

他塞給余歲歲一個紅布包著的東西，眼裡充盈著莫名的情緒。「歲歲，這是我這段時間存下來的錢，妳拿好。」

余歲歲心裡一跳，升起不好的預感。「爸，你要幹什麼？」

余璟倏地一笑。「我能幹什麼？我只是以防萬一。這段時間，妳就待在侯府，哪裡都不要去，更不要來找我。武館暫時不會開張，我會把他藏好，等著風聲過去。記住，今夜的事絕對不能說出去！」

「你胡說什麼呀！」余歲歲氣得要把布包塞回給他。

余璟搖搖頭。「能在京城這樣肆無忌憚犯案的，絕對不是小人物。我只是擔心，如果他們知道齊家有倖存者，不會放過我們的。妳現在是侯府的小姐，只要和我撇清關係，就算他們發現了我，也不會牽連妳。」這裡不講法治，一旦走漏風聲，尚無根基的他談何反抗？他想著，若真的不幸言中，他也將再一次違背陪伴女兒的諾言，而且永遠都不會再有彌補的機會了。假如剛剛他不曾去救火，假如他剛剛沒有因為一腔正義再查火災現場……可一切沒有假如，他也不會作別的選擇。「歲歲，不管怎麼樣，我一定要優先保護妳！」

余歲歲看著他，咬了咬嘴唇，胸口升起一團氣來。

她用力掰開余璟的手，把布包重重地塞了回去，心一橫，雙手插向腰間。

「余老頭兒，我告訴你，你可別想丟下我！搞得這麼悲壯，演電影啊？你以前每次接大案，電話裡說得啥事都沒有，其實我媽、我爺爺跟奶奶，哪個聽不出來？他們只是裝作不知道罷了！你以為這是為什麼？單單就是為了你嗎？不是！他們也是為了那些受害者，希望那些窮凶極惡的罪犯早日落網，給受害者一個交代！不是只有你一個人代表正義！不是什麼事你都必須自己扛！」余歲歲的聲音又驚嚇、又理直氣壯。「不就是個破小說世界嘛，你還說命運由己不由天呢！你武力值爆表，你閨女我拿了劇本，有什麼可怕的？不管這事是誰幹的，都會付出代價，更別想傷害我們！所以，以後不許你再立這種flag，你立一個，我折一個！」

她高昂著下巴，眼圈紅得像兔子，句句是指責，卻句句是關心。

余璟看在眼裡，觸動在心裡。

他眼睛酸澀，捏了捏余歲歲已圓潤起來的臉蛋，欣慰一笑。「好，爸爸錯了，爸爸再也不亂說話了。歲歲真是長大了……」

當天邊泛起第一抹魚肚白時，余歲歲躡手躡腳地閃回了絳紫苑的小院。

提心吊膽了一個晚上的晚桃猛然驚醒，看見余歲歲的一瞬間恨不得哭出聲來。

「晚桃，我先補一覺，祖母和大姊姊應該午飯前才會回來，到時妳再叫我。」余歲歲倒頭就躺在了床上。

這一晚上的訊息量太大，她必須先緩一緩才行。

余老夫人和余宛宛果然是在晌午回府的，趕在午飯前。余歲歲和繼夫人、幾個妹妹一道，到正堂去請安。

一進屋，余歲歲就盯上了余宛宛，不時地觀察著她的神情。

劇情裡，男主因為受傷，闖進了靈隱寺中余宛宛居住的禪房，余宛宛這善良溫婉的小白花，雖又驚又怕卻仍照顧了男主一夜，從此令男主念念不忘。

啊——真是狗血又老套的情節，但一點也不妨礙當年還是土狗的余歲歲嗑生嗑死。

但現在，余歲歲一點兒都不想關心這個。

如果昨晚齊家的血案真與男主受傷有關，那男主一定是知道什麼的。可小說是女主視角，男女主剛剛相識，男主自然也不會告訴女主什麼秘密。

那麼之後的劇情裡，到底有哪些可以和昨晚的事產生聯繫呢？余歲歲陷入沈思。

或許是余歲歲的目光實在太過明顯，余清清終於忍不住了。

「二姊姊，妳一直盯著大姊姊看做什麼？」大姊姊身上有花不成？

余歲歲驀地回過神來，忙道：「我是看大姊姊比起離家時，氣色果然好了許多呢！看樣子，靈隱寺當真是個修身養性的好去處。」想了想，又補了一句。「祖母看著也都容光煥發呢！」

余老夫人和余宛宛都愣了，其他人也有些怔然。

要知道，余歲歲之前可從不會說這種奉承話的，性子又獨又倔，怎麼突然間轉了性？

「看來，這段時間歲歲也長進了不少。」余老夫人看她立刻順眼了一些。

余宛宛卻被余歲歲那句話說得有些心虛，要知道，她昨晚照顧那個「不速之客」整整一宿沒睡，早上遮了一層厚厚的脂粉才勉強蓋住臉上的倦意，回來的路上又因為提心吊膽也沒能補眠。

見余宛宛這個反應，余歲歲心下便了然。

午飯時，盧陽侯也回府了。

一入席，他就不由得談起了今日的公事。

「……城西這一場火燒得是龍顏震怒，下令三司立刻徹查清楚，給傷亡的百姓一個交代。太子殿下舉薦了兒子和其他幾位大人協理此事，三皇子和五皇子也各自推舉了幾位。聖上嚴旨，端午之前必須查個水落石出。」

余老夫人點點頭。「這樣也好，若此事做成，日後必是大功一件。」又問道：「此事現如今可有進展？」

「恐怕就是那橫行京城的大盜所為。」盧陽侯答道。「如今北衙禁軍正與左右金吾衛及京兆府的衙差、捕快全城搜捕，想來就快有結果了。」

余歲歲心底冷笑。

城西的這場大火燒得沸沸揚揚，滿城的消息亂飛。

果然，晚飯一過，晚桃就帶來了新的消息。

「姑娘，城裡都傳遍了，那大盜下午時想從南門出逃，被衛士逮了個正著。聽說他負隅頑抗，被衛士當場射死，死前只肯承認他昨晚確實去過齊家偷盜，卻不承認放火。」

「呵，這下真是死無對證了！」余歲歲低罵道。

這大盜橫行京城這麼久了都沒被抓到，結果齊家一場大火他就被抓了，糊弄誰呢？

「聽說京兆府直接命人將他的屍體扔去了亂葬崗，以平民憤，現在就是要查清火是怎麼燒起來的了。」晚桃繼續說著。

亂葬崗……這三個字意味著什麼，不言而喻。

余歲歲的胸腔起伏不已，覺得自己快要被氣炸了。

她深呼吸了兩口後，朝晚桃道：「行，我知道了。晚桃，我出去透透氣，妳先睡吧，不用等我。」

余歲歲透氣的地方，實際上就是絳紫苑後牆角底下的一塊小石墩。這裡偏僻不引人注目，她可以安靜的不被人打擾。

她現在一閉上眼，眼前就全是昨晚的熊熊大火，和那一具具被抬出來擺滿了街道、辨不清人形的屍體，還有那個小男孩一雙黑溜溜的眼睛。

那是血淋淋的人命啊！在背後操縱這一切的人，半夜都不會睡不著覺嗎？

那個大盜呢？是自願做替罪羊？還是平白被潑了一身髒水？

讓這件事就這麼平淡地揭過，她怎麼想，怎麼不甘心啊！

突然，余歲歲頭頂傳來一陣窸窣的聲響，她迅捷地抬頭，正和一個剛爬上牆頭的少年四目相對。

大眼瞪小眼，兩人心裡同時飄過靈魂三問——

你（妳）是誰？你（妳）怎麼在這裡？我該怎麼辦？

只是一愣神的功夫，牆頭上的少年就一躍而下，身形向余歲歲欺來。

余歲歲反應也很快，翻身從石墩上跳起，一記飛踢，就讓少年不得不閃身避開。

兩人一交上手，余歲歲就知道這是個有功夫的，比之前她打過的紈袴厲害多了。雖然不如她老爸，但一定比她強。

既然如此……余歲歲心念一動，一個傾身，從地上隨手撈起一根木條——得虧後院牆附近有用的東西不多，亂七八糟的東西不少。

有了武器傍身，余歲歲立刻輕鬆起來。

她可不講武德，下手更是絕不留情，揪住對方的破綻就是下狠勁的打。

對面的少年本來沒把她當回事，可如此幾回合下來後也不敢再輕敵了，反手抽出了腰間的短劍，但並沒有出鞘。

隨著一聲悶響，余歲歲手裡的木條驟然落地，下一秒，金屬的劍鞘抵上她的喉嚨，少年眼底露出勝利的得意光芒。

余歲歲看著他，突地粲然一笑，然後抬起右腿，俐落地一腳踹出！

少年悶哼一聲，捂住小腹，吃痛地朝後退了兩步。

隨即，他看過去，嘲弄一笑。「想必妳就是余家那位找回來的真小姐吧？難怪余大小姐不是妳的對手，果然奸詐！」

余宛宛？余歲歲心裡一動，隨即恍然大悟。

她道是誰呢，原來眼前這位便是千呼萬喚始出來，傳說中的男主大人——平王世子陳容謹！

余歲歲將他從頭到腳掃視了一遍。

十四、五歲的年紀，跟之前見過的七皇子和世家公子一樣，都很早熟。

小說裡，真正的余歲歲一見陳容謹就誤終身，為了他對余宛宛各種加害暗算，現在一看……余歲歲撇撇嘴，也不過如此。

五官稍微精緻了些，外帶一身狂拽酷炫的霸總氣質，不外乎是身分背景的加持，還不如她爸呢，實在不是她的菜。

余歲歲不屑地看向陳容謹，並沒有暴露出自己已經知曉他的身分。

「你倒是正人君子，半夜爬別人家牆頭。」說著，又附贈一記白眼給他。「我看你就是那個在城西放火的凶手吧？」

陳容謹一聽，眼神倏地一變。

他昨晚確實去過齊家，親眼目睹了殺手屠殺齊家人，因此一路追蹤出京，路上交手之後受傷，無奈躲進靈隱寺，得到了盧陽侯府大小姐的照料。

所以，今晚他是特意來感謝余大小姐的。

回來後，他專門查了一下余家的事，其實也根本不用費功夫，反正侯府的事人盡皆知，故而他才會猜出余歲歲的身分。

「余二小姐似乎很瞭解齊家的大火？」陳容謹挑眉問道。

余歲歲諷刺道：「你管我瞭不瞭解！爬牆頭還驕傲上了？再不走我喊人把你抓起來！」

陳容謹眼神一凜，盯住余歲歲。「看在妳是余大小姐妹妹的分上，我今日便放過妳。若是讓我知道妳亂說話，就別怪我不客氣。」說完後，他越過她，朝院子裡走去。走了兩步，又停住，回過頭來，面露警告。「不要試圖報復余大小姐，不然妳知道後果。」

余歲歲站在原地，翻了個大大的白眼。

呿，還男主……可給他慣的吧！

這種男主人設，大概就是除了女主外，其他人對他而言啥也不是！余歲歲才不會跟這種發育設定不健全的紙片人腦子一般見識。

讓陳容謹走，一來是因為她打不過，二來是因為他是要去和女主走劇情的，她才不會閒得去阻攔……好吧，主要還是因為打不過。

不過陳容謹的出現，倒還真給余歲歲提了個醒。

原書中，陳容謹就是和殺手交手受傷才躲進靈隱寺的。剛剛她故意提起城西，他臉色有變，那就代表齊家的事真的與主線劇情有關。

另一方面，如果屠殺齊家的殺手在齊家潑火油放火，那陳容謹是不會不管不顧地去追人而不救火的。小說的男女主角先不提他們對別人如何，但道德高點上肯定是站得住腳的。

那麼，這也意味著，殺人的和放火的，不是一路人！

再仔細回想劇情，余歲歲還真就從記憶的深處，翻出了原書中被一筆帶過的幾句話。

原書中，城西確實起了大火，但因為當時余宛宛不在京城，也是回來後聽人說起，因此書中的著墨不多。

這場大火死了很多人，後來查出的真相是齊家被仇家尋仇，遭到滅門、縱火，之後聽說抓住了那個仇家，下獄問斬了。

但就在這段劇情之後，皇帝在朝堂上斥責了太子和三皇子，而男主陳容謹受到了嘉獎。

依這樣推測，那麼城西大火的始作俑者，沒準兒就是太子和三皇子。

他們一個殺了人，一個放了火，全都是血債累累！

前一天剛在南門射殺了盜賊，第二天，京中便傳出了消息——齊家的大火是意外，因為盜賊偷盜之後撞翻了燭臺，所以釀成了火災。

京兆府會賠償給周圍被殃及的人家一些撫恤，以作安撫。

「看樣子，有人想讓那盜賊把所有的黑鍋都揹下來。」

武館裡，余璟和余歲歲站在院子中，小聲地交談。

「那個小孩……」余歲歲看看屋裡，心裡有些不是滋味。

余璟嘆了口氣。「還好，今天已經肯開口說話了。」

這兩天武館沒開張，余璟生怕這孩子出什麼事，因此一直仔細盯著。

「他都說什麼了？」余歲歲忙問道。

「他的名字，叫齊越，九歲。」余璟說道。「其他的，再也不肯多說了。」

九歲的孩子，已經記事了，心智也在漸漸成熟。

余璟知道，齊越什麼都懂，但卻什麼都不說。

余歲歲想了想，湊近余璟。「爸爸，我們今晚再去一趟齊家吧。」

余璟一愣，他其實也是想再去探查一番的。

剛剛余歲歲對他說起了自己的推測，認為這場血案與太子和三皇子有關，既然如此，那背後一定有什麼陰謀。

如果讓這個陰謀就此埋葬，那周邊那些被燒死的百姓豈不是死不瞑目？余璟做不到明知真相而袖手旁觀。

今日下午官府已經準備結案，齊家沒有人看守，余璟就想要自己獨自去探查，卻不想被余歲歲率先提出來了。

在余歲歲看來，這場火險些燒到武館，傷及父親，就是她要和凶手不共戴天的最大理由了。只是感性之外，她還有一些別的考量。

「爸爸，我們既救下了齊越，就不可能再把他丟下。可一旦有一天，他的身分暴露了，我們就會任人宰割。與其坐以待斃，不如主動出擊！如果我們能在齊家找到什麼證據，交給七皇子，主動權就在我們手裡了。」
以前她從沒想過這些，可這場大火告訴她，在這個時代裡，權貴壓人，命如草芥。他們本來就是「炮灰」屬性，再不主動反抗，那不就是等死嗎？
劇情裡，太子、三皇子都是注定被打倒的反派。站在他們的對立面，就等於和男女主站在同一陣線，這勝算可就更大了。
既然要改變命運，那就貫徹到底咯！
余璟倒沒想到這一塊，但他也完全贊同余歲歲的想法。
盧陽侯府是太子的擁躉，他是不可能和侯府上一條船的，那麼選擇顯而易見。
「好，等天一黑，我們再探齊宅。」

是夜，待齊越睡下，父女倆又是一身黑衣，順著街道，來到了齊家的廢墟。
與第一次不同，這一回，他們目的極清楚，直奔主院而去。
「歲歲，妳說幕後之人有可能是太子和三皇子，可齊家只是京城的富戶，太子與三皇子又是奪嫡的對手，齊家怎麼會同時招惹上他們兩方呢？」站在齊家書房的廢墟中，余璟才想到這個疑點。
皇子與商人，這論起社會關係，可謂是貴賤有別，到底齊家做了什麼，會招來皇子的忌憚，不惜屠殺其滿門呢？

余歲歲搖搖頭。「我也不知道。太子和三皇子是敵對關係，他們一個殺人，一個放火，雖是前後腳，但肯定不是約好的。」

「可如果不是為了給殺人的一方銷毀證據，又為什麼要放火呢？」

兩人想不出個頭緒，只能舉著火摺子，在周圍查找起來。

雖然這裡被燒毀得很嚴重，但說不定能找到什麼東西呢。按常理，重要的東西一般會在書房，如果找不到什麼，還可以再去別處。

找了一會兒，余璟的神情突然一肅。「書房在被火燒之前，就已經被人翻亂了。」

「為什麼？」余歲歲連忙追問。

余璟指著腳邊一堆書匣的殘骸，旁邊被燒成灰的應該是存放其中的書冊。

「這些書匣本來應該在書架上，但現在卻散落在房間的各處，還有這些擺件也是。火勢能改變物品的位移幅度是很小的，他們又是潑了火油，物品只會驟然起火，又怎會到處亂飛呢？看樣子，凶手也想在齊家找到什麼。」

余歲歲的眼睛一亮。這樣說來，不就證明在齊家真能找到些東西嗎？

或許是因為知道原書中太子和三皇子的陰謀最終會暴露，余歲歲總有一種直覺，這兩方都還沒能找到他們想要的東西。

想著，她信心倍增，有些激動地看向余璟。「爸——唔！」

余歲歲的嘴突然被余璟捂住，整個人被攬在余璟身後。

她不解地抬頭望去，只見余璟已熄滅了手中的火摺子，食指抵住嘴唇，做了一個噤聲的手勢，隨即指了指屋外。

有人！余歲歲渾身一凜。

難道是官府之人去而復返？不，他們沒有那般勤快。

那就只可能是……

余歲歲心中念頭一閃，身體突然一個天旋地轉，再回過神來，余璟已經帶著她躲到了一處黑暗裡的夾角，兩個人的身體正好被陰影罩住。

而另一邊，書房的門也被「吱呀」一聲推開，旋又關上。

進來的是兩個黑衣蒙面的男人，他們一手提刀，一手點亮火摺子。許是沒料到屋中會有人，他們並不怎麼警惕。

「都一把火燒乾淨了，之前就沒找到，現在哪裡還能找得到？」一個黑衣人壓低聲音道。

另一個人冷哼一聲。「主子說了，那東西不會被火燒毀，一定還在齊家。」

「如果東西讓三皇子那邊的人拿到，我們可是會吃不了兜著走。」

先前的黑衣人趕忙稱是，仔細地找了起來。

角落裡，余歲歲攥緊余璟的衣袖，大氣都不敢出。

看來這兩個人是太子的人了。他們要找的到底是什麼？還說不怕火燒？

書房就這麼大，那兩人早晚會找到這裡來，總要想個脫身之法吧？余歲歲的眼睛朝周圍搜索著。

突然，她的目光被地上一個書匣的殘骸給吸引住了。

剛剛竟沒細看，齊家這些書匣上，都刻著一個特別的標記，而這片殘骸正好將這標記完整地留了下來。

余歲歲突然覺得這標記有點熟悉，好像在哪裡見過……

對了！當初父親開設武館時，因為手裡都是大額的銀錠子，所以曾去過京中一家銀號換過一些碎銀，銀號開出的兌換憑證上，就是這個標記！

余歲歲堅信自己對圖案的記憶不會出錯。

她扯扯余璟的袖子，指了指那標記，然後在他手心裡寫下了那銀號的名字。

余璟心中一動。難道那家銀號，是齊家的產業？

這樣一個擁有大筆銀子，銀號連鎖全國多地的富商和皇子有所關聯，那背後的緣由可就不言而喻了。

余璟比余歲歲更瞭解一些京中的銀號，他聽說過，如果要在銀號存取大額度的金錢，必須持一種鐵製的憑證。

鐵牌有兩塊，銀號留一塊，顧客自己拿一塊。上面都刻有能證明身分和存取金額的資訊，就像虎符或是現代的身分證件一般，只有對上了資訊，才能進行存取交易。

剛剛那黑衣人說，他們要找的是一件不怕火燒的東西，難道就是齊家銀號的鐵牌？
剛想到這兒，外面的一個黑衣人便是一聲驚呼。「快看！是不是這個？」
余歲歲和余璟心裡俱是一沉。
另一個黑衣人湊過去看，片刻後大喜過望，輕呼道：「就是它！」
就在他話音落下的那一剎那，書房的門「磅」一聲被人從外破開，又是兩個黑衣蒙面人撲進來，手裡的長刀毫不猶豫地就朝屋內那兩人劈了下去。
屋內的黑衣人反應極快，揮刀一擋。
「鏘——」
隨後，劇烈的兵器相撞之聲響起，四人纏鬥在一起。
「交出鐵牌，饒你不死！」
「休想！」
「太子殿下的手未免伸得太長了，竟敢管齊家的事！」
「三皇子為了掩蓋秘密不惜殺人滅口，我們也不過是多送你們一程罷了！」
「原來真是你們放的火！」
四人一邊打還一邊叫罵，竟不知所有的秘密都被角落裡的余歲歲和余璟聽了去。
父女倆對視一眼，都在對方眼裡看到了了然。
齊家估計是和三皇子有什麼勾連，但三皇子過河拆橋，殺人滅口，屠了齊家滿門。太子不知如何獲悉了這個消息，緊隨其後放了把火。

現在余歲歲才算是懂了。

太子哪裡是要幫忙毀屍滅跡，分明是火上澆油！為了對付三皇子，太子不惜放了這場大火，為的就是把事情鬧大，讓三皇子無法收場！

難怪今日下午官府守衛剛剛從齊家撤走，晚上這兩人就派人來找證據了，倒讓她和父親碰了個正著。

眼見四人越打越凶，戰局漸漸轉移到了屋外，一時難捨難分，不辨勝負。

而那鐵牌，就明晃晃地擱在不遠處，無人顧及。

這種時候不撿漏，簡直對不起上天眷顧！

余歲歲和余璟有默契地同時飛身而起，迅雷不及掩耳地撲向鐵牌，余歲歲眼疾手快，直接將鐵牌塞進胸前的衣襟。

「有人！」

屋外的四人聽到動靜，如夢方醒，瞬間各自抽身，一齊舉刀砍去。

「快跑！」余璟一把推開余歲歲，抽出腰間的短劍，義無反顧地迎了上前。

兵器相接，一寸長，一寸強。

余璟的短劍接住殺手的長刀，因使不上勁，便被對方的力道壓向自己。

他踢出一腳，對面躬身一躲，手上的勁道便鬆了一些。

余璟乘機身子一轉，捉住那殺手的手腕，用力一折，腕骨「咔嚓」一聲脫臼，長刀落入余璟手中。

剛一回身，又是一刀劈頭砍來，余璟舉刀便擋。

失了兵器的殺手一轉頭，看見跑出來的小孩，驚覺屋內竟然還有人。見對方是個小孩模樣，頓時輕敵，撲身上前，想要抓他當作人質。

余歲歲衝出來時就已做了準備，她是絕不會丟下余璟不管的。

她手裡攥著一方結實的硯臺，見殺手撲來，當機立斷擲出硯臺，殺手措手不及，直接被打中了頭部。

與三人混戰的余璟也發現了這邊的危機，心下大急。

他一刀擋下一人的襲擊，再踹開另一人，借著這個空隙，手中的短劍朝門前那殺手射出，「嗖」的一聲，短劍正中後心。

殺手身形猛地一滯，臉上是一瞬間的不敢置信，隨即轟然倒下，後背插著的短劍柄還兀自顫顫巍巍。

余歲歲渾身的汗毛登時豎了起來，眼睜睜地看著一個大活人在她面前變成屍體。

可她知道，現在不是害怕的時候。

她強迫自己快速地呼吸幾下，試圖平復下狂跳的心搏。

突然，前方傳來一聲悶哼，余歲歲大驚抬頭。

原來，余璟為了分心救她，一時不察，被一刀劃傷了胳膊。

這一刻，好像所有的恐懼瞬間離她遠去，余歲歲不知哪來的勇氣，俯身果斷地拔出插在屍體上的短劍，飛奔進院中亂作一團的戰局，朝著背對自己的一個黑衣殺手便刺了過去。

那殺手本在震驚余璟的功夫高強，正滿心戒備，全神貫注地對付他，卻不料背後會遭人偷襲。

余歲歲握著短劍，沒有絲毫猶豫地捅進了那人的後腰，殺手劇痛之下，倉皇轉身。

人的視線總會慣性放在與自己雙眼持平的高度，因此殺手轉身的一剎那，只能看見身後空無一人。

也就是這一剎那的功夫，余歲歲沒有絲毫拖泥帶水地再次揮劍，這一回，直插殺手的腹腔。

然而，即便前後要害均被刺中，求生的本能還是讓那黑衣殺手下意識地舉起了手裡的刀朝下劈去。

而此時的余歲歲，注定避無可避。

千鈞一髮之時，一道寒光掠過殺手的咽喉，隨即血花噴濺。

余歲歲抬頭，見余璟臉色微白，眼神卻極是狠戾。

接連兩人被殺，剩下的兩個殺手不由得有些發怵。

以四敵一都吃力了，顯然他們倆更不是男人的對手。

京城中，何時來了這麼一個高手？兩人對視一眼，都在對方眼中看到了萌生的退意。想要退的原因之一自然是惜命；第二則是他們分屬兩派，萬一自己與男人纏鬥時，另一人坐收漁翁之利，那便是得不償失。

可齊家的鐵牌，偏偏是他們主子的必要之物，若就這麼逃跑了，回去也是一個死！就這麼糾結著，兩人雖然尚未停手，但出招的動作卻都紛紛慢了下來。

察覺出兩人的猶豫，余璟手上的動作也開始留了情。剛剛殺另外兩人實為迫不得已，而現在，余璟不會主動出手殺人，即使他們是這場血案的始作俑者。

突然，就在三人互相試探的時候，其中一個殺手突然向右偏去，余璟登時一驚，那是歲歲的方向！

他下意識揮刀去阻攔，卻萬萬沒想到，那個殺手的刀根本就沒有抬起來，反而整個人撞在余璟的刀上，一命嗚呼。

與此同時，另一個殺手迅速脫身，飛奔而逃。

看著地上橫著的三具屍體，余歲歲的臉白了幾分。「……現在，怎麼辦？」

余璟走上前，在三個黑衣人的身上搜找一陣，竟摸索出三塊腰牌來。「果然是死士。」

余歲歲也點點頭。死士的身上，總能帶點什麼證明身分的東西，電視劇誠不欺她。

「我們走吧。有鐵牌和殺手腰牌，證據足夠了。」余璟道。

余歲歲擔憂地看向余璟左臂的傷口。「爸，你的傷……」

余璟渾不在意地一笑。「小傷而已，回去包紮一下就好了。」

不過是被刀劃破了口子而已，比起他以前受過的傷，小多了。

余歲歲還是不放心，執意跟著余璟回武館，替他上藥。

「明天一早，我就去衢國公府，請明公子給七皇子傳信，將這些東西交給他。」余璟說著明日的計劃。「這樣，也算我們能為那些無辜的生命多少討還一些公道吧。」

將棉布纏好最後一圈，打了個結，余歲歲終於替余璟包好了傷口。

已是半夜，她還得回侯府去。

余歲歲起身打開房門時，卻見一個身影站在門前，嚇了她一大跳。「齊越？你怎麼在這兒？」

余璟聽到動靜，也走過來看。

門前的齊越看著兩人，面上劃過一絲決絕，「撲通」一聲，跪了下來。「齊越，拜謝救命之恩！」

還未脫去稚嫩的聲音一開口卻是如此話語，余歲歲立刻升起了滿心憐憫。

「你不用謝，我們只是舉手之勞。」余歲歲要去扶他，卻被齊越躲過。

「我想求余師父收我為徒，待習得武藝，將來好報滅門大仇！」齊越神情堅定。

他不知道齊家到底發生了什麼事，只知道一夜之間家破人亡，他成了無依無靠的孤兒。剛剛他聽到了余家父女的對話，知道了自己的仇人是當今的太子和三皇子。他如今別無他求，只想手刃仇人，以報血海深仇。

余璟當即一愣。他想到過齊越會想要報仇，但沒想到這麼快。在他的認知裡，九歲的孩子還很小，本不該懂得這麼多。但他忘了，這裡的富家子弟們普遍都成熟得早，齊越也不例外。

可報仇……余璟有些猶豫。

齊越才九歲，他的一生如果從現在起就要染上復仇的血色，這一輩子不就毀了嗎？

余歲歲一看余璟的表情，就知道他在想什麼了。余璟不想讓齊越陷入復仇的輪迴中，也是在為他的人生考慮。

但余歲歲卻覺得，當一個人突遭大難，鑽了牛角尖時，並不需要別人的大道理。如果能順著他來，再旁敲側擊地輔以引導，效果說不定會更好。

想著，余歲歲便拽了拽余璟的袖子。「爹，你就答應他吧。」

齊越看向余歲歲，眼睛亮亮的，彷彿升起了希望。

余璟很少會不聽余歲歲的意見，這一次也不例外。余歲歲一開口，他就動搖了。「那好吧。但你得答應我一件事，武術不是殺人技，如果你有一天決定要報仇了，必須要先告知我，不可擅自動手。」

齊越驚喜不已，神色一正，連連磕頭。「是！我答應！多謝師父！多謝師姐！」

余歲歲一聽這稱呼，心裡暗暗開心了一下，面上仍是如常地將齊越扶了起來。

收下齊越，以後他便難免與七皇子等人見面，到時要如何解釋他的身分？余歲歲心裡又冒出個問題來。

思前想後，余璟還是決定，將齊越的真實身分告知七皇子。

從感性上說，七皇子為人仁善，必會保守這個秘密；而就算七皇子心存算計，齊越這個齊家遺孤的身分，對太子和三皇子早晚是個威脅，七皇子也會設法保住齊越的性命。

將面對七皇子時的說辭反反覆覆想了好幾遍，余歲歲這才心事重重地返回侯府。

東宮。

「殿下，是屬下無能……」一個黑衣人跪在陰影裡，俯著身，語氣顫抖。

整個屋裡沒有一絲燈光，窗外的微薄月光更透不進來。

太子坐在書桌前，滿臉沈鬱。

「所以，鐵牌落在了那個不知來路的人手裡？」他冷冷地詢問。

黑衣人稱是，心裡更加害怕。

「哼！」太子眼神一瞇。「四個人，連一個帶著孩子的人都打不過，孤養你們真是白費功夫！」

「求殿下饒命！求殿下饒命啊！」黑衣人磕頭求饒。

太子點了點桌面，好像在想著什麼。

「那人既然武藝高強，卻又帶著個小男孩夜探齊家，難道說，真是什麼江湖豪強，行俠仗義不成？」

黑衣人小心翼翼地回道：「回殿下，那小孩也有功夫在身，所以屬下覺得，他們定然是有備而來的。」

「以前京城中，從未聽說有這等功夫的人存在啊……難道是老五的人？」太子瞇了瞇眼睛，第一時間就想到了自己的另一個勁敵。五皇子有潘將軍這樣的外家，手下有些能人也不足為奇。這件事雖然是他和三皇子在鬥，但他不信五皇子不想來插一腳。「也罷，念在你跟了孤多年，饒了你這一次。」太子突然放輕了語氣。「說到底，這鐵牌丟了，最著急的人是老三。至於孤，有沒有這東西，都不會打亂原先的計劃。如果那男人真是老五的人，那就再好不過了。這一次，孤要讓老三不死也扒一層皮！」

之後的幾天，余歲歲在侯府中焦急地等待著消息。

直到第三天，盧陽侯下朝歸來，神色鬱鬱。

在侯府裡，談論一些無關緊要的朝中事時，通常是不避著家中較大的小輩的。按余老夫人的說法，這叫耳濡目染。由此也可窺見侯府的野心。

余老夫人見盧陽侯神色不悅，便詢問起來。「你這是怎麼了？難道是朝中又出了什麼事不成？」

盧陽侯有些氣急敗壞。「還是之前城西大火的那件事！」

「那事不是已經定案了嗎？盜賊偷盜，不慎撞翻燭臺引發大火，難道有什麼變故？」余老夫人一愣。

二老爺在一旁插了一句。「大哥，我聽說前日刑部尚書林大人上奏，說齊家之事事有蹊蹺，要再次徹查，是不是有什麼頭緒了？」

盧陽侯冷笑一聲。「查了。查出來不是意外失火，是仇家尋仇，殺人放火！」

「仇家？」二老爺一愣。「仇家是誰？」

「京兆府說已經在捉拿了。」盧陽侯答道。「可聖上因此斥責我們這些辦事的官員查案不力，連同太子、三皇子也都被責怪了一頓。三皇子當時舉薦了兵部侍郎協助查案，那大盜是被衛士給射死的，兵部侍郎又信誓旦旦地說大盜有罪，如今真相大白，皇上一氣之下便罷了他的官。」

「那兵部侍郎不是三皇子的人嗎？」二老爺道：「三皇子眼饞五皇子家的兵權，費盡心力才拉攏來這麼一個手裡有兵權的，如今卻又廢了。三皇子失了兵權，而太子、大哥這邊毫髮無傷，大哥怎麼又不高興啊？」

盧陽侯呼出一口氣來。「這兵部侍郎被罷免，太子在背後也是用了力的，本來以為可以乘機安插自己人，誰知卻讓衢國公府的人撿了個便宜，這樣一來，還有什麼可高興的？」

「衢國公府？皇后？」余老夫人驚訝出聲。

一旁的余歲歲也倏地豎起了耳朵。

盧陽侯點頭。「其實我覺得，聖上恐怕是不願打破太子和三皇子的平衡。五皇子外家已是將軍，也不能執掌兵部；而皇后再看重七皇子，到底也不是親生的，且七皇子的母妃也還在呢。因此最好的選擇，就是衢國公府。只可恨，我們前後忙活了一通，倒被他們撿了個便宜！」

余歲歲低下頭，勉強壓住翹起的嘴角。

七皇子和衢國公府撿的便宜，又豈會是區區一個兵部侍郎？

只是盧陽侯說出的所謂「真相」，恐怕也是粉飾太平的說辭。

七皇子既然拿到了父親給的證據，就不會只達到這麼一個結果。衢國公府都牽涉進來了，也一定是七皇子將事情告知了皇后。

這背後，一定另有隱情。

想到這裡，余歲歲有些坐不住了。

她必須再去一趟武館，七皇子應該會把真相告訴父親的。

皇宮，椒房殿。

「皇后啊，這次煜兒表現不錯，都是妳平日裡教導有方啊！」

一身龍袍的皇帝坐在飯桌上，年過不惑仍精神矍鑠，看著皇后面露滿意。

若不是昨日他的這個七皇子連夜進宮，將查到的證據呈交給他，他還被他那兩個好兒子蒙在鼓裡呢！

為了爭權奪利，居然拿無辜百姓的生命開玩笑！皇帝不敢相信，自己勵精圖治，雖不至於與祖宗相比，但也是個足以留名史冊的守成明君，居然教出這樣的兒子來！

如今他還健朗，他們便敢這般膽大妄為，那以後呢？

也是為此，皇帝第一次對太子和三皇子產生了極大的忌憚，也頭一次注意到，原來他還有一個兒子，已經默默地長成了。

皇后將皇帝的話聽在耳中，喜在心頭。「陛下折煞臣妾了，煜兒是陛下的兒子，怎會差到哪裡去呢？再說，賢妃妹妹心思剔透，腦筋更是好使，可比臣妾強多了。」

皇帝一笑，聽來很受用。

皇后不居功，不與賢妃搶兒子，這對於皇帝來說，無疑是好事一件。

想到皇后多年來執掌六宮，溫賢淑德，可謂是替他穩住了後宮，功勞甚高，皇帝不禁龍顏大悅。「不管怎麼說，這次煜兒是大功一件，可朕卻偏偏不便明著賞他。」

皇后與皇帝是結髮夫妻，自然懂得皇帝的意思。

她瞭解皇帝，他一心國事，很少搞什麼試探的戲碼。他說要賞，那就是真的要賞。

不得不說，皇后覺得自己還是幸運的。皇帝英明睿智，深知後宮和諧的意義，給足了她這個正宮皇后該有的體面。即使她自幼體弱，留不住孩子也不能再生育，他也從未讓任何人威脅到她的地位。

嫁予帝王家，皇后本就不奢求什麼兒女情長，能得皇帝的信任與尊重，保自己和家族平安榮華，比什麼都重要。

這樣想著，皇后也就和皇帝敞開來說亮話。「陛下的心事，臣妾豈會不知？煜兒年紀還小，還需磨練心性，賞賜便也罷了。只是……」

「只是什麼？」皇帝追問。

「臣妾聽煜兒說，這次的事，要多虧了他的一位先生出生入死，這才探得了真相，讓陛下不被他人蒙蔽，得以為百姓主持公道。」皇后道。

「先生？朕怎麼不知道，煜兒何時多了個先生？」

皇后便將陳煜如何在澧縣遇險、如何被人救下，又如何拜師習武的事情說了出來。

皇帝聽完，很是高興。「煜兒不愧是朕的兒子，知恩圖報，上進好學。妳說得對，這次那個余璟確實有功，平時又盡心教導煜兒，朕便借此機會賞賜於他，讓他今後更為盡心才是。」

皇后立時一喜。「陛下聖明！」

第八章

余歲歲吃過午飯後，就偷偷溜出了侯府。

她本想到武館問余璟知不知道齊家血案真正的真相，卻沒想到，七皇子陳煜居然也在。

「殿下怎麼在這兒？」她好奇不已。

陳煜見到她，臉上便是一笑。「剛剛我和師父還說起余姑娘，早知道余姑娘一定一心想知道真相，一準兒會來。我是特意來等著，為余姑娘解惑的。」

余歲歲一愣。

壞了！七殿下會開玩笑了！

是誰帶壞了他？

……不會是她吧？那沒事了。

「咳！」余歲歲不自然地摸了摸鼻子。「殿下真聰明，便請殿下一解謎團吧。」

陳煜的臉色鄭重起來。「余師父對我說起過余姑娘的推斷，其實八九不離十了。人是三皇兄殺的，火是太子放的。三皇兄是為了殺人滅口，而太子則是為了捅出此事。

「齊家一直暗中與三皇兄勾連，替他斂財，那塊鐵牌就是憑證。我拿到證據後，衢國公府派人查探，找到了三皇兄貪污軍餉、收受地方官員賄賂的證據，而齊家則負責把他得來的錢變成正當的來路，再去替他置辦產業、結黨營私。

「但太子發現了此事，便一手炮製了偷遍京城的大盜一事。三皇兄發現秘密外洩，因為事情太大，驚慌之下選擇了殺人滅口，又被太子反手利用，這才有了城西大火一案。」

陳煜說完，余歲歲和余璟都沒有出聲。

原來連那個大盜的事，都是假的。為了權力、皇位，這些人還真是無所不用其極。

陳煜並沒有打破三人的沈靜，反而也陷入了自己的思緒。

城西大火之後，他立刻便擔心起余璟和武館的安危，好在打聽到平安的消息，這才放心。

後來母后特意給他尋來發放撫恤金的差事，想讓他也能露個臉，因此他最近一直在奔波此事，以至於沒能儘早來看余璟。

卻沒想到，到頭來反而是余璟送給了他一個天大的功勞。

在接到證據的那一刻，陳煜發現，原來余璟父女竟如此俠肝義膽，肯為了無辜之人出生入死。這比在澧縣救下他時，更讓他震撼。在這一刻，陳煜真真正正的相信，他與余璟父女志同道合。

而余璟將證據交給他，陳煜也能猜到有尋求庇護的意思。

如果說以往他只將余璟視為恩人、恩師，以學生的心態來敬仰、罩護他，那這件事後，他則願意將余璟劃為自己的同一陣營。

如果余璟想涉足政事，他一定甘願奉上！
正想著，門外一陣嘈雜之聲響起。
屋中三人狐疑走出，只見武館門前儀仗擺開，一個內侍站在首位，手裡捧著明晃晃的聖旨。
余歲歲還以為是找陳煜的，卻沒想到內侍高聲一喊——
「余璟何在？速來接旨！」
余璟一臉驚愕，撩袍跪下。
「查澧縣余家莊人氏余璟，武藝高強，救護皇子，解鄰舜危難，有大功於社稷，特賜封金吾衛九品參軍之職，即日到任，望卿為國用命，不負眾望，欽此！」
圍觀之眾不敢議論，可臉上俱是驚愕萬分。
一介白身，竟得聖上欽封九品官職，破格提拔，這可是天大的榮耀啊！
跪在院子裡的余歲歲猛然看向陳煜，卻發現他的臉上也是一臉茫然，神情複雜。
余歲歲心下微沈。與這份榮耀一起來的，恐怕還有無盡的危險吧？
東宮裡，昂貴的青瓷瓶碎片散落一地。
太子手中攥緊手下人遞來的消息，雙眼赤紅。
「余璟，原來就是這個余璟……孤絕對不會放過你！」

傳旨的人馬浩浩蕩蕩的離開，與余璟比較熟悉的鄰里紛紛上前道賀，幾番寒暄過後，人群才漸漸散開。

余璟回來時，便見女兒和陳煜坐在屋裡，臉上的神情可謂是喜憂參半。

他心下了然，面上仍是不動聲色。

「臣，拜謝殿下提拔信用之恩。」余璟說著便要跪下。

陳煜趕緊起身扶住他，說道：「師父萬萬不可如此，這都是師父應得的，我……什麼也沒有做。」他已經猜到了，這件事背後，應該是母后的意思。

其實，余璟這次的功勞，破格拔擢為官乃是理所應當，就連陳煜也動起了這個念頭。

但，時機不對。

他本想等此事過去些日子，再尋別的由頭為師父請功，卻不料母后速度更快。如此一來，必會將太子和三皇子的注意力引向余璟。

可母后此舉也是為了自己，陳煜更不好說什麼。

余璟心知陳煜的想法，輕笑道：「此事若沒有殿下和衢國公府探查，自然難有大白之日，我也只是做了我應該做的事。我從未奢求功名利祿，但既得聖上與殿下所託，便不會辜負。今後，我自會盡職盡責，當然，教習殿下習武一事，也絕不會耽擱。」

陳煜聽著這委婉表達忠心的話，內心格外震動。

他知道，自己並非為利用而接近余璟，余璟也不是為了攀附而接近自己，他們一日是師徒，終身便是師徒。

想到這裡，陳煜展顏一笑。「是，我也絕對不會落下師父佈置的練習的！」

因著宮中還有事，陳煜不便多留，過了一會兒便離開了。

余歲歲托著下巴，看著陳煜離開的背影，幽幽感嘆。「這個七殿下，真是性情中人。比起太子和三皇子那兩個爛人，簡直是雲泥之別。」她惡狠狠地吐槽道。「不過爸爸，你就不擔心，他們會心存報復嗎？」

余璟搖搖頭。「皇后如此做，也是為了把我拉向他們的陣營，雖然心急了些，可效果是極好的。雖然只是金吾衛的九品參軍，但平民和官身的意義在這樣的社會是完全不同的。她可是幫了我們大忙，今後我們做起事來也會更有底氣。金吾衛拱衛京城，負責巡查、警戒，便是半隻腳踏進了官門。我本來還在盤算如何能掙得一份功名保護咱們父女倆的周全，這下倒省得我操心了。」他心情很不錯。「至於太子和三皇子，他們剛剛被皇帝敲打過，這個時候來找我的事，不就是打皇上的臉嗎？他們只要還想要那個九五之位，就不敢輕舉妄動的。」

聽他這麼一說，余歲歲的心也寬了，立時開心起來。「說得也是，那還真得去謝謝皇后娘娘咯！」

「她這樣做本就是雙贏，只不過身在她的位置，必不會為我們的安危考慮，這也是正常的。」余環看得分明。「反正靠山山倒，靠人人走，她既給了機會，我們就要抓住。以後，我們自己才是自己的靠山！」

余歲歲喜笑顏開。「那我就祝願老爸早日升官發財！」

余環哭笑不得，點了她的額頭一記。「小丫頭，就想要發財！」

余歲歲是偷溜出來的，因此沒敢在武館多待，也早早趕回了侯府。

一到絳紫苑，便見自己院中一個灑掃丫鬟站在院子門側，翹首以盼的，看見她來，立時激動地撲了過來。

「二姑娘，您總算回來了！晚桃姊姊讓奴婢在這裡等著，給姑娘報信。」小丫鬟低聲道。

余歲歲一驚。「怎麼了？出什麼事了？」

小丫頭臉色一白。「侯爺來了！」

余歲歲心下生疑，盧陽侯一向不怎麼關心她這個半道認回來的女兒，今日是犯了什麼病，來找她幹麼？她安撫了下小丫鬟，心頭已經想到了對策。

她揉了揉自己的臉和頭髮，打了幾個哈欠，讓眼睛裡帶上些水氣，這才走進屋中。

「父親。請父親恕罪，女兒來遲了。剛剛在書閣看書，沒承想竟睡了過去，耽擱了時辰。」

正在氣頭上的盧陽侯一扭身，也不管余歲歲說了什麼，劈頭蓋臉就是一頓罵。至於罵了什麼，余歲歲壓根兒沒仔細聽，只當是噪音。

見她眼神飄忽，盧陽侯更生氣了。

「我當妳這些時日有些長進，沒想到還是這般不成體統！成日裡就知道出府廝混，哪裡有什麼大家閨秀的樣子？被余璟那無恥村夫耳濡目染，只會給侯府丟人現眼！」

余歲歲頓時氣極，猛一抬頭，語氣嘲諷。「父親想要大家閨秀的女兒，出了這門多得是，何必在我身上費勁？侯府這門楣我本來就高攀不起，有本事你把我送回去啊！我自小出生就長在余家村，你想讓我長成什麼樣子？我在烈日底下鋤地的時候你在哪裡？我在冬天的冰水裡洗衣服的時候你又在哪裡？現在你來擺為人父的架子了？我被抱錯十年，早幹什麼去了！」她毫不留情地說道。

「妳！」盧陽侯氣得發抖，沒想到余歲歲竟然如此伶牙俐齒。

「我親娘懷我八月時，外祖母去世，你忙著在京城爭權奪利，打發她自己回去奔喪，身邊連個體己照顧的人都沒有。結果她在澧縣早產，陰差陽錯地和余家養母抱錯了孩子。你但凡盡到一點父親之責，便不會有抱錯之事發生！說到底，十年來我與你素不相識，更毫無關係，憑什麼你一句話我就要換個爹，你說什麼我就得唯命是從？血緣若真能壓倒一切，你又怎會時至今日仍一心偏向余宛宛？」余歲歲敞開了脾氣，罵上了頭。「現在來罵余家爹爹無恥，我看無恥的人，還不知道是誰呢！」

「孽女！」盧陽侯氣急敗壞，站起身，揚起巴掌就要朝余歲歲搧過去。

余歲歲早防著他這一招，身形一閃，盧陽侯撲了個空，自己還差點一個趔趄地摔倒。

「妳、妳個不識好歹的東西！從今天開始，給我老老實實待在這裡，抄三百遍《孝經》，抄到我滿意為止！讓我發現妳出屋半步，我打斷妳的腿！」說完，盧陽侯鐵青著臉，甩袖而去。

余歲歲目送著盧陽侯離開，長出了一口氣——爽！

晚桃戰戰兢兢地進來時，就看見余歲歲心情極好地坐在桌邊，翹著二郎腿吃點心。

一瞬間，她還以為余歲歲是被侯爺罵後，傷心到失心瘋了。

「姑娘，侯爺讓您抄寫《孝經》，這……」

余歲歲擺擺手。「誰愛抄誰抄去！讓我抄『孝』經，他還真不怕自己折壽！」

「可……」晚桃面露擔心。

「放心吧，過不了幾天，他還是要把我放出去！」

余歲歲神機妙算。

過沒兩日，就到了端午前夕，祁川縣主的信使就像報時的公雞一樣準時登門，在盧陽侯氣憤不已的眼神中，遞出了公主府的請柬。

「侯爺、老夫人，我們縣主說了，余二小姐初來京城，諸事不熟。正值端午，陛下按例會去北郊暢風苑觀祭禮、打馬球、放紙鳶，侯府依制同往。縣主有意盡東道之力邀余二小姐同樂，不知道侯爺和老夫人……意下如何？」

余老夫人並未看向盧陽侯，臉上露出幾分笑意。「縣主誠心相邀，是歲歲的榮幸，請回覆縣主，明日老身一定帶她同去。」

公主府的下人笑著點頭。「那我便回去稟覆縣主，也免得她心急。」

待人一走，盧陽侯便臉色一黑。「母親，我剛禁了她的足，這樣出爾反爾，威嚴何在？」

余老夫人斜睨他一眼。「你以為你在她跟前，還有什麼威嚴？」

余歲歲在絳紫苑把盧陽侯指責了一頓的消息，不出半個時辰就傳到了余老夫人這裡，她雖氣余歲歲不孝、忤逆，但也從她的話裡聽出了怨懟。

「眼下，那個余璟已被皇帝封了官，如果還有宛宛這層關係，對我們也是好事。不過，宛宛與他斷了血緣也無妨，以宛宛的才貌和侯府嫡長女的身分，將來的婚事必不會低到哪裡去。至於歲歲，那個余璟待她頗為深厚，她還有七皇子、祁川縣主這些關係。她本就生於鄉野，難免帶些粗鄙習氣。你要做的應該是和她修復父女情分，而不是吹鬍子瞪眼地把她往外推。」余老夫人到底是活得長，有經驗，在發現余歲歲搭上祁川縣主和七皇子的時候，就知道轉變對她的態度了。「宛宛和歲歲，一個是你一手養大，一個是血脈難以割捨，她們越不相同，對侯府、對你，就越是雙重保障，無論哪個都能有派得上用場的地方。這個道理，你可明白？」

盧陽侯一聽，這才沈思起來，覺得余老夫人話中帶理，氣也順了。

「行了，以後歲歲的事，你就睜一隻眼、閉一隻眼吧，她自有她的造化。」

「是，都聽母親的。」

五月初五，余歲歲起了個大早，收拾妥當，便坐上了去往北郊暢風苑的馬車。一下車，余歲歲就被祁川縣主給拉走了。

暢風苑是專供端午遊樂之所，此時皇親國戚、世家貴族分坐場邊各個禮臺，祁川縣主就和長公主坐在皇帝的附近。

「歲歲，現在場中正在行祭禮，一會兒還有打馬球、投壺等遊戲，這兒視野好，妳就坐這兒。」祁川縣主將余歲歲按到自己旁邊的座位。

余歲歲放眼望去，果然場中有人正在跳著很奇怪的舞，想必是什麼專門的祭禮動作。

突然，她的目光與不遠處的陳煜偶然對上，她禮貌地點頭示意，卻見陳煜的眼神捉住她不放，眼中還閃動著些什麼。

余歲歲心下一動，向他投去狐疑的視線。

陳煜面露笑意，偷偷抬手，右手手指指向一個方向，眼睛隱隱發亮。

余歲歲順著他的手指看過去，卻什麼也沒看到，旋即又看回來，臉上帶了些嗔怪，好像責怪他戲耍自己。

陳煜看懂她的眼神，不禁扶額，手指動作更大，又點了點那個方向。

余歲歲還是沒看出來陳煜到底在指什麼，只當他是在耍她玩，懶得再搭理他，視線重新回到場中。

此時的祭禮已經結束了，侍衛正在清理場中，為馬球比賽做準備。

聽祁川縣主說，大雲朝的馬球是從西域小國傳進來的，最初只在邊關的一些軍鎮中有些流行。後來鎮守邊關的潘大將軍回京面聖，展示了一次馬球比賽，引起了皇帝的關注。之後在潘大將軍的進言下，皇帝下旨要求內外十六衛軍均需習練馬球，既能休閒，也能鍛鍊馬上作戰的能力。自此，馬球才在大雲朝漸漸風靡起來。

聽說京中馬球打得最好的，便是潘將軍府的嫡長子潘縉，也就是那個紈袴潘林的哥哥。潘淑妃所生的五皇子，雖不如潘縉厲害，但也是其中佼佼。

可以說，現如今能把馬球打好的貴族子弟，臉上風光不說，還能得到皇帝的賞識，因此很多人都熱衷參與。

隨著一聲鑼響，馬球比賽便開始了。

這種激烈的競技運動，讓人一看就忍不住腎上腺素飆升。

一聲中氣十足的叫好聲傳來，余歲歲忍不住悄悄地看向坐在龍座上的那位皇帝。

一個重文也不輕武的帝王，一個看到馬球比賽就能想到訓練軍隊的君主，和治下一個內無急憂、外無大患的王朝，在余歲歲看來，足以在封建帝王中稱得上及格甚至優秀了。

只是……她的目光移向皇帝身旁兩個成年的皇子。

五皇子在賽場上，那這兩個肯定就是太子和三皇子了。

衣冠禽獸！

一局結束，眾人下場休息，除了五皇子和潘縉，上場的還有平王世子陳容謹、衢國公府明昀彥，一個個神采飛揚，個個都是意氣風發的少年。

「男主、男二、男三、男四……」余歲歲默默點卯，一個個地對上他們的號。

「歲歲，妳唸叨什麼呢？」祁川縣主好奇地問道。

「啊，沒有。」余歲歲一回神。「我在想，明家公子都上場了，怎麼七殿下沒去？」

祁川縣主嘿嘿一笑。「七表哥年紀不到，要十四歲才能上場呢！妳瞧，他們那幫手癢的，都在那邊呢！」

她一指，余歲歲這才看到，陳煜和幾個交好的公子，包括之前刑部侍郎家那位方雋方公子，還有潘林、余釗幾人，都在另一個小場地裡。沒有馬，他們只能練習擊球，跟現代的曲棍球差不多。

好傢伙，這算是分出少年組和成年組了？還挺科學的。

少年組裡，數潘林打得最好，陳煜也不差，方公子怕是因為之前中毒留下了病根，速度有些遲緩，沒打幾下便下場休息了。

見余歲歲看得出神，祁川縣主摟上她的胳膊。「就知道妳喜歡這個，咱們兩個真是知音！可惜，我們只能乾看著。」

「為什麼？」余歲歲不解。

「哪有什麼為什麼？天下間沒有哪個女子能打馬球的！」祁川笑道：「好啦，不想這個，咱們去玩投壺，以妳的本事，肯定可以拿第一！」

投壺？能有馬球刺激嗎？余歲歲一步三回頭地被祁川給拉走了。

在暢風苑的端午活動裡，馬球屬於男子，投壺屬於女子。為了讓女子不被歡樂的節日氣氛落下，皇帝特地設置中魁者可以獲得御賜的端午香囊以作獎賞。

投壺靠的是力量和準頭，可京中女子多為文文弱弱的大小姐，平日裡連重物都不會拿，更別提投壺了。

故而在往年，投壺的魁首一般是由潘家的貴女們取得，祁川縣主和一些武官家的小姐偶爾也能占一席之地。至於其他人，就是來看熱鬧的。

祁川縣主一將余歲歲拉來，潘家的幾個小姐就知道她想幹什麼了。

余歲歲在長公主府打了魏崇的事，她們都知道，自然會把余歲歲視為勁敵。而祁川縣主投壺水平也一向不錯，她們兩人聯手，潘家未必有勝算。

比賽開始。

規則是這樣的，眾人分別投壺，投中下輪可繼續，投不中當即淘汰。每個壺中投滿八支箭，便會換上空壺繼續。

這樣一來，每八個人中越在後投的人難度越高，因此為了以示公平，投壺厲害的人都會自覺地排在第五至第八的位置。

余歲歲是第一次參與投壺比賽，誰也不知她水平如何，可潘家人卻定要讓她排在後位。

余歲歲懶得與她們過多掰扯，她只想趕緊玩上一把，於是便一口答應。

第一個壺，一個武官家的小姐排在第一，一箭投中；然後第二、三、四名皆未中；之後是明琦，投出了壺中的第二支箭。

余歲歲隨後出場，拿起一支箭矢，好似隨手一丟，「噹啷」入壺。

「歲歲好棒！」祁川縣主立刻捧場。

余歲歲瀟灑地一撩袍袖，還好小時候喜歡玩飛鏢的本事還沒丟。

潘六在第八位，也一舉投中。

幾局過後，只剩下了潘家小姐和余歲歲、祁川縣主幾個人。每一個人都要在八個位次進行輪換，卻遲遲沒有人被淘汰。

又一個空壺換上，這次余歲歲排在第一位。

她走上前，掂了掂手裡的箭矢，投中空壺，對她來說不過小菜一碟。

她舉起手，雙眼微瞇，調整著角度。
突然，視線的前方闖入一個黑點，余歲歲下意識鎖定目光，就這一眨眼的功夫，黑點迅速變大，距離越來越近——
那哪是什麼黑點？分明是馬球的那個球啊！
這樣的速度、這樣的力道，若是砸到了誰，還不得頭破血流？
來不及思考，余歲歲果斷地朝前方投出箭矢。
箭矢飛出，在半空中與飛來的馬球正面相對。
矢端撞上球體，受力下墜。
馬球受到阻力，方向偏轉，但仍帶著極快的速度朝觀戰的一群姑娘那裡飛去。
余歲歲在擲出箭矢時身形便已動起來，腳下生風，三兩步奔至馬球飛行的方向，雙腿發力起跳，右臂高高舉起，一把將那小球死死抓在手心。
她剛鬆下一口氣，只聽身後「叮」的一聲，箭矢倒插著，投入了青銅壺中，箭桿還在微微發顫。
余歲歲看向自己的手，空手接球帶來的震痛還未散去，而離她手掌不到一寸的，正是余宛宛驚恐到失神的臉。
四周一片寂靜。
「好！」祁川縣主振臂一呼。

所有人這才恍然驚醒，紛紛心有餘悸。

不遠處看臺上注意到這邊情景的眾人，也不由得鼓掌起來。

嚇壞了的余宛宛如夢方醒，聲線都在顫。「謝、謝謝二妹妹救了我。」

余歲歲也沒想到自己的舉手之勞救下的居然是余宛宛，她其實是有在刻意減少與女主的接觸的，現如今也只好聳聳肩。「大姊姊沒事就好。」

「大姊姊！妳沒事吧？」余清清也嚇得不輕。「這球是誰打的？沒看見這裡有人嗎？」她生氣地質問道。

話音剛落，那邊練習擊球的一群小公子已跑了過來，看臉色，也都隱隱有些發白。

最先跑來的是潘林，他先去看自家姊妹，見她們沒事，就幸災樂禍起來。「余姑娘這可怪不得我們，剛剛是余釗失手打飛了球，這應該叫……自家人專打自家人吧！哈哈哈……」

「你！」余清清一氣，轉而去看余釗。

余釗站在不遠處，擔憂的視線從余宛宛的身上收回，復又惡狠狠地盯住余歲歲。

繼夫人秦氏也匆匆趕來，先抱起余靈靈，這才朝余宛宛關心道：「宛宛沒事吧？」見余宛宛搖頭，她才放下心來。「那就好，妳祖母和父親很擔心妳。靈靈年紀太小，就不和妳們湊熱鬧了。」說著，便抱走了余靈靈。

陳煜此時也到了，他是一群人中最年長的，身分又最高，便朝眾人道：「實在抱歉，驚擾了幾位姑娘，我們之後一定加倍小心。」說完，便走向余歲歲。「多虧余姑娘出手，不然今日定會釀成大禍。馬球力道不小，余姑娘手腕可安好？不若請太醫來看一看吧？莫要落下什麼不便。」

余歲歲看向自己的手腕，其實這會兒疼痛已經緩過來了。沒想到陳煜竟如此細心，所有人都沒想到她接球會受傷，只有他想到了。

「多謝殿下，我沒事了。」余歲歲朝他福了福身。

陳煜點點頭，突然用兩人才能聽到的聲音快速地說了句。「看東邊樹下。」

余歲歲一愣，下意識按他說的看去——

遠處場邊的一棵楊樹下，站著一個身形高大的衛士，余歲歲的眼睛驀地一亮！

「那是我爹？」她看向陳煜，小聲確認道。

陳煜什麼也沒說，笑著點了點頭，隨即恢復正常的音量。「余姑娘沒事就好，煩勞姑娘將球還給我們吧。」

余歲歲這才明白之前陳煜到底在讓她看什麼。

今日皇帝駕臨暢風苑，四周的守衛都由禁軍接管，余璟雖是金吾衛參軍，也無權進入這裡，想必是陳煜幫了忙的。

父親突然冒這麼大的險來見她，難道是有什麼事嗎？但看陳煜的表現，應該也不是什麼大事吧？

邊想著，她邊準備將手中的球還給他。

突然，余歲歲心裡一動，手又縮回來，改變了主意。

「殿下，可否借球杖一用？」

陳煜有些奇怪，卻還是把手裡的球杖遞給了余歲歲。

余歲歲道謝接過，將球放在地上，雙手抓住球杖，用類似高爾夫的姿勢，一杖揮出。

馬球受力，以一道漂亮的弧線飛出，正正好擦過站在余歲歲對面的余釗的頭皮，飛向遠處的球場。

余釗的額頭被一陣勁風掠過，立時便是一涼，下意識摸上去，才發現什麼都沒有，臉色瞬間一青。

余歲歲揚起下巴，帶著一貫的鄙視看向他，眼中彷彿寫著兩個字——菜雞！

若不是余釗朝她看過來的那一眼，她還想不到，余釗就是故意的！

他把球朝她打過來是為了要傷她，卻沒想到被她避過了。

之後球意外飛向了余宛宛，余釗還要怪是她害得余宛宛差點受傷。

呸！

鄙視完余釗後，余歲歲將球杖往陳煜手裡一送。「殿下，球還你了。」

陳煜愣了半天，才從余歲歲這個漂亮的擊球中反應過來。「余姑娘，好功夫！」

另一邊的方雋也露出豔羨的目光來。自從上次中毒後，他的身體變弱了許多，雖然余璟仍在教習他，但他也感覺到了力不從心。

在這樣一個熱愛習武的少年眼裡，余璟和余歲歲不僅救了他的命，更是他的榜樣。
「余姑娘會打馬球？」方雋心生崇拜。
余歲歲心虛地笑了笑。「還好，會一點。」會打球，但不會騎馬。
方雋自然看不出她在心虛，只由衷道：「有余姑娘和縣主，沒準兒京城還能出一支女子馬球隊呢！」
話音一落，余歲歲眼中登時流露出讚許與賞識。
這孩子真不錯，思想開明不迂腐啊！
「嘿，對啊！」祁川縣主一合掌。「我們怎地就不能組一支女子馬球隊？到時候也和五表哥他們比一比，看到底誰更厲害！」
「有祁川出手，誰敢贏妳啊？」陳容謹從看臺走來，聽到祁川這話，笑著打趣。
他是平王世子，平王又是皇帝和長公主的同母兄弟，自然與祁川熟稔。
祁川縣主回頭見是他，便道：「表哥這話怎麼說？比賽當然要用實力說話，能贏最好，願賭服輸咯！」
陳容謹只是笑笑，壓根兒不覺得她真能贏過自幼練習的五皇子和潘縉等人，卻也不多說，反倒舉起手中的玉盤。「我來，是奉皇伯父所託，給投壺的魁首道賀的。」說著，目光落在余歲歲的身上。
余歲歲懶得理他，行了一禮道：「臣女謝過陛下賞賜，有勞世子殿下。」

午飯之後，馬球比賽與投壺也就都結束了，按祁川縣主所說，是自由活動時間。端午時節，天氣還不至於炎熱，且有夏風吹拂，暢風苑周圍有水源，也能覺出些清涼。於是，很多小姑娘喜歡趁著下午在場中放紙鳶。

余歲歲也挺喜歡這項活動，但她現在一門心思只想去找余璟。但這裡平地人多，容易引人注目。

暢風苑作為大雲朝歷代皇帝鍾愛的遊園宮，風景自是不止一處的。苑林的北苑就是一片山林，也是京城附近唯一的一座小山包。山的另一邊就是河，暢風苑的水源也是引自那裡，那裡的風景別有一番滋味，也有一些人會趁著佳節去那裡賞玩。

想到山林畢竟隱秘些，余歲歲和祁川縣主打了個招呼，便獨自朝北苑走去。她知道，如果余璟看到了她，一定會想辦法跟來的。

到了山腳，果然有零星的人在此處賞玩，余歲歲便尋了一條小路，往山上走去。一路樹葉娑娑，鳥鳴聲聲，余歲歲享受著沒有半分工業污染的空氣，整個人都覺得心曠神怡起來。

此刻她的全身心都被周圍的美景所吸引，甚至忘了自己的目的，只是一路追隨著風景，想要將它們盡攬入懷。

走著走著，她就聽到了潺潺的流水聲。

這裡是一片平地，從此處往下到半山腰，是一個比較陡峭的坡度，半山腰則又是一塊突出來的山體。而從那個山體往下就是緩坡，直到最底下的小河灘。

半山腰那塊突出的山體沒有人涉足，因此碎石和雜草很多，看著便覺得危險。

看來是沒有辦法到河邊去了，余歲歲有些失落。

本想就此離開，卻聽到身後傳來了腳步聲。

以為是余璟來了，余歲歲便沒有回頭，直到那聲音越來越近，她才察覺出一絲不對。

余釗是一路跟著余歲歲過來的，他不知道她一個人單獨到山上來是要做什麼，但沒關係，他也無須知道原因。

此時此刻，余歲歲就站在他的面前，背對著他，一無所知。

只要他伸出手輕輕一推，這世上就再也不會有余歲歲了。

如果沒有余歲歲，他就不會再被同伴嘲笑，更不會懼怕她的武力壓制，而余宛宛也會是名正言順的侯府嫡女。

所有的一切都是因為余歲歲的身分而起，還有那個余璟！

余釗狠狠地盯住余歲歲的後背，抬起了雙手。

余歲歲一回頭，就見余釗的雙手朝她推來，目光中帶著與年齡不符的瘋狂。

她只知道余釗是個變態，卻沒想到他從小就這麼變態！

但一切已經晚了，余釗全身的力道彷彿都壓了過來，余歲歲來不及反應便向後倒去。

身後，正是陡峭的山體。

「啊——」

余釗一聲慘叫。

他萬萬沒想到，余歲歲居然會在千鈞一髮之際抓住了他的衣襟，將他一起拉了下去！

腦中一片空白，他只看到余歲歲臉上浮出一絲詭異的笑容，隨後便是「砰」的一聲，鑽心的疼痛湧出，眼前一黑，再也沒有了任何知覺。

半山腰處的山體平臺，塵土與細碎的石子受到重砸，飛濺而起。

兩個人形摔在雜草堆中，像被扔掉的破舊麻袋，一動也不動。

當正午的太陽逐漸偏向西方時，雜草堆中的其中一個身形才突然蠕動了一下。

「咳……咳……」余歲歲嘴中吐出一口血，裡面還夾雜著些土渣。

劇烈的疼痛驟然從身體各處傳來，她強忍著淚意，咬牙翻身坐起，檢視著自己的身體。

嘴裡的血來自下墜時無意識咬破的口腔內壁。

左右雙臂均有不同程度的擦傷，膝蓋處的褲子也擦破了，傷口上沾著碎石子和草屑。

還有腳踝，已經腫得像饅頭了。

她嘗試著扭了扭身子，還好，頸椎、腰椎都沒事。

從山頂到這片平臺，起碼約有三、四百公尺高，只受了這點輕傷，已經算是不錯的了。

余歲歲鬆了口氣，這才轉頭看向地上的佘釗。

在被他推下山的那一瞬間，余歲歲抓住了佘釗，並且仗著身高力大的優勢，將佘釗轉壓到了自己的身體下方。

她是拉了佘釗當墊背——物理意義上的、真正的墊背！

此刻的佘釗，身下是尖銳的碎石，額頭磕到了一塊大石頭上，血順著臉頰流下，渾身髒污、意識昏迷。

死了？或是活著？余歲歲沒有去探究的意思。

她只需要安靜地待在這裡就好，爸爸一定會找到她，永遠也不會丟下她的。

陳煜和明昀彥帶著自己身邊的十幾個侍從，焦急地在山上搜索著。

「佘師父，你看到佘姑娘真的上山了？」陳煜看向身穿侍衛衣服跟著自己的佘璟。

佘璟確定地點頭。他一路跟著女兒，只是路上被禁軍領隊盤問兩句耽擱了時間，再上山來，就看不到余歲歲的身影了。

而且，如果他沒看錯的話，似乎佘釗也上了山，這讓他更加擔心了。

情急之下，他也顧不得別的，只能託陳煜幫忙尋找。

比起暴露自己，他更擔心歲歲的安危。

此時他甚至後悔不已，為什麼非要今天來找歲歲？那件事雖然重要，但……

如果不是為了見他，歲歲也不會獨自到這個地方來。

「余師父，我覺得我們還是分開找比較好。」明昀彥提議道：「山就這麼大，咱們分成三路，總能找得到的。」

「好。」余璟點頭。

三人隨即分開。

余歲歲坐了沒一會兒，就聽到了頭上傳來的喧鬧聲。

她心中一喜，坐直身子，仰頭看上去——

從山坡上露出一個腦袋來，是陳煜！

「余姑娘！」陳煜見到她便是大喜。「余姑娘，妳沒事吧？」

「沒事。」余歲歲朝他揮揮手。

「快，去叫余……去叫剛剛那個侍衛，還有明公子過來，余姑娘在這裡！」陳煜趕忙轉頭吩咐侍從。「還有你，快去找繩子來！」

兩個侍從聽命離開。

找繩子的侍從很快就回來了，陳煜將繩子在一旁的樹上打了一個死結，拽了拽，反身就要下去。

明昀彥正巧趕到，連忙上前制止。「殿下，您可不能下去！」

陳煜當即道：「余姑娘一個人在下面，我要下去看看。」

明昀彥還是不贊同。「殿下下得去，上不來，還是我下去吧。一會兒等余師父來了，也能幫著把小師妹帶上來。」

陳煜想想也是，明昀彥更年長，力氣更大，那他就不添亂了。

明昀彥見狀，接過陳煜手裡的繩子，一點點地順著山壁往下走。

他下到一半，就見余璟從遠處飛奔而至。

見到眼前的情景，余璟不由分說地脫下頭盔扔在一邊，縱身一躍，攀著山壁上凸出來的石塊，幾個橫跳，便落穩在平臺上。

陳煜站在山頂愣愣地看著，周圍的侍從也個個目瞪口呆，明昀彥則吊在半空中，一時間上也不是，下也不是。

「歲歲！」余璟誰也顧不得，大跨步來到余歲歲身邊，蹲下身檢查她有沒有受傷。

「爸，好帥喔！」余歲歲湊近他耳邊崇拜道。

見女兒身上沒有大傷口，說話也正常，余璟呼出一口氣，彷彿丟了的魂魄也在一瞬間回籠，這才感覺到了渾身的冷汗。

「怎麼回事？」他此時才發現躺在一旁的余釗。

余歲歲的表情故作輕鬆。「他想推我下山，我就拉他一塊兒，當墊背了。」

余璟的雙眸驀地一縮，心臟狂跳。

他一把將余歲歲攬進懷中，不知是安撫她還是安撫自己，拍了拍她的背，就像小時候哄她睡覺一般。

此刻，他又一次感受到了第一次進侯府與歲歲相認時，那種失而復得的慶幸。

余歲歲窩在父親懷裡，盔甲的涼意絲毫沒有減少她周身的溫暖。

她其實很想哭，但因不想讓父親擔心，更知道此刻時機不對，所以她只能忍住，可眼眶還是紅了起來。

突然，余璟鬆開了她，站起身來。「我去看看余釗。」

余歲歲的目光跟隨著余璟，見他走到余釗身旁，探了探他的鼻息，檢查了一下他身上的傷勢。

「他還沒死。」余璟回頭告訴她。

余歲歲的心情很複雜，余釗死或不死，都會對她和父親造成麻煩，真是晦氣。

余璟托起余釗那兩隻已經染上血污的手。

九歲，稚童的年紀，細胳膊細腿的貴公子，看著單薄無力，卻偏偏如此惡毒。

眼底一絲戾氣閃過，余璟的雙手瞬間一捏，只聽一聲細微的脆響，余釗的手腕就軟塌塌地垂了下去。

「爸?!」余歲歲震驚地看向余璟。

余璟重新回到她身邊蹲下，好像一切都沒有發生。「我從祁川縣主那裡聽說，那天妳一回府，就被盧陽侯禁足了。」

余歲歲一愣，不明白余璟怎麼突然提起這個？

「我今天來找妳，其實是想告訴妳，那天晚上從齊府逃走的是太子的人。皇帝旨意一下，他必會猜到我的身分，而妳人在侯府，就是我最大的軟肋。」

所以當他聽說盧陽侯把她禁足，才會那麼擔心，甚至冒險來暢風苑見女兒。

余歲歲腦中瞬間想通了一些關節，恍然大悟。

難怪盧陽侯沒事找事，難怪余釗故意打飛馬球襲擊自己，甚至不惜要害她性命。

盧陽侯當然不會要她的命，但余釗對她一向敵視，只要利用紈袴們去挑撥一二，以余釗的變態心理，什麼事都能做得出來。

她死了，盧陽侯也不會說什麼，畢竟還有余宛宛。

但爸爸一定悲痛欲絕。

他們本就不屬於這裡，如果她死了，爸爸恐怕也不會自己活下去。

就算爸爸要為她報仇，一個九品參軍，謀害皇親國戚、朝廷勛爵，即便成功也沒有了活路。

真夠狠毒的！

明昀彥此時也下到了平臺上，走過來面露關切。「余師父，小師妹沒事吧？」

余璟放下余歲歲到的腳踝。「沒事，只是崴了腳和一些擦傷。明公子，我先揹歲歲上去，一會兒下來再帶余小公子。他摔下來時受了重傷，得盡快醫治。」

明昀彥這時也才看到地上余釗的慘狀，忍不住渾身一抖。

跟余釗比起來，余歲歲還真是幸運。

「余師父，您先帶余公子上去吧，小師妹交給我。我怕余公子……」明昀彥還真怕余釗挺不住，就這麼死在這兒，那事情可就糟了。

余璟看向余歲歲，卻見她滿臉寫著拒絕，朝他微微搖頭。

他心裡一動，目光落在明昀彥身上，這個小子，難不成是對歲歲有什麼心思？

想了想，余璟道：「你也還是個孩子呢，我先上去一次，一會兒下來接你們。」說著，也不給明昀彥拒絕的機會，從地上撿起余釗揹在身後，便攀著繩子上去了。

明昀彥看著余歲歲，有些好奇地問：「小師妹，妳是怎麼摔下來的？余釗怎麼會跟妳在一起？」

余歲歲不欲與他多言，只是笑了笑。「發生了一些意外，今日多謝明公子幫忙了。」

「妳……」明昀彥立刻察覺到了她的疏離。「小師妹似乎對我有些誤解？」

余歲歲否認三連——我不是、我沒有、別瞎說。

「公子誤會了。」

明昀彥一挑眉。「既然沒有，何必如此疏遠？余師父是我的師長，我們的關係應該更加親近才是。以後，不准妳再叫我公子，叫我兄長便是。」

余歲歲轉過頭去，悄悄翻了個白眼。
不准？不准個大頭鬼啦！這什麼霸總語錄？
當她是余宛宛那樣嘰嘰歪歪不懂拒絕、別人說啥是啥、總怕人傷心卻又傷了很多人心的小白花啊？
「嗯？」明昀彥見她不說話，又提醒了一次。
余歲歲回過頭來看向他。「我、就、不！」她倒要看看明昀彥能奈她何？
明昀彥臉一怔，顯然沒料到自己竟有被拒絕的一天，緩了一會兒才露出個玩味的笑容。
「小師妹還……真是任性。」
余歲歲心中警鈴大作。
糟糕！該不會觸發了什麼「女人，妳成功引起了我的注意」的開關吧？救命！她絕無此意啊！
果然不能靠近女主的男人，會變得不幸！
就在余歲歲無語至極時，余璟終於再次下來，將她從尷尬中解救了出去。
余璟揹起她，拉著繩子爬回了山頂。
「余師父、余姑娘！」等在上面的陳煜立刻過去，將余歲歲從余璟背上扶到了準備好的擔架上。「余師父，我帶余姑娘回去。余公子受了重傷，必然要驚動侯府和父皇，您得先離開。」

余璟點點頭，看向余歲歲，眼中有幾分不捨與擔憂。

最終，理智還是讓他只伸出手在女兒的肩膀上按了按，沈聲道：「好好照顧自己。」

見余歲歲點頭應下，他這才轉身，快步消失在林中。

陳煜竟也有些悵然，朝侍從一揮手。「走吧。」

余歲歲觀察了一下，陳煜和明昀彥帶來的都是自己人，今天余璟在山上的事，應該不會傳出去。

可余釗傷成這樣，她要怎麼解釋呢？

剛想到這個，旁邊的陳煜就說話了。

「余姑娘，妳可曾想好，要如何解釋妳和余公子摔落山坡，雙雙重傷的事？」

重傷？余歲歲看看余釗，再看看自己。

說她重傷，她還真是有點心虛啊！

嗯？等等，雙雙重傷？

余歲歲倏地抬頭看向陳煜，腦海裡劃過一個念頭。

下一秒，她立即眼一閉、腿一蹬，本來坐在擔架上的身子突然直挺挺地往後一倒，嚇得後面抬她的侍從差點鬆了手。

余歲歲哀嘆。我暈了！我裝的！

「噗！」陳煜一下子就笑了出來，雖然及時忍了回去，但雙肩還是忍不住抖動起來。

擔架上的余歲歲睜開一隻眼睛，目露「凶光」。
陳煜輕咳了兩下，終於恢復了一如既往的穩重。
一旁的明昀彥將兩人的互動盡收眼底，心中劃過些許困惑。
為什麼余璟和余歲歲對七皇子的態度好像都格外不同呢？
回到暢風苑後，因為有陳煜的幫助，余歲歲順利地在太醫面前蒙混過關。
便是盧陽侯和余老夫人，都沒說出她什麼不是來。
這件事，最終的結果就是余釗偷雞不成蝕把米，沒有害到她任何損傷，反而廢了自己的雙手！
此時此刻，余歲歲正支著腳坐在案桌旁，在紙上寫寫畫畫。
祁川縣主坐在一旁，撐著手臂，湊近了去看她的畫。
「歲歲？妳在畫什麼？」一看之下，便是一聲驚嘆。「哇，好漂亮，好傳神啊！」
只見余歲歲在畫紙上畫著一群憨態可掬的小人，小人中間圍著一個大一些的小人，手裡一柄長劍，腳下擺出姿勢，十足威風。
這分明就是那日余璟在忠勇武館給他們演示「文武雙全」時的場景嘛！
「歲歲，妳這畫好生新奇，我從來沒見過這樣的圖案呢！沒幾個字，卻通俗易懂，有意思又好玩！」祁川拿起她放在旁邊的一疊畫稿，津津有味地看著。「妳畫的都是余師父欸……天啊，余師父在裡頭好威風！」

余歲歲得意一笑。

她將父親前世做警員時的事情，和穿書後從人販子手裡救孩子、去齊家救火的事情都改編成一個故事，畫成了漫畫。

故事裡的余璟，被她塑造成為一個路見不平、到處扶危濟困的俠士，只要是有人遇到困難，他都會及時出現。

沒有哪個時代不需要英雄，也沒有哪個時代的百姓不崇拜英雄，看看祁川縣主這一副崇拜入迷的眼神就知道了。

「歲歲，我有個主意欸！」祁川縣主突然眼睛一亮。「把妳這些畫稿拿到書局去印，一定有很多人願意看的！妳畫的比話本裡的插畫都好，就算是不識字的人都能看懂！到時候，一定有很多人願意買的！歲歲，妳會出名的！」

余歲歲是個非常佛系且謙虛的人，出不出名她無所謂，重點是有沒有錢賺？

祁川縣主出馬，哪有鎩羽而歸的道理？

得益於余璟以一介白身被賜九品官，祁川便利用了余璟的名氣，給余歲歲的畫冊造勢。

由此，余歲歲的筆名「夕山君」這個名字，漸漸地有了名氣。連帶著余璟本人也因為畫冊，名氣更大了一些。
當余歲歲恢復如初，跑跳自如的時候，「夕山君」已經成了京城的新晉頂流，備受追捧了。
養成成功的祁川縣主抱著錢箱，大氣地放在了余歲歲的桌上。
「歲歲，現在前三本《徐俠客傳奇》已經加售了好多次了，妳什麼時候畫第四本？」祁川縣主問道。
「在畫了、在畫了。」余歲歲汗顏。莫名有一種擱久了，被催更的感覺是怎麼回事？
祁川縣主拍拍她，笑道：「妳都好久沒出門了，過兩天我帶妳去西郊馬場，我爹爹新送了我一匹小馬駒，可漂亮了！」
「真的？」余歲歲眼睛一亮。「太好了！」她在屋裡憋得都快瘋了。
眼下正是秋高氣爽的季節，最適合出遊了。
余歲歲看著祁川縣主駕馬圍著馬場奔跑了幾圈，然後緩緩朝她走過來。
祁川縣主騎的那匹小棕馬，毛色順滑光亮，體型更是康健精壯。
余歲歲不由得有些羨慕。
她不會騎馬，卻特別嚮往縱馬奔騰的那種感覺。
如果此生有機會能在一望無際的遼闊草原策馬馳騁，應也無憾了吧？

「歲歲，妳快回頭！」祁川縣主突然舉起馬鞭，指著余歲歲的身後。
余歲歲下意識便轉過身去。
只見秋日午後的日光下，一騎一馬自遠處緩緩而來。大一些的馬兒馱著一個高大的男人，恍若閒庭信步，偶爾回頭蹭蹭身邊小馬的頭，顯得親暱無邊。
「爹爹！」余歲歲一下子便興奮起來。
余璟翻身下馬，眼睛在多月沒見的女兒身上幾乎移不開。
「嗯，不錯，沒有變瘦。」他滿意地點頭。
臉蛋圓潤細嫩，頭髮黑亮順滑，鵝蛋臉、杏仁眼、長睫毛……眼前的小姑娘與一年多前那個黃毛丫頭早已不能同日而語了。
他的寶貝女兒，果然到哪裡都會是小美人兒。
「歲歲，來，送妳的禮物。」余璟牽過旁邊的那匹小馬。
余歲歲驚訝地看著他。「送……我？可我不會騎馬啊！」
「我教妳啊！」余璟笑道。
女兒的心思，做父親的怎可能看不出來？如今父女倆已經在京城穩住了腳，他當然要滿足女兒的願望。
余歲歲小心地接近那匹小紅馬，牠看起來真的還挺小的，眼睛亮亮的，很是單純。
她伸出手指，試探地摸了摸小馬的頭部，小紅馬沒有躲避，掀開眼皮好奇地看了她一眼。

余歲歲的膽子便大了起來，整個手掌都放了上去，從馬頭摸到馬脖子，再到馬身。

似乎是感受到了她的善意，小紅馬輕輕哼哧了兩聲，朝余歲歲湊近了幾分。

「牠喜歡我欸，牠真的喜歡我欸！」余歲歲高興地向余璟和祁川縣主炫耀。

祁川縣主便道：「歲歲，不如妳給牠起個名字吧？以後牠就屬於妳啦！」

余歲歲想了想。「那就叫……紅紅？」

祁川縣主差點被自己的口水給嗆住。「紅……紅？」

「對啊，簡單又好記，是吧紅紅？」余歲歲又摸了摸馬頭，紅紅朝她的手心蹭了蹭，看樣子真的喜歡這個名字。「縣主，妳的馬叫什麼？」

祁川縣主看看自己身旁的小棕馬。

她的馬挺多的，這匹是新寵，還沒起名呢。

「牠叫……棕棕。」祁川縣主說道。

小孩子總是有些奇奇怪怪的愛好，比如祁川縣主覺得既然她和余歲歲是朋友，那余歲歲的馬要叫這樣的名字，她也要和余歲歲一樣。

這就叫有福同享，有難同當。

余歲歲看看祁川縣主的馬，再看看自己的，兩匹馬都長得很健壯可愛，只是顏色不同。

不，還是她的小紅馬，更可愛一點點！

這個念頭一起，余歲歲都不禁笑話自己。真是當孩子當久了，自己也變幼稚了。

隨後余歲歲才知道，原來在她靜養的這段日子，余璟因為她的畫冊揚名京城，幾乎無人不知，無人不曉。

長公主和駙馬知道余璟在教祁川習武，余歲歲更是祁川難得的好友，於是在得到這一批馬匹時，特意讓祁川詢問余璟是否想要購買。

這些都是良種好馬，除了邊關騎兵用的馬種，其他沒有比這些更好的了。

余璟沒有多猶豫就答應了，一口氣買了一大一小兩匹。

紅紅果然非常溫順，余璟先讓余歲歲坐在馬背上熟悉一下感覺，而他則牽著馬走在前面。

見祁川又風風火火地跑馬去了，余歲歲這才和余璟聊起了天。

「爸，這段時間武館怎麼樣？我讓縣主給你帶去的錢夠用嗎？」

「武館很好，也多虧了縣主和妳，現今想來我這武館學武的人可是多了兩倍。剛好七殿下他們基本功已經扎實了，無須常來，我便盤下了旁邊的院子打通，招了些年輕力壯的小夥子，打算培養成新的教練，之後我若當差，他們也能帶更多的學生。」余璟說道。「這一次，除了那些新來的世家貴公子，我也打算多收些平民百姓家的孩子，學費就能減則減。習武能強身健體、少生病、增加壽命，之後他們讀書、經商，不管做什麼，都會受益的。」

「這也很好呀！」余歲歲點點頭。

能幫助更多的人，本來就是一件快樂滿足的事情。

「至於那些錢……」余璟笑了笑。「爸爸都給妳存下來，那可都是妳一點點賺來的，將來都會還妳的。」

余歲歲頗無奈，她就知道爸爸會是這麼個說辭。也罷，反正錢放在誰那裡都一樣，余璟花錢的地方多，真等要用錢的時候，他也會自己拿去用的。

「歲歲，我撒手咯，妳自己試試走起來。」余璟鬆開韁繩。

余歲歲心裡瞬間一提，立即拽住韁繩與馬鞍，雙腿輕輕夾了夾馬肚子，紅紅立刻走得快了起來。

直到這天結束時，余歲歲已經能騎著紅紅奔跑起來了，余璟直誇她有天分。

之後的一段時間，余歲歲總是拉著祁川縣主出來騎馬，到後來，甚至能和她一較高低了。

祁川縣主有些欲哭無淚。

為什麼余歲歲習武的天賦比她高，騎馬幾天都快要趕上她幾年的功夫？

為什麼她要讓余歲歲來學騎馬？夕山君的畫冊已經中斷好久了啊啊啊啊！

對此，余歲歲表示，更新是不可能更新的，只能每天騎騎馬、摸摸魚這樣子。

快入冬的時候，馬場的草黃了，馬駒也進入了生長期。

失去了一項大型娛樂活動，為了逃避祁川縣主的催更，余歲歲絞盡腦汁地又想到一個可以轉移她注意力的事情。

「縣主，我們去練馬球吧？就像當初在暢風苑時，七皇子他們打的那樣，不騎馬，只擊球。」

祁川的雙眼裡立即露出了躍躍欲試的小火苗。「歲歲，妳還記得上次那個方公子說的，我們可以組一支女子馬球隊嗎？」

余歲歲的雙眼也跟著一亮。「對啊！」

這下祁川縣主有了活兒幹，哪裡還會記得畫冊的事？

祁川果然是行動派，這個念頭一起，便開始用心計劃了。

余歲歲更是饞馬球饞了好久，何況現如今她學會了騎馬，心裡的嚮往就更加按捺不住了。

她果然是爸爸的親閨女，什麼都想嘗試一把！

要組織女子馬球隊，光她們兩人可不行，需要招募更多的女孩子。

可大雲朝從來沒有哪個女子打馬球，光是祁川和余歲歲一提出這件事，大家就覺得驚世駭俗了，更別提有人回應，這下可把兩人氣得不行。

「歲歲，就妳當初在暢風苑招呼余釗的那一杆子，我就不信比不過那幫紈袴！這些武官家的小姐個個都是騎馬、投壺的好手，怎麼就不敢試試馬球呢？」

余歲歲想了想，猜測道：「也許是覺得打馬球大汗淋漓，有損形象？」

祁川也覺得是這樣。

「欸，縣主，其實也許她們並不是討厭打馬球，而是從來沒人告訴過她們，女子也能打馬球！如果有人帶頭，她們未必會拒絕吧？」余歲歲突然道。「不如我們就試驗一下，讓她們看看女子打馬球時英姿颯爽的樣子？」她就不信，那些武官家的姑娘們真能忍得住！

兩人一拍即合，湊在書房鼓搗了一下午，這才拿出了個計劃來。

第九章

京城的天氣還不算寒冷，穿上買好的騎馬裝，再披上一件披風，剛剛好能抵禦初冬的風，運動起來更是不顯熱。

暢風苑裡，祁川縣主自從和余歲歲訂好了計劃，便開始給各家的小姐們下帖子，要她們一起聚會。

長公主聽說女兒又在搞小動作，便派人來打聽。一聽說祁川要組織女子馬球隊，長公主骨子裡的那股豪氣又被勾了起來，當即就表示支持。

余歲歲來到暢風苑時，立刻被一大群貴女小姐們給嚇到了。

祁川縣主真是下了血本，除了自己交好的世家小姐，她居然連魏國公府、潘將軍府、太子母舅秦家以及衢國公府明家的小姐全都請來了。

而余歲歲也只是把自家幾個姊妹連哄帶騙地給叫來罷了。

長公主雖然人沒來，但話也遞到了，眾世家願意給長公主面子，因此盡數出席。

恐怕這些家族「其樂融融」的場面，將會在這一任大雲朝的歷史上，記下前無古人、後無來者的一筆吧？余歲歲想著。

今日的余歲歲和祁川縣主都是一身紅色的騎馬裝，外帶一件大披風。坐在馬上時，披風向後蓋住馬身，像極了披掛上陣的將軍模樣。

眾家夫人不禁暗暗搖頭，誰都知道祁川縣主是個離經叛道的丫頭，倒沒想到這個侯府找回來的真千金，和縣主竟成為知己了。

一些書香門第、清流世家的小姐也撇撇嘴，不屑一顧。謹守禮教是女子的本分，這般拋頭露面，簡直不成體統。

其實余歲歲和祁川縣主還是收斂了些的，起碼戴上了面紗。

馬球場中，和她們一起的，則是兩個十二、三歲的小公子，均是一身黑衣。

他們都是陳煜推薦來、馬球「少年組」裡頭技術不錯的，目標都是十四歲後加入京城的馬球隊，像潘縉、五皇子那樣。

他們還從沒在這麼多人面前上馬擊過球，兩邊都是「大姑娘上花轎頭一回」，倒也還算公平。

一聲鑼響，這場舉世罕見的「表演賽」，正式開始。

之所以是表演賽，是因為余歲歲和祁川的目的就是為了勾起這些小姐們的興趣，尋找她們潛在的隊員，為的是形象更加漂亮。至於規則、輸贏什麼的，都不重要。

而對面的公子則覺得，他們和兩個門外漢的姑娘比賽，走個形式放個水，最後再象徵性地贏一下，就差不多了。

可當比賽一開始，雙方都覺得事情失去了自己的控制。

余歲歲和祁川就像開了掛一樣，騎馬奔跑、擊球的速度非常迅猛，只要球滾到她們的杖下，必是杆杆入門。

對面的兩個小公子於是乎也急了，他們起初是放了水的，可如今眼看著比分一點點被拉開，再繼續放水下去，輸給兩個小姑娘豈不是丟了大人？

於是二人對視一眼，紛紛認真起來。

他們畢竟是多年夥伴，一認真，比分迅速就被追回、反超，縱使余歲歲和祁川追得很緊，勝局也幾乎確定了。

場邊的夫人、小姐們也逐漸看得入迷起來，球太小看不見，那就盯著人。

就見兩個紅色的身影身後披風獵獵，騎著馬來回穿梭，幾次斷下對面的球回擊，然後又在半路被截住，轉身回防，於是她們的心也就跟著提起、放下、再提起，循環往復，覺得氣都快喘不上了。

兩個黑色的身影互相配合，一人掩護，一人運球，轉眼便接近了球門。一人揮舞球杖，小球飛起，直衝球門而去。

突然間，一個紅色的身影從旁竄出，舉起球杖，身體一仰，就像武林高手使出的回馬槍一般反身一擋，飛行中的小球立刻調轉方向，向後飛去。

另一個紅色的身影正在後方，見球飛來，立時舉杖接應。

一聲悶響，球隨杖起，直入對方球門！

鳴鑼又起，比賽結束了。

擋回球的余歲歲拉下面紗，喘著粗氣，看向場邊的記分板。

九對十？

她們贏了?!

無聲的沈寂之後，便是熱烈的掌聲爆發。

有些膽子大的小姐甚至不顧形象，當即歡呼了起來，半點兒也不在乎周圍人的側目。

余歲歲和祁川調轉馬頭，走向場邊，面對著面，擊掌相慶。

此時此刻，什麼形象、漂亮已經不重要了。

贏，就是最好的金字招牌！

「雖然看著熱鬧，但這般瘋瘋癲癲，實在不堪入目。」

「就是，我們可不能學她一般，將來還怎麼找婆家？」

仍會有人質疑、攻擊，但這些都被淹沒在更多的熱情高漲之中。縱使不被淹沒，也不會被放在心上。

「縣主，之前妳說的還算話嗎？」明琦不知從哪裡鑽了出來。「我要加入妳們的馬球隊，將來也要打敗我大哥！」

有一就有二，尤其是那些武官家的小姐，早已蠢蠢欲動。她們的母親畢竟是武將夫人，沒有其他文官夫人那樣嚴守禮教，猶豫了一會兒，也就答應了。

這時，潘家的幾位姑娘也走了過來。
「幾位潘小姐也要報名不成？」祁川縣主一挑眉，語氣戲謔。
「當然不是。」潘四小姐回道：「我們決定了，也要自己組一支馬球隊，之後便與縣主一決高下。」
「好呀！」余歲歲更高興了。
馬球隊還沒組織起來，對手都安排好了，之後有趣的玩耍不就更多了？
潘家小姐帶著自己的好友們浩浩蕩蕩地走了，祁川縣主朝著她們的背影做了個鬼臉。
「嘁，學人精！」
「歲歲……」一個柔弱的聲音在身後響起。
余歲歲回頭，是余宛宛和另外兩個妹妹。
「歲歲，我也想參加。」余宛宛看起來有些小心翼翼，但眼神卻是堅定的。
再看後面的余欣欣和余清清，臉上更是寫著「參加」二字。
余清清自然是跟著余宛宛，余欣欣則是余宛宛有的她也要有，所以就湊一塊兒了。
「這個……」余歲歲猶豫了。
另外兩個還好說，可余宛宛連馬都不會騎，這要是磕著、碰著了，她的那些桃花遷怒於自己可怎麼辦？
余宛宛想要參加，難道是為了陳容謹？

男主的馬球確實也打得好，她這是夫唱婦隨，希望以後也能有共同語言？

嘖嘖，戀愛中的姑娘啊！

余宛宛看著余歲歲，她在說出自己想參加的那一瞬間，其實還是退縮了一下，可隨後又堅定了起來。

不為別的，是為了剛剛場上余歲歲展現出來的英姿。

一直以來，她都覺得是自己虧欠了余歲歲。她占了余歲歲的身分，實在對不起她。

她也感覺到余歲歲並不喜歡她，但她終究對侯府有著深厚的感情，侯府也幾次三番地說要留下她。

這樣的現實讓余宛宛又想逃避，又不得不面對，因此她苦惱、愧疚，理智和情感在不斷地拉扯著。

這就好像她明知要對不起這個人，卻還是不得不對不起這人。

在她的認知裡，余歲歲應該也是可憐的，所以她告訴自己，無論余歲歲怎麼苛責她，都是應該的。

可慢慢地，余宛宛發現，余歲歲是真的不喜歡她，也是真的……不在乎她。

余歲歲不在乎父親和祖母到底喜歡哪個女兒，不在乎別人評價侯府的真假千金到底哪個更優秀，余歲歲有她自己的世界，有她自己的天地。

余宛宛的生命中，從來沒有一個女子像余歲歲這樣，但卻讓她看到了另外一個可能。

余歲歲還在猶豫中，祁川縣主卻發話了。「好呀，不管是誰，都可以參加，多多益善！」見余家三個姊妹滿意地離開了，祁川縣主這才拉住余歲歲解釋道：「我知道妳不太喜歡她們，但現在咱們正缺人，當眾拒絕肯定不妥。反正回頭我們還要選拔嘛，到時再把她們刷下去就是了。」

「行。」余歲歲點點頭，祁川縣主還是比她考慮得更全面。既然如此，她也不再糾結這事了。

反正是余宛宛主動要求的，選得上、選不上，都是余宛宛自己的事，而她只要注意遠離余宛宛就是了。

這一日，余歲歲和祁川縣主起碼記下了幾十個想要加入的官家小姐。

也是這一日，滿京城都知道了余歲歲和祁川縣主，是京城裡最不一樣的小姑娘。

「這麼多人，很多都沒有上馬擊球的經驗，有些騎術也不行，咱們得先訓練一下，然後定期選拔淘汰，最終篩出最合適的人選。」余歲歲給祁川出主意。

「可我們也不會啊，要怎麼訓練……」祁川縣主托腮苦惱。

「欸，有了！」她突然靈光一閃。

於是乎，等到了第一次集訓這日，余歲歲有些傻眼地看著眼前的一眾人——

炮灰七皇子陳煜、男主平王世子陳容謹、男配明昀彥、男配潘縉、女主余宛宛、女配余清清和余欣欣、女炮灰魏國公府的魏氏姊妹……

喔，當然，還有她這個炮灰本灰。

這是什麼人間疾苦？

「縣主，他們是來幹什麼的？」余歲歲拉過祁川縣主，指著不遠處的幾個少年。

「我請七表哥來當陪練，」祁川說道：「誰知道剛好被明公子聽見。至於世子表哥，我也不知道他是怎麼知道的，反正就都來了。」

「其實，有七殿下就可以了。」余歲歲撓頭。

她們這些人，水平參差不齊的，讓陳煜來幫忙已經綽綽有餘了。剩下幾人都是馬球隊的翹楚，實在太大材小用了。

祁川縣主和余歲歲是女子馬球隊的組織者，因此眾人都聽她們的安排。

見人到齊，兩人便開始分組了。

「會騎馬的在這邊，不會騎的在另一邊。」

余家姊妹和魏氏姊妹自然站在了不會騎馬的一組。

說來也巧，魏氏姊妹中剛好有之前在長公主府挑釁過余歲歲幾人的魏五小姐，如今仇人相見，分外眼紅。

「看什麼看？我們是衝著縣主來的，與妳們姓余的可沒關係！」魏五率先嗆道。

「唉呀，我們也沒說什麼呀！怕是有些人心虛，才非嚷嚷出來吧？」余欣欣冷笑。

魏五的姊姊瞪了魏五一眼，讓她不要再吭聲。

她們來，是為了和祁川縣主搞好關係，三皇子和魏德妃很看重長公主的勢力。

潘家自己組了馬球隊要和祁川縣主對抗，魏家雖然和太子一派也不和，但與五皇子一派卻更加劍拔弩張。

祁川縣主見狀便出聲道：「咱們醜話可是先說在前頭，一個月後如果考核不及格，就要被淘汰掉。妳們幾個不會騎馬，可是非常辛苦的。到時如果被淘汰，也怨不得別人喔！」

幾人這才不敢再爭，紛紛應是。

「祁川，既然這幾位姑娘都不會騎術，那就我來教吧。」陳容謹毛遂自薦。「在這上面，我還算有些心得。」

余歲歲一點都不意外，陳容謹肯定是衝著余宛宛來的。

其他人當然也沒有異議。

余歲歲看向余宛宛，只見她眼底有些微的欣喜與波動，眼神和陳容謹驀地對上，然後又慌亂地分開。

安排好她們，便輪到會騎術的這一組了。

這一組其實還能再分成兩個隊。

余歲歲和祁川算是懂些擊球、運球的基礎動作，其他人則是完全不懂。

「七表哥，你覺得我們應該怎麼練習比較好？」祁川向陳煜取經。

陳煜想了想。「妳和余姑娘已經上馬比過賽，昀彥兄的經驗比我足，也許更適合協助妳們倆練習。我就幫助其他幾位先在地面上練好動作，之後再慢慢上馬吧。」

余歲歲一聽，立即表示反對。「殿下，我騎馬是剛學的，還不夠熟練，所以我想，我也就先不上馬了吧？」她可不想跟明昀彥走得太近。

余歲歲話一說完，明昀彥的眼神便是一動，漸漸勾起一絲笑容，說道：「我倒覺得，說起經驗，潘兄比我更好。更何況，殿下一人精力有限，恐怕顧不過來這麼多人，我來協助殿下便是了。不知潘兄以為如何？」

眾人的目光，這才投向一旁的潘縉。

祁川縣主皺了皺眉，揚起臉，有些不太友好地質問道：「潘大公子不請自來，莫非是來探聽我們的情報，好給你的妹妹們通風報信？」

其他人心裡其實也是這麼想的。潘家姊妹既然也組了馬球隊，怎麼潘縉這個當哥哥的不去幫自家妹妹，反而跑來了這裡？

潘縉之所以來此，原因之一是潘家姊妹找上了五皇子。在這件事上，潘縉不便去搶五皇子的風頭；二來潘家還想促成五皇子和潘氏嫡女結成姻親，鞏固勢力，潘縉一向不喜歡這種事情，就更懶得去湊熱鬧了。

對於祁川縣主的敵意，潘縉心知肚明，更早已料到，聞言便是一笑。「對在下來說，馬球一事不分親疏遠近，我只看實力。誰的贏面更大，我自然便更看重誰。」

這也是潘縉來此的根本原因。他覺得自家妹妹的實力是不夠的，他是京城第一球手，自然要找一個更有實力的隊伍來教，才不會辱沒自己的名聲。

雖說潘縉話裡是對祁川縣主的肯定，可他的語氣也非常狂妄，立刻引得祁川不滿。

「我看是你沒本事教好，這才來占我們的好處吧？到時我們贏了，功勞就成為你的了，真是癡人說夢！」

「我的本事，自然會讓縣主見識到。就是不知道縣主有沒有這個膽量？」潘縉挑眉激將。

潘縉在京城也是極負盛名的，一等一的貴公子自然性情張揚，而祁川更是天之嬌女，兩人的脾氣一對上，簡直就要變成兩支炮仗。

「好啊！」祁川果然被他激起了心勁。「我倒要看看，你能教我什麼！」

如此一來，馬球隊的訓練便敲定下來。陳容謹教習騎馬；七皇子和明昀彥帶著各家小姐練習動作；而潘縉和祁川縣主則成了一對一的訓練。

此後的一個多月，眾人時常相約。各家也知道祁川縣主在搞事情，有長公主的首肯，他們自然也就睜一隻眼、閉一隻眼。

轉眼便到了考核的日子。

雖然眾人的基礎不同，但她們將來是要同上賽場的，時間也非常緊迫，那就得按基本一致的標準來考核。

第一項是騎馬過障礙，這對於打馬球非常重要。馬球比賽中沒有人能預估對手的位置，一旦發生劇烈衝撞，那就是害人害己。

比賽是將兩組的成員打散抽籤進行比拚。

第一場，余宛宛和魏家二小姐以及幾個武官小姐分在一起。

隨著哨聲響起，場邊的余歲歲漸漸露出驚訝的神色。

不為別的，只因為遙遙領先的居然是余宛宛！

雖然她的動作仍然很青澀，甚至略顯僵硬，但她仍然越過了每一道障礙，完成度足以稱得上及格。

比賽結束，余宛宛榮獲第一，每一場的前三名都可以進入下一項。

余歲歲看著余宛宛面帶喜色地下馬走出賽場，她的步履依然是循規蹈矩的，笑容也依舊是一如既往的柔弱清麗，可余歲歲就是覺得，余宛宛好像有哪裡不太一樣了。

在余歲歲看來，余宛宛一直就是朵小白花，跟水做的一樣，動不動就能眼淚汪汪。可就是這樣一個弱不禁風的姑娘，居然能一個月學成這樣的騎術，甚至贏了那些從小騎馬的姑娘。

她對余宛宛的看法，第一次有了一個極大的改觀。

第二場，余清清和余欣欣都墊底出局，拿第一的是明琦，魏五小姐雖然實力不夠，但勉強擠進了第三，竟也留了下來。

第三場則幾乎沒有懸念，祁川縣主第一，余歲歲第二，另一個武官家的小姐拿了第三。

第二項是賽馬，比的是速度。馬球場上，速度也是勝利的重要因素。

賽馬同樣分了兩場，余家三姊妹抽中了第一場，和祁川縣主及明琦分在同一組。

如此一來，結果基本上沒有懸念，余家三姊妹全部出局，一個都沒能留下來。

這個局面，雖然是余歲歲早已料到，甚至是她想要的，可這一刻，不知道為什麼，她還是沒有特別高興。

看著余宛宛累得喘著氣，走到場邊坐下，滿臉落寞，沒一會兒，兩隻眼睛裡便一點點地蓄起了淚花。

嗯，還是那個水做的余宛宛。

余歲歲從袖子裡抽出一條帕子，遞了過去。

「妳……其實已經很好了，不用太傷心。」這還是余歲歲第一次用這樣的語氣和余宛宛說話。

余宛宛轉過頭來，淚眼朦朧。「歲歲，對不起。」

余歲歲無奈地嘆了口氣。「為什麼妳每次和我說話，都只會說對不起？妳不覺得，說的次數多了，反而更會顯得妳並沒有什麼歉意嗎？」

余宛宛驀地愣住，呆呆地說道：「可我……是真的覺得很對不起妳啊……」

余歲歲看著她梨花帶雨的模樣，自己畢竟也是成年人了，不會和小孩子多計較，便道：「其實說到底，這件事不是我和妳的錯誤，陰差陽錯罷了。最好的方式，就是妳有妳的生活，我過我的日子，互不打擾，也互不相欠。」她不會再做原著裡的惡毒女配，更不會主動去傷害余宛宛，那她和余宛宛就真的沒了任何聯繫。這一輩子傷害她的她不會放過，余宛宛目前既然沒做錯什麼，她當然也不會去自找麻煩。「別再說對不起了，也別這麼傷心。多想想自己得到的，不要糾結已經失去的。妳現在已經學會騎馬，還騎得很好了，這不就是好事一件嗎？」余歲歲微笑著說道。

余宛宛思索了片刻，終於點了點頭。

她確實沒有余歲歲這般心境，或許以後，她要和余歲歲多學習。

「歲歲，謝謝妳。」余宛宛擦乾眼淚，輕笑了一下。「我祝妳，比賽勝利！」

余歲歲聳聳肩，感覺自己心裡好像也有什麼東西終於放下了。「謝謝妳，大姊姊。」

余歲歲參加的是第二場比賽，在她身旁的，是魏五小姐。

所有人一看這陣容，就覺得和上一場一樣，不會有任何懸念，因此也都放鬆下來。

哨音響起，余歲歲雙腿一夾，小紅馬快速地起步奔跑。

賽道是繞圈的，余歲歲在第一圈便已遙遙領先，到第三圈時，甚至已經超過了最後一名整整一圈。

她沒有去關注自己身後是誰，只專心保持著自己的速度。

只剩最後一圈了。

余歲歲看到祁川站在終點興奮地朝自己揮手，心裡也逐漸放鬆下來。

突然，她聽到身後一聲淒厲的馬鳴，隨即是幾聲驚呼。

余歲歲下意識減速，側身回頭，只見魏五小姐身下的馬一連超過四、五個人，像瘋了一樣地朝終點跑來。

這個速度，根本不正常！余歲歲心中立刻升起這個念頭。

還沒等她細想，魏五的馬突然偏離了賽道，朝余歲歲這邊撞了過來！

余歲歲登時大驚，一時難以顧及，勒緊韁繩就要調轉馬頭，試圖改變方向，避開魏五的撞擊。

雖然剛剛她已經減速了，但奔跑中的馬速度依然非常快，而她轉向的動作又太猛，因此小紅馬根本來不及轉向，只馬頭被韁繩勒痛，腳下便是一個急停。

余歲歲被慣性帶得向前衝去，若不是她情急之下俯身抱住馬脖子，恐怕早就摔飛了出去。

此時魏五的馬也衝了過來，那突然發起瘋的馬猛地抬起前蹄，重重踹向了小紅馬的臀部。

又是一聲尖利的馬嘶。

小紅馬吃痛，感受到了被攻擊的危險，也顧不得背上的余歲歲，高高抬起前蹄，轉過身就要反攻魏五的瘋馬。

「歲歲！」祁川在場邊大聲驚叫。

只見小紅馬上的余歲歲身體陡然懸空，只有雙手還死死握住轠繩，整個人像掛在馬上一般，搖搖欲墜。

與此同時，兩道身影倏地掠過祁川身旁，接著又有兩道身影緊隨其後，朝著場中兩匹發怒的馬衝了過去。

余歲歲覺得自己就像被掛在旗杆上，隨風飄搖，沒有著落。

握著轠繩的手已經磨得疼痛難忍，甚至感覺到有血流了出來，可她不敢放手。一旦放手，她被甩下馬背，就不只是斷胳膊斷腿的事，恐怕連命都會沒了。

不知道為什麼，在這樣危急的時候，余歲歲的大腦裡冒出來的反而都是些無關緊要的念頭。

她還真是倒楣，端午時剛受過一次傷，養了那麼久，才好沒幾天，就又遭遇這麼一齣。

她又想著，如果這次真的大難不死，需要在家靜養，那就把《徐俠客傳奇》的第四本畫完吧！祁川催了那麼久，她真是不好意思再擱著了……

「余姑娘！快放手！」

一聲呼喊打斷了余歲歲亂七八糟的思緒，她還沒反應過來，身體卻比腦子快，雙手一下就鬆開了韁繩。

感覺到自己的腰帶上好像有一股力量托著，隨即一陣天旋地轉，身體落在一個柔軟的東西上，然後依照慣性翻滾、翻滾……直到停住。

一點點、小心翼翼地睜開雙眼，余歲歲看到了藍天白雲。

摸摸身下，是有些乾枯的草地。

「歲歲！」

祁川縣主放大的臉猛地闖進視線，嚇了她一跳，隨即身子便被拉了起來。

「嚇死我了！妳沒事就好！」祁川的臉都白了。

余歲歲看看她，愣了一會兒才想起來，是誰接住了自己呢？

這時，祁川看向余歲歲身後。「七表哥，你也沒事吧？」

余歲歲趕緊回頭，只見陳煜面色如常，躬身拍著自己身上沾染的塵土，看起來沒有受傷。

「多謝殿下救命！」余歲歲說著就要行大禮。

陳煜直起身子，伸出一隻手止住她。「不用。余姑娘沒事吧？」

余歲歲搖搖頭。

再看陳煜，身上的衣服皺巴巴的，束起的髮絲上還沾著些草，頗有些狼狽。

余歲歲忍了幾忍，還是按捺不住嘴角的笑意。

陳煜見她還能笑，便知沒有大礙，無奈地看了她一眼，就像看自家調皮惹禍的妹妹。

余歲歲趕緊捂住嘴，偏開了心虛的目光。

這時她才看到，小紅馬已被明昀彥安撫住，另一邊的魏五也被陳容謹救下，她的馬則被潘縉制伏下來。

場邊觀戰的眾家姑娘也圍了過來，臉上還殘存著驚懼，不明白好好的比賽，怎麼突然出了這麼大的岔子？

「魏五小姐，這可是妳的簪子？」潘縉從遠處走過來，語氣是前所未有的嚴肅。

魏五被自家姊姊攙著，看向潘縉手裡的玉簪，眼神一閃，想要伸手去拿，卻被潘縉躲開。

「潘公子這是何意？我妹妹的貼身之物，豈能被你扣留？」魏家二小姐有些不滿。

潘縉諷刺一笑。「我留她的東西做甚？魏小姐可莫要信口雌黃。我留下的，是刺傷馬匹、致馬發瘋的凶器！」

話音一落，全場譁然。

「什麼凶器？」祁川縣主立刻皺眉上前。

潘縉將手裡的簪子遞給她看，那簪子尾部是尖頭，此刻沾著點點血跡。

祁川當即便是一怒。「魏五，是不是妳用簪子刺了馬？」

魏五的臉色一陣紅、一陣白，終於忍不住尖叫道：「我只是輕輕刺了一下，想讓那畜生跑快一點而已，誰知道牠那麼不禁刺，反應那麼大啊！」

「妳太過分了！」祁川縣主憤怒地指著魏五。

魏五脖子一梗，反駁道：「我本來就快到終點了，只差一點點就能贏！又不是沒有人在賽馬的時候用過這一招，憑什麼怪我？」

「妳——」祁川被她氣得說不出話來。

余歲歲見狀，上前一步，冷冷說道：「因為妳今日不是在賽馬，而是為了入選馬球隊的考核。如果妳在馬球比賽上比不過對手，妳也要去刺馬嗎？妳有沒有想過，馬受了刺激不僅會衝撞妳的對手，還會傷害妳的隊友？一場比賽，本是為了玩樂，妳卻為了輸贏不惜賭上所有人的性命！像妳這樣不擇手段的人，誰敢與妳並肩比賽？誰敢當妳的隊友？既然妳覺得妳只是輕輕刺了馬一下，那好，我也刺妳一下，看妳知不知道疼！」說著，她奪過那支簪子，就要往魏五身上招呼。

魏五嚇得一縮，魏二小姐立刻擋到她面前。

「余姑娘，且慢！縣主、余姑娘、諸位，今日之事是我五妹不知輕重，一時情急做下了糊塗事，我替她向余姑娘和幾位姑娘道歉，驚擾了妳們。萬幸大家都沒有大礙，改日國公府必會奉上賠罪之禮。」魏二小姐說道。「發生這樣的事，我們也沒有顏面再留下來了，只望諸位看在我五妹年紀尚小的分兒上，不要過於追究。」說著，魏二小姐扳正魏五的身子，低聲喝道：「五妹，道歉！」

魏五本還想狡辯，可看自家姊姊狠戾的神色，立刻就不敢反抗了。「對、對不起，是我錯了。請縣主、余……余二姑娘及各位姊姊……原、原諒。」

祁川縣主和余歲歲對視一眼，余歲歲朝她搖了搖頭。

祁川呼出一口氣，冷聲道：「既然魏二小姐護妹心切，本縣主便原諒她這一回。魏二小姐如果有空，也好生教教自家妹妹，什麼事情該做、什麼事情不該做。」

魏二小姐垂首福身。「是，謹遵縣主教誨。」

說完，便和其他的魏家小姐，攙著嚇軟了腿的魏五離開了。

余歲歲目送著她們的背影，心裡思緒紛亂。

她們只是驚了馬，沒有人受傷，因此只能大事化小，小事化了。

她和祁川的目的是組織一支女子馬球隊，不光是為了好玩，更是想讓馬球真正成為男女皆可參與的運動。今日如果鬧大了，這個事情就再也別想成功了。

與此相比，魏五的事情微不足道，她們能這樣乾脆的離開，也是好事。

那位魏二小姐，也是教養得極好的姑娘，她一開口，便保全了整個魏家的面子。

想到小說裡，如祁川、魏二小姐、明琦……這些一個個幾乎沒有著墨的人，她們不是這個屬於余宛宛的世界裡的重要角色，可現在，她們都活生生地站在自己的面前，有她們各別的性情與喜怒悲歡。

她們只是余宛宛的世界裡的過客，卻有著各自的生命。

就像她和余宛宛說的那樣，每個人都有每個人的日子，視角不同，故事便會不同。
也許，她也該轉變自己的想法了。
考核有驚無險地結束，余歲歲和祁川縣主確定了最終的名額，定下了十五個人為京城第一支女子馬球隊的成員。
潘家組織的馬球隊也很快定下了人選，兩邊都在抓緊時間訓練。
女子馬球隊究竟行不行？兩個球隊究竟誰更厲害？京城裡消息傳得滿天飛，卻誰也沒有個定論。
說到底，終究要在比賽場上見真章。
臘八節前，潘家小姐給余歲歲和祁川下了戰書，約定以半年為期，來年端午，兩隊一較勝負。
這個戰書成了京城裡最大的新鮮事，人人議論，口耳相傳，最後連皇帝都聽說了此事。
臘八之夜，皇帝在皇宮宴請群臣及家眷，以慶賀新的一年即將到來。
這還是余歲歲第一次參加宮宴。
龍椅上，皇帝俯瞰座下群臣，想到今年天下又是五穀豐登、風調雨順，朝廷國庫充盈，邊關安穩，便覺得心情大好。
正想誇讚兩句，卻無意間瞥見和周圍人交談甚歡的太子及三皇子，皇帝的喜悅一下子就減了一半。

「煜兒。」

皇帝突然開口，眾臣立刻安靜下來。

陳煜起身走出，行禮拜道：「父皇，兒臣在。」

皇帝笑意不減地說：「朕聽聞你近日在幫祁川練習什麼……女子馬球隊，可有此事？」

陳煜點頭。「回父皇，正是。」

「嗯。」皇帝沈吟道：「祁川這丫頭點子多，你們是兄妹，縱著她也無妨，但可不要耽擱了自己的功課。」

陳煜連忙稱是。

皇后在一邊，以為皇帝是要怪罪陳煜，立時緊張了起來。

哪知皇帝隨即一笑，又道：「朕記得你有一個教你習武的師父？此人武藝高強，救過你於危難，今夏時京城大火，他還勇救幾十個百姓的性命，朕沒記錯吧？」

陳煜回道：「正是。兒臣一直跟隨余師父學武，平日裡除了兼顧弘文館學業外，也不敢懈怠練習。」

皇帝很滿意。「那今日難得有機會，你便讓朕看看你學習的成果如何。」

說著，皇帝叫來禁軍統領，要他與陳煜比試，且無須顧及身分。

所有人都懵了，不知道皇帝這是在唱哪一齣？

殿前的歌舞伎已然退下，陳煜和禁軍統領站在中間，擺開了架勢。

余歲歲興奮地盯著場中，暗暗給陳煜鼓勁兒。

這可是她爸的得意弟子，表現得好就是給爸爸臉上貼金啊！到時候她的畫冊說不定又能大賣一筆了！

場中正式開始，幾回合下來，雖然陳煜應對得有些吃力，但禁軍統領也沒能從他手中討到便宜。

最後一招，陳煜的拳頭擊向禁軍統領的腹部，可禁軍統領的手掌也虛空地鎖向陳煜的咽喉。

但一個曾經毫無武藝傍身的皇子，能在貼身護衛皇帝安危的禁軍統領手下過上百招才輸，已經是極令人震驚了。

「好！好！好！」皇帝連叫三聲好。「來人，賜七皇子和白統領黃金各十兩，將朕的臘八粥分給他二人！」

陳煜和白統領驚喜謝恩。

黃金另說，御賜的臘八粥意義可不一樣。

要知道，在往年，只有太子和潘大將軍得到過皇帝的這個賞賜。

座下的太子、三皇子和五皇子，臉色都已經變了。

可這還不算完，皇帝找來身旁的內侍，又當眾宣佈道：「七皇子的武學師父如此用心教導，可見其心之忠、之誠。」一邊說，皇帝的眼神一邊掠過座下的太子和三皇子，將他二人的臉色盡收眼底。「朕記得他已做了金吾衛參軍，拱衛京城，亦是勞苦功高，不若便升他做個七品衛官吧！」

太子和三皇子瞬間不約而同地緊張了起來。

皇帝這是在敲打他們，暗示城西的案子沒有那麼容易遮掩過去。皇帝可以為了皇家的臉面在明面上放過他們，但他們這次踩到的是皇帝的底線。

三皇子握緊手中的酒樽，目光狠辣。

他不比太子，還有徐徐圖之的本錢。他已經失了一個兵部侍郎，近來又被五皇子步步緊逼，連連敗退。

七弟、余璟……是父皇逼人太甚，你們可不要怪我！

宴席之中，中書侍郎馮大人在自顧自的吃酒。

有人拽拽他的袖子，想讓他給皇帝進言，阻止皇帝給余璟升職。

要知道，半年不到便連升兩級，且沒有任何功績，被人詬病也是理所應當的。

中書侍郎在大雲朝位同宰相，手握實權，皇帝的很多政令都需要和四位中書侍郎商議後才能擬旨，然後交由門下省復核，因此馮大人諫言也是本職。

可馮大人卻彷彿沒有聽到一般，仍專心吃菜。

他很聰明，看得出皇帝只是借升官之名在警告太子和三皇子罷了。

作為朝中老狐狸，馮大人並不想依附於任何一派。區區一個七品金吾衛衛官，不值一提的小官，但帶來的意義如果非同尋常，那他就會認真掂量了。

因此，他絕不會在這個時候，去打亂皇帝的計劃。

余歲歲在聽到皇帝突然封賞余璟時也嚇了一跳。

但很快地她就想到余璟之前說過的話，就算這些人是在算計、利用他們，他們也能反過來抓住機會壯大自己，世界上的事都有兩面性。

余歲歲想通這個，便也不再擔心了。

可盧陽侯的臉色卻並不太好看。

上次太子因為余璟而吃了癟後，已經明裡暗裡地暗示過自己，要想辦法控制住余歲歲好要脅余璟了，可沒想到，余釗貿然朝余歲歲下手，反被毀了前程。

這半年來，盧陽侯一門心思都放在一件事上——生兒子！

畢竟余釗作為獨苗苗實在太危險了，弄不好他就要後繼無人了。

可努力了大半年，無論是繼夫人秦氏，還是余欣欣的姨娘，抑或是其他幾個通房，沒有一個肚子裡有動靜的，這下子可真是急壞了盧陽侯。

他正盤算著要不要再多納幾房小妾呢，沒想到余璟轉眼又升官了，他心氣更加不順了。

此時，宴席已過半，皇帝離席更衣，大家也都放鬆下來。有些大臣和家眷難得進宮一趟，便結伴在殿外的小花園裡閒逛。

盧陽侯喝了一口悶酒後，也搖搖晃晃地出去了。

余歲歲也覺得無聊，給繼夫人打了招呼，便一個人偷溜出去。

夜晚的御花園，幾十步才有一處玉石雕的燈檯，余歲歲七拐八繞的，成功把自己繞迷了路。

聽著遠處的人聲，她應當是離飲宴的大殿有些距離了。

想必附近的內侍都在大殿裡侍奉，因為余歲歲等了好久，也沒見到有人來，只好自己摸索著尋路。

突然，隔著幾棵梅樹的另一邊，傳來了細碎的腳步聲。

余歲歲一喜，以為是宮人，當即便要轉過去問路，卻聽到那邊也傳來了人聲——

「娘娘，許是不在這兒呢！不如還是明日再派人替娘娘尋吧？這裡是前殿，娘娘貿然來此，恐於禮不合啊！」

透過樹的縫隙，余歲歲看到一個宮女掌著燈，身後跟著一名披著狐裘的貌美女子，兩人低著頭，似乎在地上找尋什麼。

居然是後宮的嬪妃。

看那嬪妃的年齡不過三十歲上下，端莊清貴，看著便似出身書香門第，飽讀詩書，氣質不凡。

這裡是前殿，又有宮中大宴，後宮女子出現在此處，確實有些不妥。

娘娘顯然不願意聽宮女的勸，說道：「那是靈隱寺高僧開過光的玉珠串，離不得身。若不是今日臘八循禮，需得來此覲拜聖上，我又豈會弄丟？」

余歲歲聽得一笑，這話好似是在怪皇帝事多似的，這位娘娘還真是有點意思。

「按高僧囑託，這玉珠串必須帶在身邊，於佛前誦經九九八十一日方能佑人平安。我已誦唸四十五日，若半途而廢豈不褻瀆佛祖？再找找，應該就在這一處了。」

余歲歲心裡猛地一動。

若說這後宮裡唸佛唸魔怔的娘娘，恐怕只有一位，那就是七皇子的生母——林賢妃。

再看那女子的容貌，精緻的眉眼還真跟七皇子很相像。

世人都知道，賢妃娘娘不關心皇帝，也不關心自己的兒子，只關心佛祖，余歲歲今日算是領教到了。

眼看時間越來越晚，余歲歲也顧不得別的，決定還是得去向賢妃的宮女問路。

剛撥開梅枝要走出去，便聽「啪」的一聲輕響，一個東西掉在地上。

余歲歲低頭一瞧——嘿，這不巧了嘛不是？

躺在她腳邊的，正是賢妃要找的玉珠串。

見那一主一僕好像要去別的方向找，余歲歲連忙彎腰拾起珠串，快走幾步趕了上去。

余歲歲還沒來得及喊出聲，賢妃和宮女的前路便突然冒出個人影來，擋住了兩人的去路。

宮女舉燈一照，臉色倏地一白。「你、你是何人？」
那人影從黑暗裡一點點地走出來，步伐晃晃悠悠的，十分不穩，嘴裡還咕噥著什麼。
走得近了，才聽到他說著——
「只要妳誕下麟兒，本侯許妳平妻之位……」
一邊說，還一邊要上前去拉掌燈宮女的手。
余歲歲這時借光一看，才發現那人竟是盧陽侯！
一時間，她恨不得挖個坑把這人給活埋進去，憋死他算了！
在宮宴上喝醉，還言語調戲宮女，自己作死，還要拉著整個侯府陪葬！
情急之下，余歲歲急中生智，貓低身子，躲在樹後不高不低地喊了一句——
「太子殿下？您要找盧陽侯？奴婢剛剛看到他朝那邊走了，不在這兒！」
一聲「太子」，讓盧陽侯酒醒了大半，回身便四處環顧起太子的蹤跡。
賢妃和宮女倒也聰明，立時吹滅了燈火，躲到了一旁。
盧陽侯酒勁還沒過，看了一圈也看不真切，便又跌跌撞撞地走了。
余歲歲這才鬆了口氣。
「是誰在那裡？」
盧陽侯離開後，賢妃才朝余歲歲藏身的地方詢問道。
余歲歲拿著珠串走出來，面上帶著幾分微笑。

「娘娘恕罪，臣女迷路誤入此地，無意間撿到了這個，正想尋找失主呢！」她舉起珠串。

賢妃的雙眼登時一亮，激動地上前拿過，看向余歲歲的眼神立刻消去了所有的疑慮，反倒充滿感激。

余歲歲心裡一笑。難怪陳煜心思純善赤誠，原來賢妃娘娘竟也是個性情中人。

「妳……是誰家的姑娘？」賢妃善意地打量著她。她常居內宮，交際也甚少，可以說誰都不認識。

余歲歲卻只是道：「回娘娘，臣女叫余歲歲。」

「剛剛……」

見賢妃指了指盧陽侯離開的方向，余歲歲趕忙道：「娘娘，臣女離席已久，恐家人憂心，不知娘娘可否告知臣女回前殿的路？」

賢妃感覺到她故意岔開話題，不欲多說，心中也驚嘆於余歲歲小小年紀便如此聰慧機靈，笑了笑，朝身邊的宮女道：「妳便引這位余姑娘回前殿去吧。」

宮女看向賢妃，有些遲疑。剛剛都差點出事了，如今再把她支開……

賢妃臉色一肅。「既然找到了玉珠串，我便早些回去。我在這宮裡住了十幾年，妳還擔心我迷路不成？」

宮女這才不敢再遲疑，點了點頭，朝余歲歲做了個「請」的手勢。

走出幾步，余歲歲沒忍住，回頭看了看。

只是交談的隻言片語，她便發現了賢妃對這深宮的憎惡與厭煩，也難怪賢妃終日與青燈古佛為伴，半點都不爭寵弄權。

恐怕這也是賢妃對命運的一種無聲反抗吧？

余歲歲回到宴席，發現盧陽侯也已經回來了。

見他醉醺醺的，想必也不會記得剛剛的事情，這才多少放了些心。

想到他在花園說的那句醉話，余歲歲面露諷刺。

自從余釗雙手被廢，終日陰惻惻之後，盧陽侯對「兒子」就有了近乎偏執的追求。

她想，過不了多久，侯府的院子裡大概就要添新人了。

第十章

臘八過後，轉眼就是元宵節。

「妳要去看花燈？」余老夫人盯住面前的丫頭。

十二歲，豆蔻之年。

一晃眼，余歲歲回侯府已經快兩年了，當初那個粗俗乾瘦的丫頭已然出落成了個水靈的姑娘。

論才，余歲歲比不了余宛宛；可論貌，余歲歲卻比余宛宛明豔嬌媚得多。

可偏偏，余宛宛那樣才氣過人、相貌清麗秀雅的才是京中世家娶婦的首選，余歲歲這般樣貌的，反倒落了下乘。

再加上她這瘋瘋癲癲的性子……余老夫人覺得老天就是在跟他們侯府作對！

余歲歲點點頭。

「妳和誰去？可是祁川縣主？」余老夫人又問道。

余歲歲當然是去找余璟的，可她自然不會明說。「是，只是看花燈，不會耽擱太久。」

余老夫人想了想，還是點了點頭允了。「既是和祁川縣主，那便去吧，莫要讓縣主久等了。」

余歲歲得了許可後，咧嘴一笑，隨便福了個身，轉頭就走。
余老夫人見狀，氣得捂住胸口，好半天才順過氣來。

今日是元宵，難得一個女子能自由出行的節日。
余歲歲出來的時候，主街上已經是人來人往，熱鬧非凡了。
進了武館，余璟屋裡亮著燈，影影綽綽，好像不止他一人。
余歲歲推門進去，發現除了余璟和齊越，居然陳煜也在！
「師姐好！」齊越見到余歲歲，立刻就起身問好。
自從齊越拜了余璟為師後，便終日勤學苦練，聽說已經夯實了基礎。
余歲歲雖和他接觸不多，但也憐憫他的身世，再被他「師姐」、「師姐」的一叫，還真叫出了點姊姊的感覺來。
「師弟過年好！」余歲歲笑著回應道。隨即，又看向陳煜。「殿下怎麼也在這兒？」
「今日京城有花燈會，我出宮賞玩，順道來看看師父。」說是這般說，可陳煜就是為了來看余璟的。
宮裡面皇帝和皇后各有各的事忙，他的母妃眼裡又只有吃齋唸佛，他實在覺得太冷清，不由得便豔羨起余璟和余歲歲父女之間相處的氛圍。
在他們這裡，陳煜才難得地感受到什麼才是真正的家、真正的親情。

余璟除夕時沒能見到女兒，如今再見，只覺想得不行。

父愛的表達似乎總是很含蓄，他大手一撈，一碗元宵便放到了余歲歲面前。「歲歲，快吃！」

余歲歲無語。每次一來就是吃，爸你就是來投餵我的吧！

吃完元宵，她很快就坐不住了。

「爹，我難得出來，咱們去看花燈、猜燈謎吧？殿下和阿越要不要一起？」

陳煜欣然應允。「當然。」

齊越到底是個孩子，聞言臉上也露出幾分雀躍。

夜晚的京城主街上掛滿了各式各樣的花燈，每盞花燈下還繫著五顏六色的布條，上面寫著燈謎。

余歲歲在一盞月亮燈下停住，想要看清燈下的燈謎，可惜身高不夠，踮起腳也搆不到布條。

陳煜見狀，抬手摘下布條，反手遞給她。

「園裡俏聲笑，笑聲漸消，人隱星橋……」余歲歲唸著布條上的燈謎，完全沒有一點頭緒。「殿下，你知不知道這個是什麼？」

陳煜掃過一眼，輕輕笑起。「剛剛余姑娘才吃過，怎麼就忘了？」

余歲歲一愣。「這個謎底是元宵？為什麼？」

陳煜指著布條上的字，一個一個按部首拆開講給她聽，余歲歲這才恍然大悟。

「厲害了！這我想破頭也猜不出來。」她感嘆道。

陳煜再次抬手拿下那盞月亮燈，遞給余歲歲。「既然猜出來了，這燈便留下吧。」

余歲歲當即就要推拒，可陳煜卻說這是姑娘家喜歡的東西，他沒有興趣。

這下，余歲歲不能拒絕，便也就歡歡喜喜地收下了。

一旁的余璟，一直默默看著眼前的兩個孩子，一言不發。

齊越扯了扯余璟的袖子。「師父，你在看什麼？」

余璟摸摸下巴上不存在的鬍鬚，回了一句。「……在看我家的白菜。」

街上的行人已經越來越多，來回擁擠著，甚至連站也站不穩。

余璟想要伸手去拉余歲歲時，一道寒光突然閃了他的眼。

他渾身一凜，目光追去尋找，卻沒有任何發現，可心中還是升起了一絲不祥的預感。

余璟警覺起來，想要叫住陳煜和女兒跟緊他快走，然而還沒來得及開口，周圍騷動突起！

身邊一個其貌不揚的矮個子男人突然拔出袖中匕首，朝余璟迎面刺來！

余璟向後一躲，堪堪避過刀鋒，右手迅猛伸出，一把攥住男子的手腕，手下用力，男子吃痛大叫，匕首應聲而落，余璟腳尖一挑，將匕首踢至半空，左手隨即接住。

矮個子男人又拔出另一柄短劍刺出之際，余璟毫不留情地將匕首直插對方的心口。

等余璟再一抬頭，街上的人群已經在哭喊逃竄，不知從哪裡冒出來的十幾個黑衣人在人群中大肆砍殺，哪裡還有余歲歲和陳煜的影子！

余璟的心，一下子就涼了個徹底。

余歲歲本來仰著頭在猜燈謎，卻沒想到一柄長刀突然從陳煜身旁刺出，離陳煜的鼻尖只差分毫。

就在電光石火之間，余歲歲揚起手中的月亮燈就是一擋。

月亮燈一下子被劈成兩半，長刀的動作也停頓了一下。

余歲歲沒有看到余璟和齊越的身影，只得拉起陳煜，頭也不回地就往人群中跑。

所有的人都在抱頭狂奔，尖叫、哭喊不絕於耳。

余歲歲覺得自己渾身都在發抖，手心已經被汗浸濕。

她的手還抓著陳煜的手，卻幾次因為手中的滑膩而險些脫開。

陳煜也顧不得什麼禮節，緊緊回握著她，兩人只敢往前奔跑，不敢停歇，耳邊只聽到自己的喘息聲。

突然，陳煜猛然停步，鬆開了余歲歲。

余歲歲驚慌回頭，不解地看向他。

他們在人群中，蒙面殺手離他們還有段距離，但這時候停下來，是要找死嗎？

陳煜推她一把。「余姑娘，快跑吧！他們是衝著我來的，不能再搭上無辜的性命了。」

剛剛逃命時，陳煜不經意地回頭，看見那些殺手在後面緊追不捨，任何擋在路上的行人都被他們一刀砍倒。

他們是來殺我的！

這個念頭一起，陳煜立時就停住了腳步。

如果他一直逃跑，就會有更多的人被殺，還會連累余歲歲。他沒有辦法在明白這個事實之後，還不管不顧的自己逃命。

余歲歲顯然也懂了他的用意。

她心一橫，猛一跺腳，不由分說地拽住陳煜的袖子。

巨大的力道讓陳煜一個趔趄，完全掙脫不開。

「你跟我走！」余歲歲拉起陳煜，朝一旁人少的小巷中跑去。

「余姑娘——」陳煜想要說什麼，卻被她火速打斷。

「閉嘴！有話等活下來再說！」

說完，她拽著他在小巷子裡七拐八繞，跑過一條條彎彎曲曲、又窄又斜的街道，身後漸漸沒了動靜。

直到此刻，兩人才覺得精疲力盡、渾身虛脫。

眼前已是一個隱秘的胡同拐角，幾個雜亂的木箱堆在牆角，正好形成了一個天然的遮蔽。

余歲歲終於放開了陳煜的袖子，一下子癱倒在地上。

陳煜也跟著癱坐了下來。

「一時半刻他們找不到這兒來的，我們先躲一會兒，等等金吾衛和禁軍吧……」余歲歲喘息道。

陳煜停了好一會兒，才出聲問道：「余姑娘怎麼知道這個地方？」

余歲歲扯了扯嘴角。「我畫過京城的地圖，有點印象。」也多虧了她這極好的記憶力，不然今天兩人必死無疑。

「多謝余姑娘救命。」陳煜又道。

余歲歲嘆了口氣。「我不全是為你，我也不想死。」不想被殺手殺死，也不想因為陳煜死了，她再被皇上一怒之下給賜死。

現在，她滿心都在祈禱余璟沒事，能盡快找到他們兩人。

突然，巷口傳來腳步聲，余歲歲和陳煜均是一凜。

她小心翼翼地探出一點身子，死死地盯住前方。

一點一點，來人的身影漸漸露出全貌。

余歲歲多希望轉過彎來的是余璟，可惜，卻是黑衣蒙面的殺手。

「快跑！」余歲歲咬緊牙關，低聲喊了一句。

她的腦海裡只剩下了兩個字——完了！

陳煜率先跑出，余歲歲緊隨其後。

可巷口的黑衣人在看到他們的時候卻並未追過去，反而從懷裡拿出了一枚飛鏢。手起腕轉，飛鏢破空而去，直衝向前方纖瘦身影的後心。

而逃命中的余歲歲，一無所知。

她只看見，前方的陳煜突然回頭，一隻手拽過自己的手臂，將她近乎粗魯地甩向一旁。

余歲歲吃痛跌倒，轉頭看去，正好看見掛著紅纓穗的飛鏢猛然插進陳煜的胸口，血珠飛濺，陳煜應聲倒下。

「殿下——」

余歲歲驚叫著撲過去。

地上的陳煜雙眼緊閉，胸前的衣襟已被血暈染，只有身體微小的起伏能證明他還活著。

余歲歲倏地站起身，手裡握緊齊越送她的短刀，面向巷口的殺手。

那殺手也在看著她，一大一小兩個身影在短窄的巷子裡彼此對望。

余歲歲眼神冷冽，身上的害怕與恐懼好像都消失了，此時的她只有一個念頭——只要殺手一動，她必拚死一搏！

就這樣，兩人一直對峙著，誰都不率先動手。

可如果眼神的交鋒能被看見，此刻兩人之間早已是電光石火、血肉橫飛了。

不知道過了多久，或許是一直在確定陳煜的死活，又或許是余歲歲擺出的拚死氣場太過強大，總之殺手突然後退一步，一個旋身，消失在巷口。

余歲歲又盯了一會兒，確認殺手不會再返回了，這才渾身一鬆，回身蹲下，探看陳煜的情況。

這一看，心裡立時就是一沈。

剛剛還有呼吸的人，突然沒了一絲動靜，連胸腔的起伏都沒了。

余歲歲大驚蹲下，顫巍巍地伸出手指探向陳煜的鼻息——什麼都沒有感覺到！

她一屁股跌坐在地上。

陳煜死了？

沒有死在原著獵場的那頭熊瞎子掌下，而是死在元宵夜的京城小巷？

甚至……是為了救她而死？

可劇情不該是這樣的啊！

不，劇情早在她和爸爸穿來的時候，就變得不一樣了。

她早該明白的，一切都已經重新來過了！

就在余歲歲已經開始想著，該如何應對皇帝、皇后的雷霆之怒，如何能保住自己和爸爸的小命時，突然，本來躺在地上的陳煜動了！

然後，他坐起來了！

余歲歲瞪圓眼睛，看著陳煜坐直身體，然後慢悠悠地從身上拔出了那枚飛鏢，整個人頓時都不好了。

陳煜抬起頭時，正好對上余歲歲的眼睛，還是一如既往的又大又亮。

「我沒死？」他茫然地看向余歲歲。

余歲歲僵硬的臉色飛快地皺起，比變臉還迅速，張口就是又氣又惱的罵聲。「你死沒死，自己不知道啊?!」

陳煜看看手裡的飛鏢，又看看自己胸前的血跡，緩緩抬起手臂。

因為扯動了傷口，他不禁「嘶」了一聲，但手上的動作卻沒停。

余歲歲就這麼一直盯著，看陳煜從懷裡掏啊掏的，最後掏出了一串玉石串成的手串！

這……這不是那日在宮宴時，賢妃娘娘尋找的玉珠串嗎？

陳煜摸了摸珠串上一個已經碎裂的玉珠，終於恍然大悟。「原來，是它替我擋下了飛鏢，這才救了我一命！」

飛鏢擊碎玉珠後，又刺入陳煜肉下幾分，這才致使他出了點血。

可若沒有這珠串，飛鏢怕是要全部入肉，那他就真的沒有命活了。

「殿下，這珠串……可是賢妃娘娘給你的？」余歲歲呆愣地問道。

陳煜點點頭。「是啊。母妃終日吃齋唸佛，從不過問我的任何事，若不是為了給我這珠串，她也難得與我說上幾句話。」說著，臉上神情有些落寞。

不知他今日遭遇刺殺，母妃可否會擔心他，哪怕一時一刻呢？

余歲歲立刻就看出了陳煜此時的心情，他到底還是個十幾歲的少年，無論裝得多麼穩重、老成，又怎麼可能不貪戀母親的疼愛呢？

「殿下可知，這珠串的來歷？」她想了想，還是開了口。

陳煜自是搖頭。

「臘八時，我在宮中偶遇過賢妃娘娘，聽她說起了這個玉珠串。娘娘說，這珠串乃是由靈隱寺高僧開光，而她終日攜帶，在佛前誦經祈福，只為能讓它佑人平安。據說只有誦夠九九八十一日的經，才能生效，而臘八那日，娘娘已誦了四十五日了。」

陳煜默默地聽著，聽到余歲歲最後一句話裡，刻意加重的兩個數字，心裡倏忽一動。

臘八那日，是第四十五日，那昨日，不就剛剛好是九九八十一天？

這手串，正是今早母妃交給他的，而今晚，就救了他的性命。

陳煜的眸光垂落在珠串上，心裡一時翻江倒海，甚至都不知道該想什麼。

這時，余歲歲又一次說道：「所以我覺得，其實娘娘心裡很疼愛殿下，也一直惦記著殿下。只是這世間的母親，大多是不同的，賢妃娘娘只是用自己的方式來關心殿下。」

陳煜的手驀地收緊，握住珠串。顫抖的手臂和起伏不定的胸膛，洩漏了他此刻的心緒。

「殿下，你的傷可還要緊？」雖然知道陳煜此刻正經歷著某種感情風暴，但余歲歲還是決定無情地打斷他。「剛剛那人雖然以為你已死，但我們並未完全安全。我想，我們先回武館去吧？我知道有一條小路，從這裡能到武館，不會引人注目。爹爹和小師弟如果沒事，肯定也會回去的。」

陳煜這才將手串重新放回懷中，捂著傷口站了起來。「我沒事，我們走吧。」

余歲歲點點頭，辨了一下方向，這才帶著陳煜走了起來。

繞過幾個窄巷，兩人拐進一條小街，沒走幾步，便到了武館的後門。

余歲歲推開門，立刻看到了屋中有燈火，當下也顧不得陳煜，拔腿飛奔進屋子。

「爹！」余歲歲一進屋，就直衝余璟而去。

「歲歲！」余璟也是又驚又喜。當金吾衛和禁軍維持住秩序後，他在街上找遍了都沒找到余歲歲和陳煜，殺手也已隱匿逃竄，他便先把齊越送回來，打算自己再出門去找。沒想到，他還沒出門，余歲歲就自己找回來了。「歲歲，妳有沒有事？有沒有傷到哪兒？」余璟拉著她仔細察看。

「我沒事。」余歲歲搖搖頭。「你呢？有沒有受傷？」

余璟這才放心一笑。「我怎麼可能會受傷？太小看妳爹我了。」

話音剛落下，陳煜隨後踏進了屋中。

見到他的樣子，余璟的神情便是一肅。

「殿下傷到了何處？」說著，就要去拿藥箱。

陳煜擺了擺手。「沒事，只是破了點皮。」

胸前一大片血，又怎會是只破了點皮？余璟自然不信。

可陳煜顯然沒有要脫衣包紮的意思，余璟見狀，暗暗嘆了一口氣，坐了下來，拿出一樣東西遞過去。

「這個，或許殿下用得到。」

陳煜狐疑地接過來，一看，眼神便是一暗。

余歲歲也探頭看去，一眼就認了出來。「這不是……太子手下殺手的腰牌嗎？」

那日在二探齊家的時候，她和父親就是在死去的殺手身上搜出了腰牌，交給陳煜後，才給了太子和三皇子沈重的一擊。

那一次，太子明明知道腰牌已經成了他的罪證，怎麼過去了半年多，他還能在同一件事上犯第二次蠢？

「現在，有兩個可能。」余璟出言分析道：「第一，是太子下的殺手，原因嘛，不言而喻。只因他太過愚蠢，才又一次讓我們抓住了他的罪證。」

陳煜不知想到什麼，搖了搖頭。「太子皇兄沒有那麼蠢。」

余璟挑眉，沒下定論，反而接著道：「第二，是有人意圖栽贓太子，這才故意讓我拿到了太子手下殺手的腰牌。一個想要殺了殿下和我，還想拖太子下水的人……」余璟的話沒有說完。

陳煜望向余璟，出言反問。「余師父也受到了襲擊嗎？」
余璟點點頭。「是，而且目標明確。」
陳煜微微閉了閉眼，嘆出一口氣。「我知道了。」
余璟和余歲歲互相對視，交換了一個眼神。
罪魁禍首，已經呼之欲出了。
如果說世界上除了太子，還有一個人知道齊家血案的真相，還有一個人欲除余璟和陳煜而後快，那只可能是——
三皇子。
三皇子與太子、五皇子都不相同。
太子有名正言順的儲君之名，五皇子有穩固牢靠的兵權。
三皇子靠的，只是他的母族和一些依附他的文臣，所以當初他才會要靠著齊家斂財。而在齊家事敗後，他在朝中的權勢大大縮減，太子和五皇子的勢力本就高過他，再利用皇帝的厭惡乘機打壓圍剿，三皇子這些日子並不好過。
臘八宴上，皇帝的聖旨徹底刺激到了他，於是他終於孤注一擲，在元宵之夜出動殺手，意圖一舉除去陳煜和余璟，再栽贓太子。
反正這件事中，太子與他的動機是一樣的，皇帝只要相信了他，太子的地位就岌岌可危，三皇子便得逞了。

可惜，三皇子忘了一件最關鍵的事。
那就是，太子的動機並沒有那麼急迫。
只要太子之位不動搖，太子有的是時間一點一點地除掉異己。
就從太子能想出「通過盧陽侯和余釗對付余歲歲來讓余璟不好過」這一點，就知道太子此刻更關心什麼東西了。
這個關節一想通，那麼今夜刺殺的元凶便只會是三皇子。
「余師父，除了腰牌，您還有找到什麼證據？」陳煜又問道。
顯然他也知道，光用猜測，是無法給三皇子定罪的。
可惜，余璟搖了搖頭。除了腰牌，什麼也沒有。
「余師父，今日多謝您。若不是因為我，您也不會捲入紛爭之中。」陳煜起身拜謝。
余璟自然不敢受，也起身避過。
事情走到今天這個地步，早已不是為了誰，或是某一個理由能解釋得了的。但陳煜如果願意如此想，余璟也不會多說什麼。
陳煜隨即又道：「眼下，我必須先離開，但我有一事想要拜託余師父和余姑娘幫忙。」
余璟看了看余歲歲，道：「請殿下明示。」
已是二更，皇宮的御書房裡，燈火通明。

皇帝陰沈著一張臉，環視著眼前大氣不敢出的幾個臣子，額頭的青筋都在跳著。

「兩個時辰了，七皇子還沒有找到，朕要你們有什麼用！」皇帝一拍桌子。

禁軍白統領和金吾衛將軍紛紛垂首告罪。

「回陛下，禁軍在城南發現了幾具蒙面殺手的屍體，已經帶回來查驗了。」

「陛下，金吾衛也在城西抓住了一個殺手，正在審問。」

皇帝揉了揉發疼的眉心，多少平復了一下怒火。

「可有結果？」

金吾衛將軍遲疑了一下，還是回稟道：「殺手還死撐著不開口，但據臣詢問主街上目睹此事的百姓們，他們說這些殺手似乎是有目標的刺殺。因為當時百姓基本上都在主街上逃命，但殺手隨後卻往城南和城西的小巷中追去。」

如果有目標，就證明並非是故意屠殺百姓，也就代表這些人不是來威懾朝廷的，基本上也就可以排除叛亂、外族入侵的可能。

但這樣一來，這就成了一場政鬥演變的殺戮，同樣也是皇帝不能忍受的。

而偏偏這場亂子裡，就丟了七皇子一個人。

皇帝立刻就想到了什麼，眼光掃向旁邊的三皇子和五皇子，隨即問道：「太子呢？出了這麼大的事，連朕都請不動他嗎？」

旁邊的貼身內侍抹了一把冷汗。「回陛下，去傳旨的宮人，沒能見到太子……」

「啪」的一聲，皇帝狠狠拍了一下桌子。「那就去給朕找，看看他到底在幹什麼！」
話音剛落，殿外的內侍便進來通報。「陛下，禁軍副統領求見。」
白統領立刻道：「陛下，想必是查到了什麼。」
皇帝一揮手。「宣。」
禁軍副統領一進來便稟報道：「回陛下，臣等率人查驗了城南發現的屍體，這些人均是被刀劍之物一刀封喉，死前有打鬥過的痕跡，身上還帶有……身分腰牌。」
「腰牌？呈上來。」皇帝道。
內侍從副統領手中接過腰牌，雙手呈遞上去。
「太子衛屬的腰牌？」皇帝一看之下，又是大怒。
這是太子衛屬的腰牌，他在當初七皇子呈送太子和三皇子炮製齊家血案和城西大火的那晚，就已經見過了。
也就是說，今晚這些人，又是太子培養的殺手。
看著皇帝眼裡閃過怒意，一旁的三皇子顯得更加泰然自若了。
副統領又繼續道：「陛下，臣以為，這些殺手的死因也有蹊蹺。尋常之人不可能有如此身手，能將這樣一群殺手迅速結束性命。」
皇帝還沒說話，內侍又來通報，金吾衛的副將也來了。
副將一進來，也是帶來了消息。「陛下，那被抓到的殺手重刑之下已經招了，他是奉命在今晚刺殺七皇子的，還有另一路則奉命刺殺金吾衛衛官余璟。」

這就和剛剛金吾衛將軍說的現場百姓的證詞對上了。

「奉命……奉誰的命？」皇帝好像故意要問個真切。

副將沈默了一下。「是……太子殿下。」

皇帝攥緊拳頭，怒火已然滔天。

副將斟酌著，還是繼續回稟。「據那殺手說，他雖不知另一路的情況，但他確實得到了手下人的回報，在城西……刺死了七皇子。」

皇帝整個人不由自主的一晃，隨即不可置信地道：「你說……什麼?!」他捂著胸口，想要站起來，卻又跌坐回龍椅上，嚇得內侍連忙去扶，被他一把推開。「煜兒、煜兒他……」

副將死死低著頭，不敢吭聲。

在場的大臣也一個個噤若寒蟬，生怕發出一點聲響。

就在這個時候，三皇子突然衝了出來，靠近皇帝道：「父皇！父皇！父皇，您可要保重身子啊！」

皇帝大口地喘著粗氣，指著金吾衛副將，半天都說不出話來。

「父皇，您是不是要他去找七弟？」三皇子連忙問道。

皇帝點點頭。

三皇子立刻回頭吩咐。「還不快去！便是搜遍京城，也要找到七弟的屍體，絕不能讓他被辱沒輕慢啊！」說著，他又回頭，語氣帶上了悲痛。「父皇，您莫要傷了身啊！若是七弟知道您如此，也會不安的啊！」

一旁的五皇子，除了在聽到陳煜被刺死的時候有片刻的震驚，之後臉色依然是冷靜如常。

他默默地看著上躥下跳、鬼哭狼嚎的三皇子，竟一點兒都沒有上前去一塊兒做戲表忠心的意思。

現如今想殺陳煜和余璟的只有太子和三皇子，誰都有可能是真凶。他也不敢早早論斷，因此只能靜觀其變。

但有一點他可以確定——三皇子經過這段時間的打壓，真的急了。

如果今天的事真是太子做的，而三皇子又是這麼個狀態，那他就要好好想想，如何將這兩人一起打包送走了。

過了一會兒，皇帝的情緒才平復下來。

因為兄弟鬩牆，他失去了一個兒子，皇帝肉眼可見的疲憊且悲痛。

雖然平日裡他和任何皇子的父子關係都沒那麼親密，但說到底，那也是他的孩子啊！

可他是皇帝，沒有過度沈浸於悲傷的資格。

「剛剛朕聽見，還有一路殺手是去刺殺余璟了？」他看向金吾衛將軍。

「是。」

皇帝朝禁軍副統領道：「想必城南這些人，便是殺余璟不成，反送性命的吧？」
那副統領想了想，點了點頭。
如果說真的有一個人能做到對這些人一刀斃命，那也只會是七皇子的師父余璟了。
可惜，七皇子若有他師父那般武藝，也不至於……
「既然殺手死了，那余璟呢？」五皇子突然出聲，問出了一個關鍵問題。
皇帝也皺起了眉頭。
「父皇、父皇！」
殿外突然傳來一聲大喊，還伴隨著內侍緊追不捨的阻攔。
皇帝雙眸一凜，看向門口。
只見跑進來的，正是遲遲不見人的太子。
而他身後，還跟著兩個親隨，抬著一副擔架。
擔架上的人，正是剛剛說被刺死了的七皇子！
皇帝再也坐不住了，站起身快步離開龍椅。
「父皇，您快看看七弟，他受了傷，流了好多血啊！」太子那叫一個聲淚俱下！
皇帝也無心去看太子，只盯著陳煜。
只見擔架上的陳煜面色慘白，精神虛弱，衣襟處全是血跡。見到皇帝，他還想要掙扎著起身，立刻被皇帝按住了。

「還愣著幹什麼？還不快傳太醫！」皇帝急聲吩咐道。「對了，去把皇后和賢妃都叫來。」

這話說出來，就是要做最壞的打算了。

那邊的太子還在說明事情的前因後果。

原來他今日陪太子妃外出看燈，正在酒樓吃酒時，發現了樓下的刺殺事件。

他正欲離開回府，余璟便抱著渾身是血的七皇子找上了他。他一心救治弟弟，這才沒有回東宮，更沒接到傳召他的口諭。

七皇子沒死，雖然如今看來情況危急，但也讓皇帝稍稍緩過來了一些。

聽完太子的陳述，皇帝和眾臣都有一個疑問——

如果刺殺七皇子的是太子，那余璟為什麼要抱著七皇子向太子求救？這不就是去送死嗎？

那麼，如果不是太子，又會是誰呢？

這個疑問剛冒出來，殿外又有通報。

「陛下，金吾衛衛官余璟大人在宮門外求見，說是有緊急之事稟報。」

余璟官職太小，連外宮門都進不來。

但此刻他儼然成了今晚謎案的關鍵，皇帝直接道：「那還愣著做什麼？趕快讓他進來！」

及。

余環僅一身深色輕便衣袍，並未穿官服，想來就是今夜出遊時遇刺，情急之中未曾顧

當然，這個時候沒有人會跟他計較這個。

因為他深色的衣服上也都沾染著血跡，一塊一塊的斑駁暗色。

「余環，將你今日在街上遇到殺手的始末原委，全都說出來。」皇帝一見他，就直接問道。

余環來就是為了說這個的，他一抱拳，便將如何與七皇子看花燈、遇刺殺，之後被沖散，然後他拚命搜尋到重傷的七皇子，再向太子求救的經過說了一遍。

最後，他補充道：「臣的武館之中有很多百姓家的孩子，臣不能拿他們冒險。更何況臣任職金吾衛，京城治安本就是臣的本職，於是臣便追著殺手向城南而去。原來城南正是他們的一個據點，他們抗拒抓捕，臣只能無奈出手殺之，事後卻在據點裡發現了一些證據。」

「什麼證據？」

余環掏出一支羽箭，還有一冊帳本，然後雙手舉過頭頂，雙膝跪下。

「臣請陛下徹查三皇子倒賣軍中羽箭，謀取暴利，並謀害皇子、加害無辜百姓之事！求陛下為京城死難的百姓作主！」

余環的話，猶如震天的響雷，炸響在整個御書房中。

從太子到三皇子，劇情反轉得讓一群人都猝不及防。

皇帝的目光如利劍，射向了三皇子。

剛剛還精神抖擻的三皇子，早在太子帶著七皇子進來的時刻，就縮成了一團。而等余璟呈上證據後，他早已臉色灰敗，整個人都頹靡了。

之前城西大火時，皇帝為了保存皇室的顏面，沒有將事情徹查下去。

可現在，三皇子再造血案，甚至不惜害死自己的同胞兄弟，皇帝便不可能再繼續放任不管了。

當初七皇子和衢國公府交出的證據，三皇子只是貪污、受賄、斂財。

可如今倒賣軍用羽箭的證據擺在眼前，這個罪名，非同小可。

「你……還有什麼話說？」皇帝默默地看完了所有的證據後，看向三皇子。

三皇子身子一軟，跪倒在地上，張著嘴，都不知道該怎麼替自己洗白了。「父皇……我……」

他實在想不通，明明計劃天衣無縫，明明七弟已經死了，為什麼只是一會兒的功夫，他就從大勝變成了大敗？

而他倒賣羽箭的證據，又怎麼會這麼隨便地被余璟拿到？

三皇子想不明白的事情太多了，但此時的他，早已經沒有機會再想明白了。

皇帝陰沈著臉，冷聲道：「不必解釋了，朕也不想聽你的謊話連篇！從今天起，你就待在你的府裡，朕不想再見到你。」

話音一落，三皇子癱軟於地。

眾位大臣不敢出聲，心裡卻明白，三皇子從此怕是要被排除在奪嫡之外了。

五皇子冷眼旁觀了今晚的一切，如今也低眉斂目的，不發一言。

雖然沒能將太子也一起打倒，但少了三皇子這麼一個對手，對他也是好事。

三皇子被架走後，皇帝將余璟交上來的證據交給了禁軍統領去徹查，但結局已經是注定了的。

一個晚上的心力交瘁，皇帝也有些撐不住了，便擺擺手，示意眾人可以離開了。

出了宮門後，太子放慢腳步，緩緩走近余璟，笑道：「余衛官今晚真是厥功甚偉，既救下了七弟，又為京城百姓討回了公道，想必晉升又是指日可待了。」

余璟的臉上沒有什麼表情變化。「太子殿下說笑了，這些都是臣應該做的。」

太子卻仍道：「欸，雖然是職責所在，可能堅守自己職責的人也是少之又少，余衛官這樣的人才會更顯難得啊！不管怎麼說，你救了七弟，又讓父皇放下一份心，我身為人子、兄長，自然要感謝余衛官。不如這樣吧，過些日子等余衛官不當值了，與七弟同到東宮來。我一直聽聞你武藝高強，卻又總沒有機會得見，可要乘機好好一飽眼福。」

太子的聲音不大不小的，讓路過的其他幾個大人都聽在了耳裡。

太子為了皇帝和七皇子而感激余璟，足見其孝悌之心。順勢相邀余璟，要看對方的武藝，更是情理之中。

余璟沈默了一會兒，只含含糊糊地回道：「臣多謝太子殿下美意。」

太子也不在乎他沒有給一個確切的答覆，笑了笑，便快步離開了。

目送著他的背影，余璟臉上露出諷刺一笑。

今晚在皇帝面前說的每一句關於遇刺的事，都是假的！

除了七皇子和余璟自己，第三個知情人就是太子，可太子還是假惺惺地在眾人面前作了剛剛那一齣戲，真是煞費苦心。

其實，事情的真相與皇帝知道的並沒有什麼事實上的出入，只是因果關係和前後順序要對調一下。

陳煜要離開武館時，曾說要余璟和余歲歲幫他一個忙，而這個忙，就是去找太子。

太子今夜確實不在東宮，但也沒有陪太子妃去看所謂的花燈，而是和一些朝中臣子在秘密宴飲。

這件事早已被陳煜和皇后一派掌握，因此他直接就找上了門。

見到太子後，陳煜開門見山說出了自己的來意——合作。

從殺手身上發現的太子衛屬腰牌是真的，可能證明是三皇子故意栽贓陷害的證據卻是沒有的，如果太子不和陳煜聯手，那今晚的罪名一定會被扣在太子的身上。

所以，太子想都沒想就答應了。

太子早想朝三皇子下手，之前追查齊家也是為了這個。

只要三皇子一倒，朝中文臣便會盡歸他麾下，他也就能騰出手去專心對付兵權在握的五皇子了。

陳煜找上門，可謂是正瞌睡就來遞了枕頭，兩人立刻一拍即合。

太子之前就查到了三皇子倒賣羽箭的證據，只是因為皇帝的壓制而沒有拿出來。同時，衢國公府之前也查出三皇子在城南的據點，這事陳煜也都知道。

之後的事情就更簡單了。

陳煜負責裝死，太子負責演戲。

而余璟負責去城南據點解決掉那裡的三皇子殺手，然後故意讓禁軍發現。

余歲歲則拿著太子的手令，取來三皇子倒賣羽箭的證據，交給余璟入宮呈送給皇帝。

至於那個被金吾衛發現的殺手，其實是三皇子自己安排的，想要栽贓太子，沒想到也成了一個人證。

所有的環節完成得天衣無縫，這便有了御書房裡那場精彩的反轉大戲。

太子一舉扳倒三皇子，陳煜和余璟解決了一個隱藏的危險。

如果再算上陳煜從皇帝那裡搏來的感情牌，以及余璟概率極大的晉升之事，這一場為了應對三皇子的陰謀而製定的戲碼，簡直一舉數得！

這個計謀，沒有危害任何人，都是建立在對三皇子的反擊之上，更不需要付出什麼代價，與旁人為達目的而不擇手段的行事作風相比，可以算得上是徹徹底底的陽謀。

而這個陽謀，居然是陳煜在武館那短短幾分鐘時間就想到的。

余璟心想，這個孩子，果然是前途無量。

事情的結果，很快就出來了。

三天後，皇宮傳出消息，七皇子轉危為安，皇帝大為寬慰。

一方面，他徹底卸除了三皇子所有的權力，給他封了個郡王，讓他待在府中閉門思過。要知道，皇帝的皇子中還沒有任何一人獲封爵位的，三皇子堂堂皇子封了個郡王，便是絕了他的所有想法。

另一方面，皇帝念及余璟再次救護皇子，孤身追擊殺手並查明真相，實屬大功一件，便又一次破格下旨，晉封他為禁軍五品校尉，必要時可貼身護衛七皇子。

不光如此，皇帝還允許他自由出入禁宮，以備隨時召見。

皇帝甚至還說出了「余璟武藝高強，只要有余卿在，禁宮與朕皆能平安無事」之語。

從金吾衛到禁軍，從九品參軍到五品校尉，從一介布衣到天子近臣，余璟只用了不到一年的時間。

聖旨一下，忠勇武館立即門庭若市。

現如今，武館已經越來越壯大，余璟訓練了很多教習師父來教導來自各處的眾多弟子，他自己都不用經常出面，只需偶爾出來指點一二，便已是財源滾滾、備受尊敬了。

那些來學藝的人也沒有什麼不樂意的，畢竟像余璟這般有本事的人，還是朝廷的五品官，願意給他們當師父，他們哪還有挑三揀四的道理？

從聖旨下來之後，不少人都跑到武館來，試圖與余璟結交，卻都被余璟一一拒絕了。

他一向不怎麼喜歡過多的人際往來，更不會去和一幫文謅謅的大臣們把酒言歡，暢談國事。

有人覺得余璟不識好歹，可余歲歲卻覺得，她爸這是大智若愚。

「如今皇帝在聖旨上寫得明明白白，必要時可貼身護衛七皇子。在旁人眼裡，爸爸已被視為是七殿下一派中的人了呢！」

余璟笑了笑，並不贊同。「雖然我們與七殿下的情誼確實非比尋常，但若就只因為這個便要將我視為七皇子船上的人，倒也不至於。在他們的眼裡，我更大的價值在於得到了皇帝的信任，這一點，可比七皇子還重要。」

余歲歲捂嘴一笑，爸爸總說自己是粗人，不懂爭權奪利，可她瞧著，這不是挺精通的嘛！

「其實我今天來，也是帶著任務來的呢！」余歲歲話鋒一轉。

「什麼任務？」余璟不解地看向她。

余歲歲手支著腦袋，懶懶地道：「還能是什麼？盧陽侯唄，和那余老夫人，厚顏無恥地來求我，讓我請爸爸到侯府去做客。你說他們是有多不要臉啊？當初萬分嫌棄地斷絕了你和余宛宛的關係，將你趕出府門；後來被太子授意，試圖害我來威脅爸爸；現在見你羽翼豐滿，無法輕易動得了，便又上趕著來巴結！哼，還真是不嫌寒磣呢！」

余歲歲雖然話說得粗魯直白，但余璟卻覺得她說得挺對的。

像盧陽侯這樣的人，可不就是不要臉嗎？

「那歲歲覺得呢？我該不該去？」余璟在這件事上，想要聽從女兒的意見。

「去啊，為啥不去？」余歲歲道。「爸爸想想看，他們當初怎麼趾高氣揚地跟你說話，現在就得怎麼客客氣氣地敬著你，以圖能修復關係，這場面，難道不爽嗎？」

余璟不禁笑著搖頭道：「妳啊，真還就是個孩子。」

既然歲歲這麼想要見到這樣的場景，那他去一趟又何妨？

如果還能為女兒好好撐一次腰，就更好了。

事情果然跟余歲歲說得絲毫不差，余璟一答應拜訪侯府，侯府果然就備下了好酒好菜。等在飯桌喝了兩巡酒，盧陽侯就開始切入正題了。

「余大人如今已官至五品，總是住在武館著實不便。本侯最近相中了京中一處極好的院子，不如余大人乾脆搬過去住吧？那裡離侯府也近，亦方便余大人常來看望宛宛。」盧陽侯一說完，就接到了余老夫人遞來的眼色，連忙又補了一句。「也正好能常來看歲歲！是吧，余大人？」

余璟與余歲歲交換了一下眼神，父女倆均是眼底帶笑——猜中了。

余璟微微一笑。「侯爺美意，下官心領了。只是下官住不慣那等繁花迷人眼的院子。住在武館，雖於市井之中，但天高地闊，足以修身養性。」

盧陽侯頓時一噎。

當年余璟第一次進侯府時，他讓余璟去後花園見余宛宛，打的主意就是要讓他去看看侯府的富貴。

如今被余璟用這話回嗆，還真是覺得臉頰火辣辣的疼。

余璟則繼續說道：「至於歲歲，下官還正要請侯爺和老夫人允准，讓她能常去武館呢！」

「這……」盧陽侯遲疑了。

余璟半句話都沒提到余宛宛，可見是一點兒都不把這個親生女兒放在心上，那余歲歲就成了唯一能與余璟建立聯繫的橋梁了。

可余歲歲是他的女兒啊！真爹不要，去要一個假爹，這傳出去成何體統？

這時余老夫人說話了。「余大人這想法雖是情理之中，可歲歲畢竟是姑娘家，武館人多混雜，她總這般拋頭露面，實為不妥。余大人亦為人父，這為人父母的心自然都是一樣的。歲歲因著身世已在鄉下耽擱了十年，比不了京中的貴女，若是平日裡行事再被人抓到錯處，將來的婚事便更是件難事了，想必余大人也不希望這樣吧？」

余璟聞言露出一個輕笑。「老夫人肯為歲歲如此考慮，真正是一片慈心。但……我並不覺得歲歲有任何不妥之處。」他的話斬釘截鐵。「歲歲去武館，是為了跟我學習武藝。她是女兒家，本就多有不便，若再不能保護自己，那就更加艱難了。自從她在暢風苑受了那麼重的傷後，我便半點兒都放心不下。」

聽他提起這個，盧陽侯心裡更加發虛。

「如果她連生命安全都保證不了時，婚事難與不難，便更沒了討論的餘地。」

余璟句句都說得讓侯府的人臉上無光。

這還不算完，余璟又接著道——

「至於武館來往人多混雜，這確實難免，可歲歲若有武藝傍身，便能讓我安心不少，更何況有我在，自會用心看護著歲歲，保她一生平安無虞、心意順遂。我想，這才是身為人父真正該為兒女做的！老夫人以為，可是如此？」

余老夫人噎了半天，什麼話都說不出來。

余璟的話，讓座中的幾個小姑娘全都呆愣住了。

余歲歲一向知道爸爸對她的疼愛，如今他當眾說得這麼清楚明白，她也只是驚訝了一下下而已。

可余欣欣和余清清卻是滿心震動。

在她們各自的父親眼裡，官位重要、兒子重要，甚至小妾都可能很重要，而女兒不過是擁有著他們血緣的一個物件。

喜歡的時候，寵著；不喜歡了，便晾著。

等女兒長大後，一抬花轎、幾個箱子，便送到了別家，不再是一家人了。

可余璟這個父親，又威武、又厲害，還一心一意地寵愛著余歲歲，真正把她當作手心裡的寶貝護著，而這兩人甚至還不是親生父女！這怎能不讓她們豔羨？

她們第一次知道，原來這世界上，竟還有這樣的爹！

余宛宛同樣是震動的，震動之餘，更多了些難以言喻的心情。

她很羨慕余璟和余歲歲的父女親情，卻並不認為這份親情本可以屬於她自己。

之前余歲歲告訴過她，要多看看自己擁有的，少糾結自己失去的。

余宛宛從余璟第一次進府的那一日就意識到了一個事實，那就是——就算當初她離開侯府回到余璟身邊，余璟也不會這樣對待她的。

這場抱錯的陰錯陽差走到今天，無數理性、感性、利益、利用紛亂交織著，早已分不清什麼誰對誰錯了。

如今，余璟對她視而不見，她與余璟再無交集，或許是他們這對真父女最好的結局。

余老夫人沈吟了半晌，終究還是鬆口了。

侯府雖是世襲的爵位，可勢力卻早已大不如前，跟余璟這個深得皇帝信重的禁軍校尉比起來，似乎也說不好誰更厲害一些。

更何況，拉攏余璟，也是太子的主意。

當初太子想對付余璟，現在又想拉攏，盧陽侯府左右不了，只能照辦。

「余大人當真是想法不俗。」余老夫人道。這對假父女的氣場如此相近，不愧是共同生活過十年之久。「其實說到底，當年抱錯了孩子，也是陰差陽錯，是老天爺的一個玩笑。如今因著這件事，我們也算是有了聯繫。說到底，血脈和親情都是剪不斷的，既然都是親人，便也不必有太多顧慮。歲歲若是想學武防身，那便儘管去學吧，只是平日裡需得行事謹慎，祖母這也是為了妳好。」

余歲歲看了一眼余璟的神色，點了點頭。

雖然余老夫人的話很無恥，無恥得彷彿當初逼著余璟跟余宛宛斷絕關係的人不是她一樣。

但余老夫人已經退了一步，自己也不必步步緊逼，反正到時候還是自己說了算。

余璟也點頭道：「老夫人想得周到，往後有老夫人照看，歲歲在侯府，我也放心了。」

余老夫人聽出了他的話外之音，這是覺得以往侯府虧待了余歲歲呢！

情勢如此，余老夫人當然願意日後好生對待余歲歲，於是立刻笑道：「我是她的親祖母，我不待她好，誰能待她好？余大人自是不必多操這份心了。」

話已至此，該說的也都說得差不多了，二老爺便出來岔開了話題，眾人笑了笑，算是揭過了這一話題。

臨到宴席結束，盧陽侯又想起了什麼。「對了，余大人，我聽說你的夫人在數年前便已病逝，如今多年過去，余大人一直獨身一人，沒個體己之人照顧著，想來有許多不便吧？」

余璟一挑眉，一下子就知道他要幹什麼了。

「余大人如今身強力壯，自是不發愁。可若是再年長些，許是就要覺得力不從心了。這總要有個身邊人和子嗣，才能安心啊！」

盧陽侯為了在官場中往上爬，成婚比較晚，余歲歲出生時他就已年近而立，因此比余璟大得多，便用一種過來人的口氣說著。

余璟心下發笑。聽歲歲說，盧陽侯最近拚兒子拚得都魔怔了，這是又來操心別人家的兒子了？

「侯爺的意思是？」余璟順著他的話問道。

盧陽侯笑了笑。「若是余大人有意娶妻，本侯願做這個大媒，為余大人尋一門出身、才貌俱佳的好親事。以余大人如今的身分，想要個賢慧懂禮的清白女子也是不愁的。」

想用聯姻來控制他？余璟暗笑，想得挺美的。

「侯爺的好意，余某心領了。只是我與髮妻感情甚篤，早已許諾今生只有她一個妻子，不會另娶旁人。侯爺的媒，還是留給更優秀的男兒吧！」

「你……」盧陽侯指著他，半天都不知道該怎麼言語了。

這余璟真是個奇葩，不貪美色，還不要兒子！

可余璟的話，卻讓一旁的幾個余家姊妹更加心生崇拜起來。

少女懷春，她們沒有不幻想過和未來夫君一生一世一雙人的，可身邊的男人都有不少妻妾，於是她們也就只敢想想。

可如今余璟一個活生生的例子就坐在這兒，是不是證明了這世間還是有這般男子的？

余歲歲見到三姊妹的樣子，心裡不由自主就驕傲自豪了起來。

有些時候她甚至覺得，被別人誇讚有一對好父母，比被別人誇有錢要幸福多了。

才七歲的余靈靈並不懂姊姊們的心思，她只知道兩件事——

第一件，余璟這話說得是對的，因為姊姊們都很贊同，所以她也贊同。

第二件，這雞腿可真好吃！

——未完，待續，請看文創風1140《扭轉衰小人生》2

為流浪貓狗加油 和貓寶貝 狗寶貝

廝守終生(一定要終生喔！)的幸福機會

對人來說，貓寶貝狗寶貝只是生活的一部分，
但妳（你）對牠們來說，卻是生活的全部，領養前請一定要考慮清楚——

▲ 優質暖心大男孩　乖乖

性　　別：男生
品　　種：米克斯
年　　紀：3歲多
個　　性：親人親狗、穩定、活潑、愛撒嬌、喜歡抱抱
健康狀況：已結紮，每個月固定驅蟲
目前住所：桃園市大園區（浪愛一生大園園區）

本期資料來源：浪愛一生

『乖乖』的故事：

買一包乖乖，電腦不出包；領養一隻乖乖，家人笑哈哈。是的，黃色的狗狗很常見，但乖乖絕對是萬中選一。牠有一身很漂亮的橘黃色毛髮和蓬蓬的尾巴，親狗親人，極好相處。

乖乖生性活潑，最愛散步，平時只要有人經過牠的籠子，牠就會想跟人接觸、互動。每到吃飯的時刻，乖乖懂得友愛同伴，不會與其他狗狗一樣爭先搶食，反倒是乖巧坐在一旁，盯著志工姊姊，用眼神發送「我也想吃肉」的訊息！

在此提醒，每隻狗狗熟悉並適應環境的時間都不一定，可能很短，也可能很長，所以請領養人最大限度地給予耐心，而耐心的單位請以月、年來做計算。

歡迎對乖乖情有獨鍾的朋友快快致電龐園長0967082959，相親成功率絕對UP，也可以搜尋浪愛一生粉絲專頁，按個讚或轉發分享，您的一個小善舉maybe可以浪愛有家。

認養資格：

1. 認養人須年滿25歲。
2. 須同意簽認養寵物切結書。
3. 須同意送養人日後之追蹤探訪，對待乖乖不離不棄。

來信請說明：

a. 個人基本資料：姓名、性別、年齡、家庭狀況、職業與經濟來源等。
b. 想認養乖乖的理由。
c. 過去養寵物的經驗，及簡介一下您的飼養環境。
d. 若未來有結婚、懷孕、出國或搬家等計劃，將如何安置乖乖？

2023年2月出版

一勺獨秀

文創風 1137～1138

沒讓她穿成女主就算了，穿成一個人人喊打的女配，
老天為什麼要這樣捉弄她呀？
幸好現代的知識讓她穿來自帶技能，掌勺、擺攤都難不倒她，
希望她這個女配突然變得這麼能幹，不要被懷疑才好……

步步反轉，幸福璀璨／南小笙

如果喬月可以選擇，她絕不會想穿越成一本書的女配！
說起這個女配，因為出生時臉上有一塊胎記，被認定不祥而被拋棄，
剛巧蘇家人經過，把她救回去當作親生女兒養大，
誰知女配不知感恩，犯下一連串不可原諒的事，最後下場淒慘……
身為讀者的她當時看到這裡還覺得大快人心，現在簡直欲哭無淚，
她不能背負這些爛名聲，她要翻轉人生，改寫結局！
首先，蘇家人最重視的就是老三，也就是男主蘇彥之的身體，
蘇彥之滿腹才華，是做官的好苗子，卻因為身體不好沒少受折騰，
原書中女配屢次私吞他的救命藥錢，還為了貪圖榮華對他下藥，
如今若能醫好蘇彥之的病，是否就能翻轉整個蘇家對她的偏見？
可她記得，這個男主雖然個性溫和儒雅，對女配卻一直沒有好臉色，
看來她得想個法子，讓蘇彥之願意對她敞開心胸才成……

文創風 1139

扭轉衰小人生 1

國家圖書館出版品預行編目資料

扭轉衰小人生 / 十二鹿著. --
初版. -- 臺北市 : 狗屋出版社有限公司, 2023.02
冊 ; 公分. --（文創風 ; 1139-1142）
ISBN 978-986-509-398-3（第1冊 : 平裝）. --

857.7　　111022122

著作者	十二鹿
編輯	黃淑珍
校對	吳帛奕
發行所	狗屋出版社有限公司
地址	台北市104中山區龍江路71巷15號1樓
電話	02-2776-5889～0
發行字號	局版台業字845號
法律顧問	蕭雄淋律師
總經銷	知遠文化事業有限公司
電話	02-2664-8800
初版	2023年2月
國際書碼	ISBN-13　978-986-509-398-3

本著作物由北京晉江原創網絡科技有限公司授權出版

定價280元

狗屋劃撥帳號：19001626

網址：love.doghouse.com.tw　E-mail：love@doghouse.com.tw